Rebecca Zanetti est l'autrice de plus de cinquante ouvrages de suspense romantique et de romance paranormale, qui apparaissent régulièrement sur les listes de best-sellers. Elle vit dans un coin sauvage du Nord-Ouest Pacifique avec son propre héros Alpha, deux enfants, des chiens, un chat un peu fêlé et une famille innombrable. Ce qu'elle préfère dans le métier d'écrivain, c'est que, contrairement à lorsqu'elle était avocate, elle peut laisser sa fantaisie et son petit grain de folie s'exprimer.

De la même autrice :

Dark Protectors :

1. *Talen*
2. *Dage*
3. *Conn*
4. *Jordan*
5. *Kane*
6. *Jase*
7. *Zane*
8. *Ronan*
9. *Logan*

Ce livre est également disponible
au format numérique

www.milady.fr

Rebecca Zanetti

Talen

Dark Protectors – 1

Traduit de l'anglais (États-Unis) par Frédéric Grut

Milady

Milady est un label des éditions Bragelonne

Titre original : *Fated*

ISBN : 978-2-8112-2119-5

Bragelonne – Milady
60-62, rue d'Hauteville – 75010 Paris

E-mail : info@milady.fr
Site Internet : www.milady.fr

À Tony Zanetti qui, il y a des années de cela, m'a appris à jouer aux gendarmes et aux voleurs juste pour pouvoir me tenir la main et qui est aujourd'hui le meilleur mari dont j'aurais pu rêver.
À Gabe et Karlina, qui m'inspirent chaque jour.
À Gail English, qui m'a transmis le goût de la lecture, et à Jim English, qui m'a appris à prendre des risques.
Et enfin à Debbie Smith, Stephanie West et Brandie Chapman, mes amies de toujours, que ce premier livre rend aussi nerveuses que moi…
Je vous aime tous.

Chapitre premier

— Maman, maman, réveille-toi !

Des mains minuscules agrippèrent la chemise de nuit de Cara, la secouant de toutes leurs forces. La jeune femme s'éveilla en sursaut, le cœur battant, et se retrouva face à deux yeux bleus terrifiés dans l'aube naissante. La petite devait avoir eu un nouveau cauchemar.

— Janie, qu'est-ce qu'il y a, ma puce ?

— Ils sont là. Les méchants, ils arrivent. Il faut qu'on s'en aille, hoqueta l'enfant avant de pousser un sanglot aigu.

Cara secoua la tête et serra sa fille contre elle. Elle régula sa respiration, désireuse de réconforter son enfant. Pauvre Janie. Seulement quatre ans et déjà hantée par les cauchemars… Elle chercha à tâtons ses lunettes sur la table de nuit et se rendit compte qu'elle s'était endormie sans les ôter. Une nouvelle fois. Le dernier numéro du *Magazine de la botanique* s'était avéré moins passionnant que prévu.

Elle caressa les cheveux de Janie dans le silence pesant de l'appartement. Jamais elle n'avait autant regretté la mort de Simon. Peut-être aurait-il été capable de faire oublier ses peurs à leur fille.

— Tout va bien, mon poussin, dit-elle en allumant sa lampe de chevet. Je suis sûre que ce n'était qu'un mauvais rê…

Soudain, un craquement sonore retentit dans la pièce voisine et Cara poussa un cri. Quelqu'un venait d'enfoncer la porte. La jeune femme sauta du lit, prit Janie dans ses bras et se précipita vers la salle de bains, manquant de justesse de percuter la fougère en pot qui ornait le coin de sa chambre. Affolée, elle poussa le verrou et fonça vers la petite fenêtre, mais, avant qu'elle ait eu le temps de l'ouvrir, la mince porte vola en éclats.

Cara se retourna et se retrouva face à une armoire à glace d'un mètre quatre-vingt-dix lui bloquant le passage. Elle posa Janie par terre et se plaça devant elle, le souffle court, les oreilles sonnantes. La situation était si improbable qu'elle devait se forcer à y croire et à accepter qu'elle allait devoir se battre. Elle s'obligea à respirer normalement et scruta le lavabo des yeux à la recherche d'une arme. Sa pince à épiler risquait d'être bien dérisoire.

Elle poussa Janie contre le mur et recula d'un pas, la main tendue devant elle. L'inconnu était d'une carrure impressionnante. Son visage était taillé à la serpe. Il avait les yeux marron et ses cheveux d'un noir de jais étaient trop longs pour qu'il soit un militaire, malgré sa tenue de commando et son gilet pare-balles. Et, surtout, il émanait de lui une énergie hallucinante.

— Sortez, lui ordonna-t-elle en protégeant son enfant et en tentant de repousser les sensations dont il la bombardait.

Colère, passion, impatience, le tout mêlé à sa propre panique. Cara commençait à avoir le tournis. En règle générale, elle bloquait bien mieux que cela les sensations extérieures, mais celles de l'homme devaient être d'une puissance inhabituelle.

— Il faut qu'on y aille, répondit-il en faisant de son mieux pour adoucir sa voix.

Il baissa alors les yeux et les fixa sur le dessin de sa chemise de nuit : Einstein entouré de sacs, surmontant la légende « Quantum Shopping ». Il sourit et Cara se calma un peu, mais ce répit fut de courte durée. Il fit un pas vers elle et elle se focalisa sur le pistolet qu'il portait à la ceinture et sur les nombreux couteaux glissés dans son gilet pare-balles.

— Vous vous trompez de maison, déclara-t-elle en le regardant droit dans les yeux.

Le visage de l'homme semblait sculpté dans le granit. Même si elle parvenait à lui décocher un coup de poing, il l'encaisserait sans broncher.

Une odeur masculine, musquée, envahissait peu à peu la pièce. L'inconnu secoua la tête et Cara, la respiration saccadée, sentit une énorme boule se figer dans son estomac. Son esprit scientifique cherchait une réponse rationnelle à ce problème. Comment vaincre un adversaire de cette taille ? Résistant de son mieux à la panique, elle chercha de nouveau une arme des yeux. Son petit fittonia en pot ne ferait pas plus l'affaire que sa pince à épiler. Si elle la lançait sur l'intrus, jamais la plante ne survivrait.

L'homme fit un autre pas vers elle.

— Tout va bien se passer. Ne traînons pas.

Il la prit par le bras et l'entraîna vers la chambre. Muette de peur, elle ne savait que faire. Devait-elle crier à Janie de s'enfuir ? Parviendrait-elle à immobiliser l'inconnu assez longtemps pour qu'elle s'échappe ?

Il grommela un juron et la lâcha pour s'essuyer la main sur son pantalon avant de la reprendre par le bras. Qu'y avait-il donc de si répugnant sur sa manche ?

Elle aperçut alors le téléphone sur sa table de nuit et se précipita dessus, mais l'homme la retint d'une main ferme. Cara crispa les doigts de pieds sur la moquette pour le ralentir, sans le moindre effet, et tenta de se dégager.

— Janie, viens, ordonna-t-il sans se retourner.

Cara se figea. Il n'était pas là par hasard.

— Comment connaissez-vous son nom ? demanda-t-elle, terrorisée.

Il pivota sur lui-même et Cara se retrouva collée contre lui avec l'impression d'être plongée dans une vague de chaleur. Il posa les mains sur ses bras et elle sentit l'assaut de sa détermination. Si seulement elle réussissait à la bloquer… Décidément, comme empathe, elle laissait à désirer.

— Je connais son nom et le vôtre, Cara, répondit-il en la regardant dans les yeux. Je m'appelle Talen Kayrs et je ne vous veux aucun mal. Je suis là pour vous aider. Respirez bien fort. Je perçois votre pouvoir et je sais que vous pouvez déterminer le vrai du faux. Vous savez que je ne vous ferai rien.

Sa voix grave, presque un bourdonnement, avait quelque chose d'apaisant et Cara sentit son corps se détendre malgré elle. Cet homme exhalait le danger, mais elle percevait qu'il n'avait aucune intention néfaste envers elles.

La petite tira sur sa chemise de nuit.

— Tout va bien, maman. Il faut qu'on y aille. Ils arrivent.

Cara s'écarta et hocha la tête.

— Très bien, c'est d'accord. Nous allons vous suivre.

Si elle parvenait à mettre Janie dans la voiture… mais l'inconnu lui sourit alors, dévoilant une dentition parfaite.

— Vous mentez très mal. Vous avez une minute pour vous habiller, dit-il en se tournant vers la porte.

Sa voix rauque lui mettait les nerfs en pelote, mais elle ne ressentait aucune peur.

— Non, protesta-t-elle.

Elle tenta une nouvelle fois de se dégager et sentit des picotements aux endroits où leurs corps étaient en contact.

— Très bien, alors vous y allez en pyjama. (Il prit le panier de vêtements sous son bras et l'entraîna dans le couloir.) Ne traîne pas, Janie.

La petite fille les suivait tant bien que mal, les mains collées à la taille de sa mère.

— Attends, maman ! sanglota-t-elle soudain. J'ai oublié Mr Mullet !

Talen se retourna pour regarder la petite fille.

— Qui ça ?

Cara posa la main sur son torse et se redressa pour protéger son enfant.

— Son ours en peluche. Elle l'emmène partout.

Si Janie quittait la pièce, Cara pourrait se défendre. Talen haussa un sourcil et réfléchit un instant.

— Très bien, Janie. Va chercher ton ours, mais dépêche-toi. On n'a vraiment pas le temps.

Vive comme l'éclair, Janie fonça vers sa chambre. Talen reporta ses yeux sur Cara. Cette dernière fit mine de vaciller, puis propulsa le genou dans son entrejambe tout en lui écrasant le poing sur le visage avec un grognement féroce.

Il se décala pour que le genou de Cara lui touche la cuisse plutôt que les parties intimes et leva le bras pour se protéger le visage. Il referma la main sur le poing de la jeune femme à quelques centimètres de son menton, dans un claquement qui résonna dans la pièce, tout cela sans lâcher le panier de vêtements sous son autre bras.

Cara sentit une douleur lancinante exploser dans son genou et elle se figea, terrorisée et haletante, attendant sa réaction. Il semblait capable de l'assommer d'un seul coup de poing. Et Janie, où était-elle ?

Sans lui lâcher la main, Talen se pencha vers elle.

— Ça va, votre jambe ?

Cara n'en revenait pas. Il s'inquiétait pour elle alors qu'elle avait tenté de l'émasculer.

— Très bien, siffla-t-elle entre ses dents.

Il lui lâcha le poing et la saisit aussitôt par le poignet pour l'entraîner vers le salon.

— La prochaine fois, je vous conseille de ne pas étaler aussi clairement vos intentions dans vos jolis yeux.

Il avait prononcé ces mots d'une voix affable, sans la moindre trace de colère. Cara vacilla. Pour la première fois depuis l'arrivée de Talen, elle ne faisait pas semblant.

— Je l'ai, maman, gazouilla Janie en trottinant à travers le salon avec son ours et sa vieille couverture élimée dans les bras. On peut y aller.

La porte d'entrée pendait lamentablement sur ses gonds, fendue en deux, et Cara, en apercevant les dégâts, recommença à se débattre. Talen poussa un soupir d'exaspération, posa le panier de linge et souleva Janie.

— Non ! cria Cara en tendant les bras vers sa fille avant de bourrer le large dos de Talen de coups de poing, submergée par la colère et l'instinct de protection.

— Ramassez le panier et suivez-moi, grogna-t-il sans se retourner.

Sur ces mots, il sortit et se dirigea vers un Hummer noir garé devant la porte. Cara se jeta sur l'homme qui tenait son enfant. Dans son élan, elle renversa le panier et les vêtements se répandirent sur le plancher.

— Lâche-la, fils de pute !

Il ne leur voulait peut-être aucun mal, mais il n'avait pas le droit de les enlever. Elle passa le bras autour de son cou massif pour lui couper la respiration et lui décocha un coup de coude dans le bas du dos. La colère avait remplacé la peur.

Talen continua de marcher à longues enjambées comme si de rien n'était. Il ouvrit la portière, installa Janie sur un rehausseur et boucla sa ceinture. Cara voulut se dégager, mais il ne lui en laissa pas le temps. Il referma la portière, la prit par le bras et la retourna pour la coller contre la carrosserie.

— Arrête de me résister, dit-il en se penchant vers son visage.

Sa force était incroyable. Cara en retirait une impression de vulnérabilité, encore renforcée par le fait que sa chemise de nuit était remontée jusqu'à sa petite culotte rose. Elle sentait l'air frais de la nuit sur ses jambes nues et le tissu du jean de Talen lui râpait l'intérieur des cuisses.

Elle ouvrit la bouche pour crier, mais il la fit taire d'un baiser. Ses lèvres étaient chaudes et fermes, mais elle sentit aussitôt qu'il faisait un gros effort pour se contenir. Un rugissement assourdissant emplit les oreilles de la jeune femme. Elle cessa de respirer et le temps sembla se figer. L'espace d'un instant, les battements du cœur de Talen se répercutèrent dans son propre corps, se concentrant sur un point situé dans son bas-ventre.

Il poussa un grognement et accentua la pression de ses lèvres, non plus pour la museler, mais pour la goûter. L'explorer. Il passa son bras musclé autour de sa taille et la serra encore plus contre lui, puis lui agrippa les cheveux pour la forcer à incliner la tête.

Il intensifia son baiser et Cara poussa un gémissement. Sa langue prenait possession de sa bouche. Ce qui, l'espace d'un instant, fut le cas. Pour Cara, plus rien n'existait que les lèvres de Talen, impérieuses, pleines de promesses. Elle lui rendit son baiser et se serra contre lui, oubliant la réalité.

Elle percevait l'aura de sa force brute. Brûlante. Dangereuse. Tentante. Soudain, un oiseau gazouilla dans le ciel et elle retrouva ses esprits. Elle recula vivement la tête, les lèvres dévorées de picotements, abasourdie. Les yeux toujours braqués sur elle, Talen serra le bras autour de sa taille.

— Ne crie pas.

Sa voix, déjà grave, était devenue gutturale, ce qui aggrava encore le trouble que Cara ressentait dans le bas-ventre.

— Maman ? appela Janie depuis son siège.

— Elle ne voit rien, j'ai monté les pare-soleil, murmura Talen.

Ce qui voulait dire que l'habitacle serait invisible de l'extérieur. Il avait pensé à tout.

— Dis-lui que tout va bien, ordonna-t-il en la lâchant pour qu'elle puisse reculer la tête.

— Non. Libère-nous.

Comme elle n'était plus collée à lui, le froid acheva de la ramener à la réalité. Qu'avait-elle fait ? Elle abattit le coude de toutes ses forces sur sa clavicule, mais ce fut elle qui tressaillit de douleur. Elle écarquilla les yeux. Comment pouvait-il ne rien sentir ?

Un sourire amusé se dessina sur les lèvres de Talen. Il la lâcha, ouvrit la portière avant, la poussa sur le siège passager et lui boucla sa ceinture, le tout sans lui laisser le temps de réagir, puis se pencha pour coller de nouveau son visage au sien.

— Fais seulement mine d'enlever ta ceinture et je t'attache les mains.

Il claqua la portière et fit le tour du véhicule pour s'asseoir au volant. Cette menace aurait dû la terroriser, mais elle ne ressentait qu'une colère noire. Elle l'apaisa en faisant appel à son esprit scientifique. Elle trouverait bien le moyen de se sortir de ce guêpier.

Il démarra en faisant crisser les pneus du Hummer dans le silence de la rue. Tout en cherchant des yeux un objet pouvant faire office d'arme, Cara réfléchit. Il ne s'était écoulé que quelques minutes depuis que Janie l'avait réveillée. Tout s'était passé si vite que personne dans le voisinage n'avait dû se rendre compte de rien. Les premières lueurs du jour qui filtraient à travers les vitres teintées soulignaient le relief abrupt du visage de leur ravisseur. Elle l'observa, à l'affût de la moindre faiblesse.

— Janie, tu seras bientôt en sécurité, déclara-t-il d'une voix douce.

Cara tourna la tête vers sa fille.

— Ça va aller, ma puce, murmura-t-elle en retenant ses larmes.

À sa grande surprise, Janie, les yeux pétillants de malice, lui sourit.

— Je sais, maman. Je savais que Talen allait venir.

— Ah bon ?

— Oui. J'ai rêvé de lui, mais je ne savais pas quand il viendrait.

Joyeuse, elle enfouit le nez dans la fourrure de son ours en peluche.

Cara se retourna vers la route, le cerveau en ébullition. Elle était en plein milieu d'une expérience au laboratoire et elle devait absolument s'y rendre dans la journée. Et si elle baissait la vitre pour appeler à l'aide ? Est-ce qu'on l'entendrait ?

— Je ne te ferai aucun mal, Cara, dit Talen en s'engageant sur l'autoroute déserte.

La jeune femme se mordilla la lèvre inférieure. La maîtresse de maternelle se rendrait vite compte de l'absence de Janie. Elle appellerait forcément quelqu'un… non ? ou bien se dirait-elle que Janie avait attrapé le virus intestinal qui faisait tant de ravages dans sa classe ? Peut-être pouvait-elle discuter rationnellement avec leur ravisseur ? À moins qu'il soit fou…

— Euh… et si tu nous relâchais… euh… Talen ?

Il sourit en l'entendant utiliser son prénom et Cara se sentit rougir.

— Impossible.

Bon, c'est mal parti.

— Pourquoi pas ? insista-t-elle tout en faisant glisser ses mains jusqu'au mécanisme de la ceinture.

— Je ne plaisantais pas tout à l'heure, grogna-t-il, et Cara replaça vivement les mains sur ses genoux. Tu ne le sais pas, mais tu es en grand danger.

Oh que si ! elle s'en rendait très bien compte. Elle se redressa et vit qu'ils sortaient de l'autoroute à la sortie de Mercy Lake, sa rassurante petite ville dans la banlieue de Boston. Dépitée, elle comprit alors où il l'emmenait.

— On va à l'aérodrome ?

— Oui.

— Pourquoi ?

Ce terminal très exclusif était réservé aux jets privés et aux hydravions.

— Parce que c'est là que l'avion nous attend, répondit-il sur un ton sans réplique.

— Je ne peux quand même pas prendre l'avion en chemise de nuit !

Il se tourna vers elle avec un sourire qui acheva de la faire fondre. Décidément, il fallait qu'elle se reprenne.

— Je t'avais dit de prendre le panier de vêtements.

— Écoute, insista-t-elle. Laisse-nous partir et on n'en parlera à personne, je te le promets.

— Je n'en doute pas, mais je te répète que c'est impossible. Vous êtes en danger.

— D'accord…, soupira-t-elle, dépitée.

Il gara la voiture devant un jet argenté. Lorsqu'il coupa le contact, le silence se fit dans l'habitacle et il la regarda, le sourcil levé.

— Est-ce que tu vas monter bien gentiment dans l'avion ou pas ?

— Pas question qu'on aille où que ce soit.

Elle devait sortir Janie de la voiture et s'enfuir avec elle pour demander de l'aide. Elle déboucla sa ceinture mais aussitôt il la souleva sans aucun mal pour l'asseoir sur ses genoux. Elle sentit brièvement sous ses fesses son membre tendu, d'une taille impressionnante, puis il sortit de la voiture. Elle tenta de résister, mais il l'immobilisa contre lui et lui protégea même le dessus du crâne pour qu'elle ne s'érafle pas sur le métal du cadre de la portière. Elle en profita pour lui enfoncer le coude dans les côtes, mais il la regarda droit dans les yeux.

— Cara, ça suffit. J'imagine que tu n'as pas envie que ta fille me voie te balancer sur mon épaule pour te porter jusqu'à l'avion ? Sans compter que, dans cette position, tu montrerais ta jolie petite culotte rose à tout le monde.

Cara le regarda, bouche bée, la respiration courte. Il profita de son hébétement pour la poser par terre et ouvrir la portière de Janie.

— Détache-la.

Coincée entre son corps chaud et la carrosserie, elle n'avait pas le choix. Elle souleva Janie, qui passa ses petits bras autour de son cou.

— Ils arrivent toujours, murmura la fillette.

— Je les sens aussi, dit Talen, dont elle perçut le souffle dans ses cheveux. Il faut faire vite.

Il la saisit sans ménagement par le bras et claqua la portière. Cara, elle-même sensible à l'urgence de la situation, sentait qu'ils devaient partir aussi vite que possible, mais elle hésitait encore. Peut-être devait-elle tenter de s'enfuir seule avec Janie dans le Hummer ?

— Arrête de te poser autant de questions, conseilla Talen en lui lâchant le bras pour la pousser sur les petites marches menant à l'avion. On s'en va. Tout de suite.

— Vas-y, maman, l'implora Janie. Dépêche-toi.

Cara céda, entra dans l'appareil et s'assit sur une banquette grise. Janie se serra contre elle avec un soupir de soulagement et Cara l'aida à boucler sa ceinture. Talen ferma la porte, puis ouvrit un compartiment à bagages d'où il sortit une couverture bleue qu'il tendit à la jeune femme en souriant. Elle ne sentait aucune menace en lui, en tout cas aucune dirigée vers elle. Il s'assit en face d'elle et l'avion, les moteurs rugissants, s'engagea sur la piste.

Chapitre 2

Après le décollage, Talen se détendit enfin. Ils ne risquaient plus rien. Il sourit à Janie, qui l'étudiait avec curiosité, sans la moindre timidité. Comment un être aussi minuscule avait-il pu mettre à lui seul un terme à trois siècles de paix ?

— Alors, tu vas nous protéger ? demanda-t-elle.

Cara sursauta en entendant la voix de sa fille et se tourna vers Talen.

— J'espère que ça te convient ? répliqua-t-il.

Cette petite fille le fascinait. Elle était si fragile qu'un souffle de vent aurait pu l'emporter. C'était une véritable enfant. Humaine.

Janie l'observa de la tête aux pieds, réfléchit un instant, puis hocha solennellement la tête en serrant très fort la main de sa mère.

— Oui, murmura-t-elle.

Talen resta silencieux un moment, observant les visages pâles des deux femelles emmitouflées dans la couverture bleue.

— Tu as raison, finit-il par répondre, conscient de l'engagement qu'il prenait. Je suis là pour vous protéger.

L'enfant sourit, mais Cara fronça les sourcils et regarda autour d'elle. Probablement pour chercher une arme.

Il savait à quoi il s'engageait et, au cours de sa longue vie, il avait toujours tenu ses promesses. Il profita de cet instant de calme pour les étudier plus attentivement. Elles avaient l'une comme l'autre les cheveux d'une teinte marron dorée, de beaux yeux bleus et des traits délicats. Inconsciemment, elles lui donnaient envie de les protéger. Janie lui adressa un sourire édenté.

— Alors tu es venu pour nous. Enfin.

Elle serra son ours déchiqueté contre sa poitrine et Talen sourit à la vue de ce spectacle attendrissant.

— Oui, Janie, je suis là pour toi.

— Qui es-tu ? demanda Cara en collant sa fille contre elle.

Talen soupira.

— Je t'expliquerai tout ça une fois qu'on sera à Washington, Cara. Tout ce que je peux te dire, c'est que tu es en sécurité.

— Ça m'étonnerait. Qu'est-ce qui nous attend à Washington ?

— Qui nous attend, plutôt.

Elle le fusilla du regard.

— Très bien. *Qui* nous attend à Washington ?

La lumière tamisée de l'habitacle mettait en valeur la fragilité de ses traits. Il comprenait désormais d'où venait son émoi. Il avait senti le changement dans son sang et dans sa peau à la seconde où il l'avait touchée pour la première fois. Il avait désormais la preuve de leur connexion sur sa paume. Ils étaient liés à jamais. Il se retint de regarder sa main. Il aurait tout le loisir de le faire plus tard.

— Le directeur du bureau des U.S. marshals.

— Tu n'es pas un U.S. marshal, rétorqua-t-elle d'une voix péremptoire.

— Loin de là, admit-il en souriant.

— Explique-toi.

S'ils avaient été seuls, il n'aurait même pas pris la peine de répondre, mais il savait que Cara ne cherchait qu'à protéger son enfant. Et, vu qu'elles étaient désormais à lui, il était prêt à tout faire pour les satisfaire.

— Je ne connais pas tous les détails. Tout ce que je sais, c'est que vous êtes en danger. L'existence que vous meniez jusqu'à présent est terminée.

— Quel genre de danger ?

Il hésita. Que pouvait-il lui dire ? Cara semblait très stressée et, malheureusement, il ne pouvait pas faire grand-chose pour arranger cela. Et s'il lui révélait tout…

— Tes yeux sont bizarres, déclara Janie dans le vacarme des réacteurs.

— Mes yeux ?

Talen se retint de sourire. Son frère Dage avait vu juste, comme toujours. Le don de voyance de Janie était extraordinaire.

— Oui. Ils ne sont pas vraiment marron.

— Peut-être pas.

— C'est des lentilles ? Comme à la télé ? demanda-t-elle en fronçant les sourcils pour mieux se concentrer.

— Exactement.

— Tu peux les enlever ?

— Pas maintenant, mais je le ferai plus tard.

— D'accord, conclut la petite fille en revenant se coller à sa mère avant de fermer les yeux avec un soupir.

Cet échange fit frissonner Cara. Qu'est-ce qui n'allait pas avec les yeux de Talen ? Pourquoi Janie s'en était-elle rendu compte aussi vite ? D'ailleurs, pourquoi était-elle affligée de ce don de voyance ?

Si l'institutrice n'appelait pas, le docteur Phillips, le patron du laboratoire, ne manquerait pas de le faire. Il voulait à tout prix conserver sa subvention et il avait donc besoin qu'elle soit à son poste. Cara travaillait à la mise au point d'un virus permettant d'améliorer le rendement du maïs et ses recherches étaient assez prometteuses pour décrocher deux beaux financements pour l'année à venir. Elle pensa alors à sa sœur, Emma, qui serait folle d'inquiétude et remuerait ciel et terre pour les retrouver.

Elle se redressa et s'enfonça les ongles dans ses paumes moites. Talen ne la quittait pas des yeux. Elle leva la tête et regarda cet homme étrange, tout à fait détendu en face d'elle. Sa carrure imposante lui donnait l'impression d'être menue, vulnérable, féminine.

Il avait un corps de rêve : torse large, taille fine, longues jambes, le tout donnant une impression de force et de puissance. Ses traits étaient beaux mais n'apportaient aucune douceur à son visage ; au contraire, il émanait de lui une rudesse très mâle qui attirait le regard. De près, l'effet était encore plus dévastateur.

— Tout va bien se passer, Cara, dit-il d'une voix douce en se calant plus confortablement dans son siège. Tu n'as plus rien à craindre.

Elle continua à l'observer sans un mot. Des sourcils noirs couronnaient ses yeux marron, qui, selon sa fille, étaient « bizarres ». Il avait les pommettes très saillantes et une mâchoire carrée, puissante. Quant à sa bouche… Ses lèvres charnues transpiraient de sensualité, ou, mieux encore, d'une sexualité débridée, assumée. Quelques minutes auparavant, ces lèvres s'étaient posées sur les siennes et ce simple souvenir remit son bas-ventre en ébullition. C'était un phénomène étrange que la scientifique qui était en elle mourait d'envie de disséquer, mais que la femme, elle, n'identifiait que trop bien.

Talen lui adressa un sourire éclatant.

— Je te suggère de te reposer, ma jolie. Ce matin, ce n'était qu'un avant-goût.

— Et mes plantes ? maugréa-t-elle avant de regretter aussitôt ses paroles.

Janie et elles venaient de se faire enlever par une armoire à glace qui embrassait comme un dieu et c'était tout ce qu'elle trouvait à dire ?

— Les plantes vertes chez toi ? (Elle hocha la tête en se mordillant la lèvre inférieure.) Je m'en occupe.

Voyant qu'elle grimaçait, il insista :

— Je te le promets, Cara. Quelqu'un passera s'occuper de tes plantes. D'autres soucis du même genre ?

Ce type est d'une arrogance !

— Oui. Ma sœur, Emma, va tout faire pour nous retrouver. Il faut que je l'appelle.

Elles avaient d'ailleurs rendez-vous dans la soirée pour manger ensemble. Leurs parents étaient morts à l'orée de ses seize ans. C'était Emma, de deux ans son aînée, qui s'était ensuite chargée de son éducation. Mais, à son grand dam, Talen fit un signe négatif de la tête.

— Impossible. On réglera tout ça dès qu'on sera à Washington. Ne t'en fais pas pour tes plantes ou pour ta sœur. Fais-moi confiance. Et maintenant essaie de te reposer un peu.

Comme pour lui donner l'exemple, il croisa ses longues jambes et ferma les yeux.

Cara n'avait d'autre choix que de le croire. Ses plantes survivraient à son absence et elle trouverait le moyen de joindre Emma. Janie marmonna quelque chose dans son sommeil et elle se rappela qu'elle devait se rendre le lendemain chez une nouvelle amie pour jouer. Cara avait d'ailleurs elle-même un rendez-vous galant dans la soirée, le premier depuis… depuis quand, d'ailleurs ? Mais le comptable qui lui téléphonait depuis des mois lui paraissait désormais bien insignifiant. Rasoir. Et très collant. Cara détourna les yeux de l'apollon qui faisait mine de dormir en face d'elle. Parfaitement éveillée, elle regarda les nuages par le hublot.

Deux heures plus tard, Cara était assise devant une grande table de conférence. À côté d'elle, Janie croquait dans son *doughnut* en faisant tomber une pluie de miettes sur la surface lisse. Elles attendaient depuis une demi-heure dans cette pièce, située dans un hangar anonyme à côté de la petite piste d'atterrissage. La bonne nouvelle, c'était qu'on lui avait apporté des vêtements. Elle tombait de sommeil et le silence de la pièce l'incitait à fermer les yeux et à s'endormir.

Elle espérait pouvoir assurer la sécurité de sa fille. Le danger tourbillonnait tout autour d'elles, comme animé d'une volonté propre. Elle n'avait peut-être pas l'acuité de Janie, mais elle sentait sa présence. Son regard tomba sur des pots de violettes africaines alignées sur le rebord de la fenêtre. Les couleurs douces de leurs pétales la calmèrent aussitôt.

Elle caressa les boucles sauvages de Janie et la porte s'ouvrit. Un homme mince d'une soixantaine d'années entra, précédant Talen, dont le visage était fermé. L'inconnu avait des cheveux gris ébouriffés et le visage sillonné de rides. Elle se redressa tandis qu'ils s'installaient en face d'elle.

— Madame Paulsen, je suis M. McKay, le directeur du bureau des U.S. marshals. Je vous présente toutes mes excuses pour ce qui s'est passé ce matin.

Il tendit le bras et lui tapota la main. Ses doigts, recouverts de taches de vieillesse, étaient glacés. Sa respiration était hachée et il semblait très mal à l'aise. Cara se crispa. Pourquoi ne parvenait-elle même pas à bloquer les émotions du nouveau venu ? McKay regarda Talen, puis se tourna de nouveau vers elle.

— Monsieur McKay, répondit Cara en prenant un air aussi sévère que possible, j'exige des explications.

Il avait peut-être peur de Talen, mais pas elle. McKay se racla la gorge, puis lui adressa un sourire incertain.

— Alors, en quelques mots, Janie et vous-mêmes êtes la cible du gang Merodize de New York.

— Pardon ? Un gang ? En quoi est-ce qu'on peut intéresser un gang new-yorkais ? Maintenant, dites-moi ce qui se passe vraiment. (Elle fronça les sourcils en direction de Talen, qui restait de marbre à côté du directeur.) J'attends.

— Madame Paulsen, bafouilla le vieil homme avant de grimacer et de se tourner vers Talen.

Ce dernier, qui avait clairement l'ascendant sur McKay, se pencha vers elle.

— Le gang n'a aucune importance. Ses membres servent juste d'hommes de main aux Kurjans.

— Les Kurjans ? On dirait le nom d'un groupe terroriste. Qu'est-ce qu'ils peuvent bien nous vouloir ? demanda Cara.

Au même instant, Janie inspira très fort et tous les regards se tournèrent vers elle.

— Ils existent vraiment ? demanda-t-elle à Talen, pâle comme la mort.

— Oui, répondit-il, mais je te promets qu'ils ne te feront aucun mal, Janie. Tu n'as rien à craindre. J'en réponds de ma vie.

L'instinct maternel de Cara se réveilla lorsqu'elle vit sa fille trembler ainsi de peur. Elle se leva en frappant la table de la paume.

— C'est qui, ces Kurjans ?

— Assieds-toi, ordonna-t-il, et elle obéit sans même s'en rendre compte. Les Kurjans sont nos ennemis communs. Pour des raisons dont nous discuterons plus tard (il hocha discrètement la tête en direction de Janie), ils enlèvent des femmes, en particulier celles qui possèdent des dons particuliers. Ils ont entendu parler de toi, Cara, et ton expérience de scientifique est pour eux un plus non négligeable.

Les tempes battantes, elle écarquilla les yeux. Comment ça, son expérience de scientifique ? Son champ de recherches se bornait à la modification du génome du maïs pour le rendre plus résistant aux maladies. Et pourquoi diable un groupe de terroristes irakiens s'intéresserait-il aux femmes douées de capacités spéciales ? Qu'est-ce que c'était que cette histoire ? Elle acceptait néanmoins de jouer le jeu. Pour l'instant, car, à la première occasion, elle prendrait la poudre d'escampette avec sa fille.

— Allons, Cara, tu n'as plus besoin de cacher ta véritable nature, l'encouragea-t-il, la mâchoire plus crispée que jamais.

— Tout va bien, maman, murmura Janie en lui tapotant le genou. Il sait déjà.

— Très bien. (C'était la seule réponse qu'elle acceptait de faire pour l'instant.) Et maintenant ?

Talen s'éclaircit la gorge.

— Il me faut une liste des membres de ta famille.

— Pardon ?

— Une liste. Tu me disais que tu avais une sœur. C'est une empathe, elle aussi ?

C'était hors de question.

— Non.

Il carra ses épaules massives et se pencha pour lui prendre la main.

— Je vais prendre ça pour un « oui ». Si les Kurjans sont à tes trousses, ils chercheront aussi ta sœur. Où est-elle ?

Cara, terrorisée, sentit son sang se figer dans ses veines. Elle scruta son visage pour tenter de deviner s'il disait la vérité.

— Tu l'aideras ?

— Oui. J'enverrai quelqu'un chez elle sur-le-champ.

Cara fit un effort surhumain pour surmonter sa méfiance et lui donna l'adresse du domicile d'Emma, ainsi que celle de son bureau. C'était si près de chez elle... Elle espérait que sa sœur était saine et sauve.

Talen hocha la tête et tira un portable de sa poche, puis composa un numéro et aboya quelques ordres pour que des soldats aillent chercher Emma. Cara savait d'avance qu'ils ne seraient pas très bien reçus.

— Il n'y a qu'elle ? demanda Talen après avoir raccroché.

— À ce que je sache, oui. (Leur mère était fille unique. Quant à leur ordure de père, elles ne savaient pas s'il avait de la famille. Et, à vrai dire, elles s'en fichaient.) Bon, est-ce que tu vas me dire de quoi il s'agit vraiment, oui ou non ?

McKay prit alors la parole :

— Et si Janie et moi allions chercher d'autres *doughnuts* pendant que M. Kayrs vous explique tout ?

Il se leva, mais Cara saisit la main de Janie.

— Non, attendez.

— Cara, insista Talen de sa voix grave, il faut qu'on parle. Seul à seul.

— Tout va bien, maman, la rassura Janie. J'ai rêvé de Talen. Il est gentil. Je le sais.

Cara la lâcha malgré son angoisse et la regarda sortir avec McKay, puis sa colère reprit le dessus.

— Je t'écoute.

Talen prit une grande inspiration.

— La découverte de ta fille a mis fin à près de trois siècles de paix entre les miens et les Kurjans.

— Janie ? Comment ça, les tiens ?

Talen fit la moue, fronça les sourcils, puis ôta ses lentilles.

— Qu'est-ce que...

Les yeux de Talen étaient dorés et incandescents comme de la lave. Cara recula brusquement mais il lui saisit le poignet, plaqua sa main sur la sienne et la rapprocha de lui.

— Ne bouge pas. Ce n'est pas fini, dit-il avec un sourire narquois.

— Il y a un truc.

Ses yeux avaient une teinte impossible et la chaleur de sa paume annihilait la fraîcheur du bois de la table.

— Non, Cara. Je suis un protecteur de la race des Sanguisuga.

— Sanguisuga ? Ce n'est pas du latin ?

Elle n'avait étudié cette langue que pendant deux semestres à l'université, mais il lui en restait quelques souvenirs.

— Si.

— Et ça veut dire quoi ?

Il lui serra fort le poignet.

— Vampire.

Cara faillit s'étouffer de rire.

— Tu es un vampire ?

Elle tourna les yeux vers la porte, inquiète. Où donc était Janie ? Talen poussa un nouveau soupir, ce qui semblait être un tic chez lui, et sourit pour lui montrer deux canines acérées. Cara tenta de lui reprendre sa main, mais en vain.

— Mon Dieu...

— Il faut que je te morde pour que tu me croies ?

Elle sentit de l'intérêt, ainsi qu'une sensation plus sombre, passer entre eux, et redoubla d'efforts pour bloquer ses émotions.

— Euh... non merci, balbutia-t-elle, abasourdie. Ça ne peut pas être vrai. D'ailleurs, tu étais dehors tout à l'heure. Il était très tôt, mais le soleil était déjà levé.

Elle refusait d'y croire.

— La lumière du jour ne gêne que les Kurjans, Cara. Nous, ça ne nous dérange pas le moins du monde.

— Ce sont aussi des vampires ?

Talen haussa les épaules et fit disparaître ses dents.

— Non. Ce sont des monstres.

— Mais ils ont des canines et ils boivent du sang ?

— Oui.

— Et toi, tu bois aussi du sang ?

— Seulement dans les situations extrêmes.

— Comment ça ?

— Quand je me bats ou que je fais l'amour.

Il poussa le même grognement que lorsqu'ils s'étaient embrassés et Cara sentit son ventre se nouer.

— Oh ! répondit-elle. (Elle pensa sans le vouloir à ses canines. Et au sexe. Son cœur se mit à battre plus vite et elle cessa de lutter, du moins momentanément.) Pourquoi ?

— Pourquoi quoi ?

Du bout du pouce, il traçait des cercles brûlants sur son poignet, là où battait son pouls, son regard doré rivé sur sa jugulaire.

— Pourquoi Janie ? Pourquoi est-ce qu'ils cherchent des femmes aux capacités inhabituelles ?

Il se passa la main sur le menton et la regarda dans les yeux.

— Janie est spéciale, tu le sais. Ses pouvoirs psychiques dépassent tout ce que nous avions vu jusque-là.

Cara se redressa, aiguillonnée par la peur.

— Comment le sais-tu ? Comment est-ce qu'ils ont découvert son existence ?

— Nos deux races sont capables de percevoir ce genre de capacités chez les humains, mais nous ne pouvons pas le faire à distance. Nous ne savons pas comment ils ont appris pour Janie. C'était peut-être un coup de chance, mais j'en doute.

— Et vous, comment vous nous avez trouvées ?

— Nous avons des sources au sein du gang Merodize ; nous avons appris juste à temps qu'ils comptaient vous enlever.

Cara contint de son mieux la panique qui commençait à l'envahir.

— Et la paix qui régnait entre les deux clans est rompue ?

— Oui. Nous avons passé des siècles à nous faire la guerre, mais les pertes ont fini par être trop écrasantes dans les deux camps. Nous avons alors signé un traité interdisant tout contact avec les humains. Personne n'aurait cru que la trêve durerait aussi longtemps.

Cara fronça les sourcils.

— La reprise des hostilités ne semble pas te contrarier tant que ça.

Il lui sourit et elle vit que ses canines avaient repris une taille normale.

— Nous sommes nés pour nous battre. Et vivre au sein des humains sans pouvoir entrer en contact avec vous ce n'était pas facile. On a besoin de vous.

Cara sentit une vague de chaleur dorée déferler sur son visage.

— Pour le sang, dit-elle, mal à l'aise.

— Entre autres.

Elle se figea à ce murmure. Même son cœur lui sembla s'arrêter l'espace d'une seconde. Elle n'avait pas la concentration nécessaire pour bloquer les sensations qui émanaient de Talen.

— Quelles sont les autres raisons ? s'enquit-elle d'une voix mal assurée.

— Nos deux races ne produisent que des mâles. Nos compagnes sont humaines. Et toi, Cara, grommela-t-il, tu es la mienne.

Chapitre 3

Talen la lâcha et Cara se leva d'un bond, renversant son fauteuil dans son élan.

— Tu rêves, grogna-t-elle d'une voix qu'elle ne se connaissait pas.

Elle se reprit aussitôt. Elle se trouvait dans un bâtiment gouvernemental sécurisé. Elle n'avait rien à craindre. Talen se leva sans hâte et traversa la pièce. Cara recula d'un pas, le souffle court, mais il sourit et s'adossa à la porte.

Si elle voulait sortir, elle allait devoir lui passer sur le corps. Il était d'une carrure intimidante. Même si elle avait su se battre, elle n'aurait eu aucune chance face à lui. Paralysée par la peur, elle se sentit gagnée par un frémissement féminin qu'elle se refusait à identifier.

Talen se cala confortablement contre la porte et croisa ses bras musclés.

— Je ne te ferai aucun mal, dit-il d'une voix grave qui ne fit qu'accroître son émoi. Et je ne laisserai personne t'en faire. Jamais.

D'accord. Très bien. Il était trop fort pour qu'elle l'affronte physiquement, mais elle pouvait toujours se servir de sa cervelle.

— Écoute, Talen, commença-t-elle d'une voix apaisante. Je suis contente de savoir que tu vas enfin pouvoir trouver une petite amie, mais je ne cherche pas de…

Voyant qu'il se retenait de sourire, elle se tut, puis reprit en s'efforçant de garder son calme :

— Je t'amuse ?

— Oh que oui !

— Et pourquoi ?

En effet, elle percevait même son amusement dans l'air ambiant, à son grand dam.

— Ce n'est pas spécialement toi, ce sont les humains en général. Je n'ai jamais compris pourquoi vous refusez d'admettre l'influence du destin. Il sait ce qu'il fait.

— Le destin ?

Il devait lire trop de romans à l'eau de rose.

— Oui, le destin.

— Ah ! C'est très... euh... poétique, Talen, répliqua-t-elle en cédant au sarcasme. Mais, crois-moi, le destin n'a rien à voir là-dedans.

— Tu te trompes.

— Tu peux le prouver ?

— Volontiers.

Il leva la main droite et lui présenta sa paume. Un motif complexe apparaissait sur sa peau calleuse. Il était composé d'une multitude d'arcs de cercles, tracés à l'encre noire et formant un nœud autour de ce qui semblait être un K.

— C'est un tatouage ?

Peut-être en avait-il d'autres sur ce corps de dieu grec ?

— Non, une marque. Elle est apparue tout à l'heure, quand je t'ai pris le bras.

— « Une marque » ? ricana-t-elle. Arrête ton char.

— C'est la vérité, Cara. Elle n'apparaît généralement qu'après le premier accouplement, mais il y a parfois des exceptions. (Il la regarda droit dans les yeux.) Notre lien doit être très solide.

— Non. (Il haussa les épaules, mais Cara refusait d'admettre qu'il disait la vérité.) Non, répéta-t-elle. Le destin, je n'y crois pas.

Comment cette marque avait-elle pu se former ? Pourtant, il semblait convaincu de ce qu'il disait et Cara, inquiète, se demanda jusqu'où il était prêt à aller pour suivre ce prétendu destin.

— C'est ton droit, acquiesça-t-il.

— Exactement. (Elle scruta son visage à la recherche du moindre indice de mystification, mais il haussa paisiblement un sourcil.) Mais tu ne sais rien de moi. Si ça se trouve, je suis mariée.

— Non.

— Comment le sais-tu ?

Il haussa les épaules.

— Mon frère Dage a transféré ton dossier sur mon smartphone.

Les vampires se servaient de smartphones ? Il comptait vraiment lui faire gober ça ?

— Et tu étais où à ce moment-là ? demanda-t-elle en maudissant sa propre curiosité.

— En réunion avec Conn, mon autre frère.

Eh ben, elle est très famille, cette créature de la nuit. Ou du jour. Ou de je ne sais quoi, se dit Cara avant de tenter une nouvelle approche.

— Et, d'ailleurs, j'ai un rendez-vous ce soir.

Elle avait dit cela à moitié pour le provoquer, mais cela n'eut pas le moindre effet sur lui.

— Tu ne pourras pas y être.

Elle inspira le doux parfum des impatiens, dont plusieurs pots ornaient la pièce. Elle cherchait à se calmer, à s'éclaircir les idées. En règle générale, un sourire était quelque chose d'amical, mais, chez Talen, cela tenait plutôt de l'avertissement. Il la dévora des yeux et elle se sentit rougir. C'en était assez. Une colère sourde commençait à bouillonner dans son ventre.

— Pousse-toi. Je vais chercher ma fille.

Il secoua la tête et le malaise de la jeune femme s'accrut encore.

— Tu peux choisir d'ignorer le destin, mais l'issue de cette journée n'en reste pas moins inévitable.

— « Issue » ? répéta-t-elle, la voix tremblante.

— Nous allons nous marier ici même et nous nous accouplerons avant la fin de la journée.

— J'ai. Dit. Non, assena-t-elle en se retenant de lui lancer sa chaise au visage.

— Tu as le droit de ne pas croire au destin, comme je te l'ai dit, et de nier tes propres capacités. Ton intuition, si tu l'écoutais, te dirait que tout cela est dans l'ordre naturel des choses, mais… (soudain, des petites taches vertes se mirent à tourbillonner dans l'or fondu de ses yeux) en ce qui concerne la sécurité de ta fille, je ne te laisse pas le choix. Elle passe par-dessus tout. Toi qui es sa mère, tu le sais encore mieux que moi.

Cara recula d'un pas.

— Tu menaces ma fille ?

Elle était à la fois furieuse et paniquée. Elle devait récupérer Janie sans perdre une seconde. Talen se redressa de toute sa taille.

— Bien sûr que non. La protection de cette enfant est mon devoir le plus sacré, répondit-il tandis que ses yeux verdissaient de plus en plus. Janie et tous les autres enfants que nous aurons peut-être.

— Je ne comprends pas.

— C'est parce que tu ne réfléchis pas.

— Pardon ? cria-t-elle d'une voix suraiguë.

Voilà qu'elle se transformait en mégère hystérique maintenant !

— Tu as très bien entendu. Calme-toi et réfléchis. La trêve est terminée. Janie et toi avez été découvertes. Les Kurjans sont prêts à tout pour s'approprier une compagne telle que toi. Crois-moi, ce n'est pas ce que tu veux, Cara.

— Je suis capable de protéger ma fille, assura-t-elle avant d'écarquiller les yeux en le voyant éclater de rire.

— Je vous ai enlevée en moins de trois minutes, et encore sans recourir à la manière forte et sans faire peur à Janie. Tu ne peux pas la protéger. Même le gouvernement ne le pourrait pas. Ouvre les yeux, Cara. Je suis ta seule chance.

Cara recula d'un pas.

— Si le gouvernement ne peut rien faire pour moi, qu'est-ce qu'on fiche ici, alors ?

— Je n'ai pas dit qu'il ne pouvait rien faire, juste qu'il ne pouvait pas te protéger. Par contre, il va nous fournir une excellente couverture, ce dont tu vas avoir besoin pour expliquer ta disparition soudaine.

« Disparition » ? Ce terme raviva son angoisse et elle se retint de paniquer. Qui allait arroser ses plantes ? Elle fit une dernière tentative.

— Je peux t'embaucher pour notre protection.

— Je n'ai pas besoin d'argent.

Il se redressa et fit un pas en avant. Vers elle.

— Si ce que tu prétends est vrai, et je ne dis pas que je te crois, même si on se marie, les Kurjans chercheront toujours à m'enlever.

— Non. Quand tu te lies à un compagnon, c'est le premier et le dernier, ma jolie. Dès demain tu ne risqueras plus rien. Ils ne pourront plus te toucher, littéralement parlant.

Elle le regarda droit dans les yeux et prit son courage à deux mains pour ne pas reculer.

— Pourquoi ?

Talen écarta une boucle de son visage.

— C'est une histoire de sécrétions, un truc qu'on s'échange pendant l'accouplement.

Il fit un pas supplémentaire et son énergie l'enveloppa, la traversa. Une odeur mâle, pleine de sous-entendus sexuels, mêlée au parfum musqué de son eau de toilette, se mit à danser sur sa peau.

Cara était hypnotisée par la teinte dorée de ses yeux. Son cœur se mit à tambouriner. Talen prit son menton dans la main avec un regard qui la mettait au défi de l'en empêcher. La tension était palpable et les oreilles de la jeune femme commencèrent à sonner. Elle ouvrit la bouche pour dire quelque chose. N'importe quoi.

Talen baissa alors la tête et l'incendie se déclencha.

Ses lèvres fermes étaient brûlantes. Il posa la main sur le bas de son dos et l'attira contre lui, contre une érection d'une rigidité incroyable. Emportée par ce tourbillon, elle se hâta de mettre ses boucliers en place, mais la passion qu'elle ressentait venait d'elle-même et rien ne pouvait l'en protéger.

Talen la colla à lui et intensifia son baiser avec une voracité qu'il ne cherchait même pas à contrôler. Cara ne savait plus où elle se trouvait, ni même qui elle était. Elle lui rendit son baiser, gémissant au fond d'elle-même, et se pressa contre lui, incapable de lutter.

Talen, quant à lui, était de plus en plus débridé. Il poussa un grognement qui résonna dans les veines de Cara, puis pivota et la souleva pour la poser sans ménagement sur la table. Il l'agrippa par les cheveux et, de son autre main, la força à se tenir droite. Les genoux de Cara étaient crispés contre les hanches du vampire et elle sentit sa langue repartir à l'assaut de son palais.

Il leva la tête et elle le regarda, hypnotisée par ses yeux, désormais plus verts que dorés. Comment était-ce possible ? Ses joues étaient d'un rouge sombre et ses canines acérées étaient sorties.

La peur doucha aussitôt le désir de Cara. Elle se figea, la bouche sèche, et son cœur se mit à battre la chamade.

— Attends, l'implora-t-elle en se débattant.

Talen tourna la tête vers la porte, à la manière d'un loup reniflant une proie, puis la lâcha et recula de quelques pas en escamotant ses canines.

— Les voilà.

Cara sauta sur le sol et remit ses cheveux et ses vêtements en ordre. Qu'est-ce qui lui avait donc pris ? Elle l'avait embrassé comme si sa vie en dépendait. Ses seins, lourds de désir, lui faisaient mal. Tout cela pour un inconnu, capable de la tuer sans le moindre effort, qu'elle venait d'embrasser comme s'il lui appartenait. Décidément, elle avait besoin de voir un psy.

— Alors… tu doutes encore de notre lien ?

Elle se força à garder les yeux rivés sur la porte.

— Ce n'est pas la peine qu'on se marie.

— Oh que si !

— Tu crois à l'institution du mariage ?

— Non. Nos rituels d'accouplement existaient avant le mariage humain, mais je veux t'entendre prononcer les mots, dit-il en regardant lui aussi la porte. Et puisqu'il me semble entendre le pasteur en train de parler à McKay je te suggère de te faire très vite une raison.

— Talen…

Comment pouvait-elle le convaincre ?

— Janie ne sera vraiment en sécurité qu'une fois qu'on sera arrivés à notre QG. Seules nos compagnes ont le droit de savoir où il se trouve et on ne partira pas d'ici tant qu'on ne sera pas mariés, Cara.

La jeune femme cherchait désespérément le moyen de se sortir de cette situation, mais la sécurité de Janie passait avant tout.

— Très bien, mais, même si j'accepte de t'épouser, ça ne signifie rien de plus, Talen.

Elle avait envie de crier à s'en rompre les tympans. Prise au piège comme une souris dans un labyrinthe, elle tournait la tête dans tous les sens, affolée.

— Tu crois vraiment que tu peux encore me dire non, ma jolie ? Après notre baiser ?

Son petit ricanement la fit sortir de ses gonds.

— Quel baiser ?

Cette fois-ci, il éclata franchement de rire. L'alarme de sa montre se déclencha et il la coupa aussitôt.

— Mon frère vient d'arriver. Tu es prête à te marier ? demanda-t-il avec un regard de défi.

Au même moment, la porte s'ouvrit et Janie entra en sautillant, précédant McKay et un homme rondouillet en robe de cérémonie noire.

Lorsque sa fille lui sauta dans les bras, Cara se sentit fondre malgré elle. Son instinct maternel et son amour prirent aussitôt le dessus. Elle était prête à tout pour protéger sa fille. Même à épouser un vampire.

— Oui.

Moins d'une heure plus tard, Cara apposait sa signature sur le registre en se demandant si la procédure était bien valide. La cérémonie s'était déroulée à la va-vite dans la petite salle de réunion. Talen avait prononcé ses vœux d'une voix grave et assurée tout en lui tenant la main d'une poigne à la fois ferme et douce pendant que Janie dansait de joie à côté d'elle. Le vampire avait ensuite placé un bracelet sur son poignet gauche. Le métal était décoré d'un motif complexe, mais elle n'avait pas eu le loisir de le déchiffrer, car le pasteur avait alors annoncé à Talen qu'il pouvait embrasser la mariée.

Ce qu'il avait fait en l'attrapant par le menton d'une main brûlante, les yeux plus dorés que jamais. Son baiser était presque brutal, comme une promesse de leurs futures caresses, et avait manqué de la faire défaillir. Tout s'enchaînait si vite…

— Très bien, dit McKay, la tirant de sa rêverie. Talen, suivez-moi dans mon bureau pour signer le nouvel accord. Cara, le marshal Nelson va vous expliquer en quoi consistera votre programme.

Il lui désigna un homme squelettique qui venait d'entrer avec une pile de papiers dans les bras.

— Quel programme ? demanda-t-elle, plus perdue que jamais.

— Le programme fédéral de protection de témoins. On doit vous inscrire avant de faire disparaître votre dossier. On expliquera à vos proches que vous avez assisté à une attaque de gang et qu'on a été forcés de vous faire déménager.

Le directeur regarda sa montre. Il devait avoir hâte que la journée se termine.

— Très bien, soupira Cara. Viens, Janie.

Elle était déjà en train d'élaborer un plan de fuite. Janie et elle prendraient l'ascenseur pour descendre jusqu'au rez-de-chaussée, puis voleraient une voiture. Talen se trompait. Elle était tout à fait capable de protéger sa fille. Ensuite, elles iraient se réfugier chez sa sœur.

— Non, je veux aller avec Talen, répondit la petite, le visage déterminé.

Cara poussa un soupir. Janie avait besoin d'une bonne sieste.

— Elle peut m'accompagner, intervint Talen en prenant le bras de Cara. Toi, tu vas avec Nelson. On vous retrouve dans son bureau dans quelques minutes. (Elle tenta de se dégager, mais il serra les doigts et la regarda dans les yeux.) Je ne plaisante pas, Cara. Tu vas tout droit au bureau de Nelson. Les Kurjans ont des hommes partout.

— D'accord.

Elle voulait en terminer au plus vite avec les formalités pour tenter de s'échapper. Talen la lâcha et sa fille prit la main de son nouveau papa pour l'entraîner dans le couloir à la suite de McKay. Talen raccourcissait ses enjambées pour se caler sur le pas de sa petite compagne. Une fois au bout du couloir, il se retourna pour adresser un regard entendu à Nelson, puis entra dans le bureau du directeur.

Cara paniquait à l'idée d'être séparée de sa fille, mais, au fond d'elle, elle savait que Talen ne lui ferait aucun mal. En revanche, elle avait de plus en plus de doutes quant à sa propre sécurité entre les mains de cet homme.

— Par ici, madame Paulsen, l'invita Nelson, mal à l'aise, en lui désignant l'ascenseur. Euh… madame Kayrs, je veux dire.

Percevant son irritation, elle remit ses boucliers en place.

— Vous avez quelque chose à me dire, monsieur Nelson ?

— Euh… non, pas vraiment. (Il appuya sur le bouton de son étage, les yeux rivés sur ses chaussures.) C'est juste que… ce sont de vrais barbares. Ils ont enlevé le directeur il y a trois ans, vous vous rendez compte ? Et depuis ils règnent en maîtres ici et ils ne veulent même pas nous dire où ils vivent. Ils ont une mentalité d'hommes préhistoriques, mais ils bénéficient d'une technologie supérieure à la nôtre, qu'ils refusent de partager.

Nelson s'interrompit, à bout de souffle, mais ne reprit pas sa tirade, car les portes de l'ascenseur venaient de se rouvrir. Deux marshals massifs entrèrent à leurs côtés dans l'espace confiné.

Tandis que la cabine descendait, l'un des nouveaux venus sourit à Cara, dévoilant des dents immaculées. Elle lui rendit automatiquement son sourire, puis le regarda dans les yeux. Aussitôt, une alarme se déclencha en elle. Les sensations qui tourbillonnaient autour de lui étaient sombres comme la nuit la plus noire.

Elle verrouilla ses boucliers et se tourna vers Nelson pour l'avertir, mais au même instant le deuxième inconnu pivota, plaqua le marshal contre la paroi et lui enfonça une petite aiguille dans le cou. Cara cria en le voyant s'écrouler, puis sentit un petit pincement au niveau du cou et sombra à son tour dans l'inconscience.

Chapitre 4

Avec un soupir agacé, Talen signa les derniers documents tandis que, derrière lui, Janie s'amusait à colorier des poneys. Il avait rendu un sacré service à son frère Dage en acceptant de jouer les agents de liaison avec le gouvernement. Le bâtiment métallique était un véritable four et il avait hâte d'en sortir. Le deuxième étage était encore plus étouffant que les autres. Il était pressé d'emmener sa nouvelle famille chez lui et de revendiquer sa compagne.

Sa montre se mit à clignoter et il appuya sur un bouton.

— On peut savoir pourquoi vous vous éloignez aussi vite du point de rendez-vous ? demanda son frère, visiblement irrité.

— Quoi ?

— Le radar indique que vous êtes en train de vous éloigner ! explosa Dage, fidèle à son tempérament.

— Eh merde !

Talen se leva d'un bond, attrapa Janie au passage et fonça vers l'ascenseur. Lorsque les portes s'ouvrirent, il ne fut pas surpris d'y trouver Nelson, inconscient. Il se précipita dans la cabine, suivi de McKay, qui passa sa carte magnétique sur le lecteur avant de tâter le pouls de son agent.

Talen, lui, ne se souciait pas du sort de Nelson. Un sentiment étrange lui tordait le ventre et lui coupait le souffle. La peur, peut-être ? Une senteur de pin lui envahit les narines et une sensation de brûlure lui irrita les yeux.

— Tu es sur le tarmac ? demanda-t-il à son frère.

— Bien sûr ! Et toi, putain, t'es où ?

— Dans l'ascenseur. C'est ma femme qui porte mon bracelet, pas moi.

Il tenait Janie serrée dans ses bras. L'ascenseur descendait bien trop lentement à son goût. Il aurait dû prendre l'escalier.

Son frère mit quelques secondes avant de répondre.

— Tu as bien dit ta femme ?

— Affirmatif.

Les portes s'ouvrirent enfin et Talen courut droit à son frère. Sans même lui adresser un regard, il s'engouffra dans la cabine de l'appareil militaire amélioré par leur autre frère, Conn. Dage le suivit et s'installa au poste de pilotage.

— Prêt à décoller, dit-il dans le rugissement des réacteurs. Tu peux m'expliquer ?

Jamais Talen n'avait autant apprécié la capacité de son frère à passer à l'action sans se poser de questions, ou les dons de bricoleurs hors pair de Conn.

— La voilà, répondit-il, concentré sur le petit point qui clignotait sur l'écran radar.

Il était calme et froid, obnubilé par le désir de tuer les ravisseurs de Cara, mais, en entendant le sanglot étouffé de Janie sur sa poitrine, il se força à adopter une expression neutre, puis lui souleva tendrement le menton et lui sourit.

— Tout va bien, ma puce. On va chercher ta maman.

Les grands yeux bleus embués de larmes le regardaient avec un mélange touchant de peur et de confiance. Talen ressentit encore plus l'envie instinctive de se venger. Quelqu'un avait pris ce qui était à lui. Refusant de penser que Cara puisse être blessée, il se mit à envisager froidement la manière dont il donnerait la mort à ses ravisseurs.

— J'imagine que c'est l'enfant que tu es allé chercher ? demanda Dage.

— Salut, dit Janie en se collant plus confortablement contre le torse de Talen. Je t'ai vu dans mes rêves.

Dage se tourna vers elle et lui sourit gentiment.

— Et moi je t'ai vue dans les miens.

— À part les yeux, tu ressembles beaucoup à Talen.

— Non, je suis bien plus beau ! plaisanta-t-il.

— Ma fille, Janie, la présenta Talen, pas le moins du monde surpris qu'elle soit déjà aussi à l'aise. Janie, voici ton oncle Dage.

Dage tourna ses yeux argentés vers son frère, puis reporta son attention sur l'humaine, si petite, si fragile.

— Ma nièce. (Il prononça ses mots solennellement, comme s'il était le seul à entendre les cliquetis du destin se mettant en place. Pour Talen, pourtant, ils faisaient tant de bruit que mêmes les humains devaient les percevoir.) Tu n'es parti que depuis hier, pourtant, dit-il avec un sourire.

— Je sais.

— Euh… tu es bien conscient que je ne t'ai jamais dit d'épouser l'humaine ?

— C'était indispensable. Tu sais bien que c'était le seul moyen d'assurer sa sécurité.

— D'accord, mais pourquoi toi ? insista Dage, dont les doigts volaient sur les commandes avec une agilité de virtuose.

— Parce qu'elle est à moi, répliqua Talen avec une finalité qui fit sourire Dage.

Il lui montra le motif imbriqué dans sa paume et son frère écarquilla les yeux.

— La marque.

— Eh ouais. Elle est à moi, ça ne fait aucun doute.

— Félicitations. Je commençais à me demander si la marque de Conn n'était pas un faux et si la légende du marquage naturel était bien réelle. Si ça pouvait arriver sans arrangement préalable et sans serment.

— Je crois que c'est censé arriver comme ça. Elle est apparue à la seconde où j'ai touché le bras de Cara et je peux te dire que ça m'a fait un mal de chien.

— Ça aussi, j'en doutais. Conn disait qu'il avait l'impression de s'être fait transpercer la main par une lance chauffée à blanc. J'espérais que certains d'entre nous trouveraient naturellement leurs compagnes.

— Ça devrait toujours se passer comme ça, Dage. Les unions arrangées, ce n'est pas le départ idéal pour passer l'éternité ensemble. (Plus ils approchaient du véhicule où se trouvait sa compagne et plus la main de Talen le lançait.) Et dis-toi que, si le destin n'avait pas tout prévu, tu ne rêverais pas de la même femme depuis des siècles.

— Oui, peut-être, acquiesça Dage. Tu as tout dit à ta compagne ?

— Bien sûr que non.

— Comment est-ce que t'as bien pu la perdre ?

Le signal vital du bracelet était très net et se dirigeait vers le nord-ouest. Dage écouta son frère lui raconter toute l'histoire.

— Je devrais t'accompagner, finit-il par dire.

— Non. Ma femme. Mon combat. D'ailleurs, je compte sur toi pour veiller sur Janie.

— Je viens avec toi, intervint la petite, le regard fier. Ma maman. Mon combat.

Les deux hommes se retinrent de sourire. Le regard de Dage s'éclaircit, comme lorsqu'une fenêtre de l'avenir s'ouvrait dans son esprit. Il plissa les yeux et pencha la tête, écoutant une voix que lui seul pouvait entendre. *Ce médium de mes deux*, pensa Talen. *Il a intérêt à me donner de bonnes nouvelles, pour une fois.*

Une voix crépita dans la radio.

— Dage, tu es là ? demanda une voix tendue.

— Chalton, ici Dage. Qu'est-ce qu'il y a ?

— On constate une augmentation soudaine de l'activité sur les lignes de communication. Un contingent de Kurjans se dirige vers notre base de Washington. Ils savent qu'on s'est emparés des femmes.

— Eh merde ! marmonna Dage tandis qu'ils rattrapaient un SUV noir naviguant entre des bouquets de pins qu'il éclaboussait de boue. Envoie des renforts. Je serai au QG avant la fin de la journée. Terminé. (Il se tourna vers Talen.) Ses signaux vitaux semblent bons. Tu perçois quelque chose de ton côté ?

— Non, on ne s'est pas encore accouplés. Reste en arrière, sinon ils risquent de nous voir.

Dage obtempéra et Janie tapota sur l'écran.

— Ma maman est là-dedans ?

Talen la serra contre lui, s'enivrant de son odeur innocente de bébé.

— Oui. Elle va bien, Janie.

— J'ai scanné le véhicule, dit Dage tandis qu'une image infrarouge apparaissait sur l'écran. Un conducteur, trois passagers et une cinquième personne allongée dans le coffre.

En voyant la silhouette de sa femme allongée sur le flanc, les mains liées, Talen sentit sa rage monter. Il fit apparaître une carte de la région sur l'écran.

— La route mène là, dit-il en désignant une vaste zone boisée à environ quatre-vingts kilomètres plus au nord. (Il zooma pour faire grossir la photo d'un lac, sur les rives duquel se trouvaient quelques chalets épars.) C'est forcément là qu'ils vont, dans le plus grand des chalets. Regarde, il y a une clairière juste à côté, à un kilomètre et demi. Si tu m'y déposes, je serai au chalet avant eux.

— D'accord, répondit Dage en mettant les gaz et en virant sur la gauche pour se diriger vers l'endroit indiqué. On t'attendra pendant une heure.

— Non, c'est trop risqué. Va mettre Janie en sécurité. On ira se réfugier chez Jordan et il nous fournira un moyen de transport.

Lorsque l'appareil se posa dans la clairière, Talen installa Janie dans un siège, lui boucla sa ceinture, puis s'équipa : gilet pare-balles de camouflage, couteaux de diverses tailles, et bien sûr un pistolet, qu'il glissa dans son dos. Pour terminer, il noua ses longs cheveux avec un élastique, puis se pencha vers la petite fille avec son sourire le plus rassurant.

— Tout va bien se passer, Janie. Dage va t'emmener chez nous et je te ramènerai ta maman le plus vite possible.

La petite se jeta à son cou.

— Fais attention, papa. Je t'attends depuis si longtemps, murmura-t-elle.

Cet aveu lui fendit le cœur. Avec une boule dans la gorge, il la désigna à son frère.

— Mon enfant.

Dage hocha la tête.

— Ma vie, répondit-il.

C'était la promesse ancestrale de leur clan, mais pourtant c'était la première fois que l'un des cinq frères avait une raison de la prononcer. En voyant la petite fille poser sa main minuscule dans celle de Dage, Talen eut l'impression que tout son avenir s'ouvrait devant lui. Il tourna le dos à sa famille et sortit de l'appareil. Aussitôt, son visage se ferma. Ses yeux brillaient comme de la lave incandescente et ses traits sauvages indiquaient à la faune qu'un véritable prédateur rôdait désormais dans les parages. Sous la petite pluie qui commençait à tomber, il courut en direction du chalet pour récupérer sa compagne.

Chapitre 5

La voiture buta sur un nouveau nid-de-poule et Cara grogna. Malgré son esprit embrumé, elle avait l'impression qu'on lui enfonçait des piques dans le crâne. Comment allait-elle se sortir de cette situation ? Elle retint un sanglot et remercia le ciel que Janie ait décidé d'accompagner Talen.

— Mino a dit que l'acheteur ne veut pas qu'elle soit endommagée, dit un homme au fort accent espagnol. Elle et la fille, elles valent cinq millions de dollars.

— Mais on n'a pas la fille, rétorqua un autre homme, assis plus près d'elle.

— C'est vrai, mais la femme doit bien en valoir la moitié à elle toute seule.

— Qui serait assez con pour payer autant pour deux gonzesses ? ironisa un troisième homme.

— Mino ne me l'a pas dit. Quelqu'un que cette salope a dû mettre en rogne, j'imagine.

— On pourrait pas au moins s'amuser un peu pendant qu'on attend ?

Cette question avait été posée par une voix nasillarde qui lui donna des frissons.

— Non. Mino la veut indemne.

Cara mourait tellement d'envie de leur faire mal qu'elle se mit à trembler, l'estomac noué. Elle dressa aussitôt ses boucliers mentaux et émotionnels. Son père avait peut-être raison lorsqu'il disait que ses capacités d'empathe étaient un don du démon. Jamais Dieu ne lui aurait infligé une telle punition.

Elle ravala un nouveau sanglot pour ne pas montrer qu'elle était consciente. Elle devait trouver le moyen de s'évader et de retourner auprès de sa petite fille. L'odeur moisie de la moquette lui irritait les narines et elle se retint à grand-peine d'éternuer.

La voiture ralentit et s'arrêta. Cara entendit les portières claquer et, quelques secondes plus tard, l'homme de l'ascenseur ouvrit le coffre et l'en extirpa en la tirant par ses mains liées. Elle se cogna la tête contre le métal et trébucha contre lui, désorientée, avant de trouver l'équilibre sur les feuilles mouillées. Il lui tordit le bras et Cara sentit son souffle chaud contre son oreille.

— Le produit devrait avoir cessé de faire effet, salope.

Elle s'écarta vivement et lui décocha un coup de pied dans le tibia dans l'espoir qu'il cesse de lui écraser le bras. Un martèlement insupportable lui vrillait la tête et elle sentait la bile lui monter à la gorge.

— Oh, on est tombés sur une petite teigne ! (Il éclata de rire et la lâcha). Je sens qu'on va bien s'amuser.

Son rire évoquait en elle des images de douleur et elle tenta de bloquer son esprit. Bien plus que les menaces de son ravisseur, c'était la défaillance de ses boucliers qui la terrorisait.

L'homme l'entraîna vers un grand chalet au milieu des arbres. Cela raviva son espoir. Si elle parvenait à lui échapper, elle pourrait se réfugier dans la forêt. Elle observa discrètement les alentours et aperçut un sentier. Si elle pouvait s'enfuir par là, elle n'aurait aucun mal à les semer dans la végétation.

Elle trébucha et tomba sur un genou. L'homme la releva sans ménagement et la gifla. Visiblement, il avait une définition très personnelle du terme « indemne ». Cara lui montra les dents. Son père la frappait bien plus fort que cela après ses cuites. L'homme la gifla de nouveau. Elle parvint à conserver l'équilibre, mais, sous la violence de l'impact, ses boucliers cédèrent une nouvelle fois.

Soudain, un rugissement éclata dans la forêt et une fureur qui n'était pas la sienne la percuta avec toute la force d'un train lancé à pleine vitesse. Sa peur se mua en terreur pure. Qu'est-ce qui allait leur tomber dessus ?

Son ravisseur se figea et inspecta les arbres, mais une forme en surgit à la vitesse de l'éclair et le renversa. Une giclée de sang atterrit sur les mollets de Cara. L'odeur cuivrée de l'hémoglobine se mêla à la fraîcheur de la pluie, mais, malgré sa peur, elle resta figée sur place.

— Talen, murmura-t-elle, le souffle coupé.

Il se redressa, le visage et les mains maculés de sang. Ses yeux dorés luisaient sous la pluie désormais battante. Cara aperçut alors ses canines protubérantes et en resta bouche bée. Elles dégoulinaient de sang. Une rafale de mitraillette rompit le silence. Talen la plaqua au sol et elle hurla. Tout en la protégeant avec son corps, il la poussa sous la voiture, puis ils émergèrent de l'autre côté. Protégé par la carrosserie, Talen se releva et, d'un geste fluide, lança un couteau. Cara regarda sous la voiture et vit un homme s'effondrer dans un gargouillis de douleur, la main sur la lame enfoncée dans sa gorge.

Cara s'appuya sur la poignée de la portière pour se relever. Elle hésitait à s'enfuir vers la sécurité de la forêt.

Les deux derniers hommes se sauvaient vers le lac. Talen poussa un cri animal, bondit par-dessus le SUV et renversa le premier en le taclant comme un joueur de rugby, puis lui brisa la nuque d'un coup sec. Il se releva aussitôt et se tourna vers le dernier survivant, qui reculait vers Cara, terrifié, tout en priant en espagnol.

Talen avança vers lui. Ses yeux surnaturels ne montraient aucune pitié.

— Ne me tue pas, par pitié, implora le malheureux, qui continuait à reculer en trébuchant.

— Tu as touché ce qui est à moi, répliqua Talen d'une voix gutturale.

— Non, non, je n'ai rien fait ! balbutia le Latino en faisant le signe de croix. Je ne l'ai jamais touchée !

— Très bien, répondit calmement Talen. Dans ce cas, tu gagnes une mort rapide.

Il leva le bras d'un geste fulgurant et la tête de l'homme tomba sur le sol. Talen se tourna alors vers Cara. La lame de son couteau brillait sous les rayons argentés de la lune. De sa pointe, des gouttes écarlates coulaient lentement sur les feuilles. Il avait les mains et les vêtements rouges de sang et son visage était un masque de sauvagerie d'où dépassaient deux canines scintillantes dans la pénombre.

Les yeux de Cara se révulsèrent. Elle poussa un petit râle et s'écroula, inconsciente.

Chapitre 6

Lorsque Cara reprit connaissance, Talen était en train de l'extirper du SUV. Elle poussa un cri, mais il la fit taire en lui comprimant le bras.

— Où sont tes canines ? demanda-t-elle d'une voix pâteuse.

Il rit et l'emmena jusqu'à une petite cabane d'été dont il ouvrit la porte d'un coup de pied. Il prenait bien soin de ne pas la coller à ses vêtements ensanglantés. Cara observa l'intérieur, qui baignait dans une odeur acidulée de détergent au citron. Que venait-elle de vivre ? Son cœur battait la chamade et elle se sentait à bout de forces, épuisée par le conflit qui faisait rage en elle.

Le salon était meublé d'un canapé posé devant un âtre immense. La cuisine, dont les appareils électroménagers étaient tous de couleur verte, se trouvait sur la gauche. Au fond, dans un coin, elle aperçut un lit recouvert d'une couette. La pluie battait sur les carreaux et Talen la posa sur le sofa de cuir noir, puis, avec une vieille serviette, s'essuya le visage.

Il alluma ensuite le feu. Lorsque les bûches se mirent à crépiter, il s'agenouilla devant elle et écarta les cheveux qui pendaient devant son visage.

— Reste ici bien au chaud, ma puce. Je reviens tout de suite.

Son odeur, à la fois pimentée et terreuse, était enivrante.

— Attends, dit Cara en le retenant par le bras.

Les traits de Talen avaient retrouvé tout leur calme.

— Il faut que je ramène le SUV au chalet. Lorsqu'ils verront que les ravisseurs n'arrivent pas, leurs complices enverront des renforts. Je leur ai déjà laissé plusieurs surprises, mais j'en ajouterai quelques autres sur la voiture. Ne t'en fais pas, je ne serai pas long.

— Où est Janie ?

— Avec mon frère Dage, la rassura-t-il. Elle est en sécurité.

— Attends. On ne pourrait pas garder la voiture, juste au cas où ?

Elle savait qu'à pied elle ne parviendrait pas à lui échapper. Il lui fallait un véhicule.

— Non. Elle est forcément équipée d'un traqueur GPS et ils nous retrouveraient sans aucun mal.

Il l'embrassa sur le front et disparut sous la pluie battante. Cara se redressa avec lassitude et regarda les flammes. Talen lui avait sauvé la vie, cela ne faisait aucun doute. Malgré la violence de son intervention, elle lui en était très reconnaissante, mais, lorsqu'il tuait, ses yeux brillaient d'une lueur noire. Il donnait la mort sans la moindre hésitation. Sa dernière victime l'avait supplié de l'épargner. Elle avait envie de prendre ses jambes à son cou, mais Talen tenait sa fille et, tant qu'elle ne l'aurait pas récupérée, elle n'avait pas le choix. Mais, dès qu'elle l'aurait retrouvée, elle l'emmènerait loin de tout cela.

Elle inspecta la cabane. L'intérieur était minuscule et le martèlement de la pluie sur le toit augmentait encore l'impression de confinement. En cette fin d'automne, les autres chalets devaient être inoccupés. Elle allait devoir se débrouiller seule.

Cara s'approcha de la fenêtre et observa la grisaille extérieure. La pluie trempait le porche, mais une minuscule plante en pot était perchée en équilibre sur la balustrade. Elle inspira à fond, ouvrit la porte et se hâta de la récupérer. C'était une marguerite, que ses propriétaires avaient lâchement laissée à l'air libre à leur départ pendant la mauvaise saison.

— Tout va bien, dit-elle d'une voix douce tout en installant la plante à l'abri de la cabane.

La marguerite n'était pas en fleur et ses feuilles pendaient, mais les nuits n'étaient pas encore assez froides pour avoir causé des dégâts irréversibles.

— Je vais t'appeler Henry.

Elle sourit et posa le pot au centre de la table. Son estomac se mit à gargouiller. Depuis quand n'avait-elle pas mangé ? Quelle heure pouvait-il bien être, d'ailleurs ? Et comment pouvait-elle avoir faim ? Mais pour échapper à Talen et retrouver Janie elle avait besoin de toutes ses forces. Elle ouvrit les placards à la recherche de nourriture.

Lorsque Talen revint, Cara était en train de préparer un plat à l'odeur alléchante. En l'entendant entrer, elle se retourna. Sa carrure était décidément impressionnante et une aura de force brute émanait de lui. Il lui avait sauvé la vie et elle hésitait encore à le tuer, mais elle se rendit compte que jamais elle ne parviendrait à le vaincre. Qu'allait-elle donc pouvoir faire ?

Talen renifla le bon fumet et sourit.

— Oui, compagne ? demanda-t-il en refermant la porte derrière lui.

— « Compagne » ? Ça ne fait pas le même effet que « femme ».

— Dans ton cas, les deux termes s'appliquent, ma jolie.

Il ôta son gilet pare-balles et déposa ses armes sur la cheminée.

— Tu as lavé le sang, murmura-t-elle.

Elle s'était raidie, prête à le défier. Cet homme détenait son enfant. Cela en faisait-il un allié ou un ennemi ? D'une manière ou d'une autre, elle devait éloigner Janie de lui le plus possible.

— La pluie s'en est chargée, répondit-il en s'essorant les cheveux.

— Tu as faim ? demanda-t-elle, décidant d'abdiquer provisoirement.

— Je suis affamé, dit-il en la dévorant des yeux.

— Assieds-toi, l'invita Cara, qui passa outre le double sens de sa réponse en posant deux bols fumants sur la table. Euh… comment on peut être sûrs que leurs complices ne vont pas débarquer ? Est-ce qu'on a seulement le temps de manger ?

Talen hocha la tête.

— Je viens de demander à Dage d'observer les photos satellites de la zone. Il n'y a pas âme qui vive à cent cinquante kilomètres à la ronde. On surveille aussi les camps de nos ennemis pour observer leur réaction lorsqu'ils apprendront l'échec de ton enlèvement, expliqua-t-il en se laissant tomber sur une chaise qui craqua sous son poids. On partira à l'aube. Tu n'as pas à t'inquiéter pour ça.

Cara s'assit face à lui, déplia sa serviette et se détendit. Elle était en sécurité. Pour la nuit, tout du moins.

— Tiens, où tu as dégotté cette plante ? Elle a l'air déprimée.

— Il n'est pas déprimé. Il avait juste besoin d'un peu de chaleur, c'est tout.

— « Il » ?

— Oui, « il ». Alors, comme ça, tu es un vrai vampire ?

Zut ! elle qui avait prévu d'aborder le sujet avec diplomatie… mais le rire de Talen la rassura.

— Ce n'est pas ce que tu crois.

— Comment ça ?

— Tu as vu mes dents. Parfois, il m'arrive de boire du sang. (Il goûta le ragoût et ferma les yeux pour le savourer. Cara perçut son plaisir glisser sur sa propre peau et dressa aussitôt ses murailles mentales.) Comme je te l'ai dit, ce n'est que dans les situations extrêmes. Les combats ou les rapports sexuels principalement. On n'a pas besoin de boire du sang pour survivre et on ne fond pas au soleil. Et un pieu dans le cœur serait fatal à tout le monde, sauf à nous.

— Tu es plus rapide et plus fort qu'un homme normal et c'est la première fois que je vois des yeux de cette couleur.

Elle se retint de lui rappeler qu'il avait tué quatre hommes sans récolter la moindre égratignure.

— Oui, j'imagine que c'est l'une des différences entre nos deux races.

Il haussa les épaules et enfourna une autre bouchée. Cara avait tant de questions à lui poser qu'elle ne savait par où commencer.

— Mais… tu ne trouves pas bizarre qu'il y ait tant de légendes sur les vampires alors que vous existez vraiment ?

— Non. Je te l'ai dit, nos compagnes sont forcément humaines.

L'accent qu'il mit sur le mot « compagne » fit rougir Cara malgré elle et fit naître des papillons dans son ventre.

— Pourquoi ? insista-t-elle pour ne pas avoir à réfléchir à la réaction déconcertante de son organisme.

— C'est de la génétique toute simple. Les femmes humaines ont deux chromosomes X et les hommes un X et un Y, d'accord ? (Cara hocha la tête.) Donc, lorsque vous vous reproduisez, la mère fournit forcément un chromosome X. Si le père donne un X lui aussi, cela crée une fille, XX. S'il donne un Y, on se retrouve avec un garçon XY, expliqua-t-il tout en mangeant. Chez les vampires, c'est différent. Nous avons un chromosome X et un chromosome V.

— Vous n'avez pas les mêmes chromosomes que nous ? (Cara réfléchit un instant.) Donc la mère humaine apporte un chromosome X et le père vampire un X ou un V ?

— Non, nous ne transmettons que le V, ce qui donne naissance à un bébé XV, soit un vampire mâle. Personne ne sait pourquoi.

— Dans toute votre histoire, il n'y a jamais eu de vampire femelle ?

— Jamais.

Emma, la généticienne de la famille, serait fascinée par cette conversation.

— Mais le secret de votre existence a fini par s'éventer.

Quelqu'un, quelque part, avait dû finir par remarquer leurs yeux et leurs canines. Une expression étrange passa sur le visage de Talen pendant qu'il se resservait.

— Ce n'est pas si simple. Il y a environ cent cinquante ans, un groupe de dégénérés a vu le jour parmi nous. Dans votre monde, on pourrait appeler ça un culte. Ils étaient persuadés que le seul but de leur existence était de boire du sang. Ils se sont mêlés aux humains et se sont mis à se comporter comme les vampires des légendes. Nous avons réglé le problème à notre manière, mais nous n'en sommes pas fiers.

— Ça ne concernait que les États-Unis, ou bien ça s'étendait au monde entier ? Et pourquoi vous ne vous êtes pas fait connaître avant ? Si vous êtes à ce point en avance sur nous, pourquoi ne pas s'être alliés à nous plus tôt ? Au moins, vous auriez pu nous avertir de votre existence, non ?

— Vous étiez encore trop primitifs pour que cela nous apporte quelque chose, donc on vous a protégés dans l'ombre.

— Comment ça, qu'on vous apporte quelque chose ? Au niveau de l'armement, tu veux dire ?

— Non, de la science.

— Vous avez besoin de nos chercheurs ?

Talen avala une bouchée avant de répondre :

— Pas nous. Les Kurjans.

— En gros, nous ne présentions aucun intérêt pour vous jusque-là.

Cela avait quelque chose de vexant.

— Exactement. Les contacts individuels étaient courants, mais, en tant que race, vous n'aviez rien à nous offrir. Jusqu'à aujourd'hui.

Il la dévora des yeux et elle s'agita sur sa chaise, mal à l'aise. Si elle avait été plus courageuse, elle lui aurait demandé ce qu'il désirait d'elle, mais elle constatait qu'elle était plus couarde qu'elle l'aurait voulu.

— Incroyable, souffla-t-elle en secouant la tête, abasourdie par ces révélations. Une seconde. Ma fille est sous la garde de vampires, là ?

Elle tourna nerveusement la tête vers la porte, rongée par l'envie de courir à sa rescousse.

— Elle est en sécurité, Cara. Mon frère a fait le serment de donner sa vie pour elle.

Elle n'en croyait pas un mot et faisait de son mieux pour comprendre ce qui se passait.

— Donc les Kurjans, des vampires maléfiques sortis de je ne sais où, veulent ma fille. (Un voile rouge descendit devant ses yeux.) Est-ce que je résume bien la situation, vampire ?

— Tout à fait, dit-il en plissant les yeux. À part que tu connais l'endroit d'où ils viennent. Ils vivent dans le Minnesota.

— Pardon ?

La situation était si surréaliste qu'elle en devenait risible.

— Tu as bien entendu.

— Et ça fait longtemps qu'ils sont basés là-bas ?

— Je dirais dans les trois cents ans, répondit-il avec nonchalance, comme s'ils discutaient d'un point d'histoire banal.

— Oh ! Et nous, misérables humains que nous sommes, nous n'avons rien remarqué ?

— Rien du tout. Vous êtes très doués pour vous enfouir la tête dans le sable quand la vérité vous déplaît, Cara.

— Comment est-ce que les vampires peuvent vivre parmi nous depuis trois cents ans ? Est-ce qu'ils tuent ? Est-ce que j'en connais personnellement ? Est-ce qu'ils paient des impôts comme tout le monde ?

Elle enchaîna ces questions en rafale et Talen attendit qu'elle fût calmée pour répondre :

— Nous vivons parmi vous pour vous défendre contre la nation kurjus. Seul notre traité vous protégeait.

— Et ils viennent de le rompre ?

— Oui, et ils sèment la mort autour d'eux. En tout cas, c'était ce qu'ils faisaient avant la signature de la trêve. Tu connais peut-être des vampires, mais certainement pas de Kurjans. Ils ne nous ressemblent pas et ils ne peuvent pas s'exposer au soleil. C'est d'ailleurs là que votre science entre en scène. Et bien sûr qu'on paie des impôts. Personne n'échappe au fisc, pas même les races surnaturelles, conclut-il avec un sourire ironique.

— Combien de gens savent que vous existez ?

— Assez peu. Une poignée de membres clés du gouvernement, mais rien de plus.

— Vous êtes immortels ?

— À peu près. J'ai vécu assez longtemps pour avoir perdu des êtres chers. (Il se caressa le menton et se racla la gorge.)

Dans ton dossier, il est fait mention de Simon, le père de Janie. Je suis désolé qu'il soit mort. Est-ce que tu en souffres encore ?

Cara se figea un instant, puis haussa les épaules.

— Il me manque. Nous étions bons amis et je pense que Janie l'aurait adoré.

— Il n'y avait que de l'amitié entre vous ? demanda Talen en inclinant la tête, curieux.

Cara replia sa serviette et hocha la tête.

— Oui. On est sortis un moment ensemble mais, avec lui, je ne m'attendais ni au grand amour, ni au mariage. (Elle chercha désespérément un autre sujet de conversation.) Euh… tu m'as dit tout à l'heure que tu étais un protecteur de ton espèce ?

— Oui, comme tous mes frères.

Talen croisa les bras et son visage dur prit une expression songeuse.

— Comment ça ?

— Nous sommes la famille régnante, si on peut dire. Dans de nombreuses civilisations, Dage, notre frère aîné, serait une sorte de roi.

— Donc, protecteur, c'est l'équivalent de famille royale, si je comprends bien ? Avec tout ce que cela implique ?

— Oui. Nous avons même assez d'abnégation pour protéger des humains impossibles, ricana-t-il. En tant que membres de la famille royale, nous sommes toujours en première ligne. Nous nous entraînons depuis l'enfance. C'est notre devoir et nous serons les premiers à donner notre vie.

Voyant l'étonnement de Cara face à la solennité de ces paroles, il continua :

— Je sais. Les humains ne passeraient pas leur temps à s'égorger si leurs dirigeants étaient les premiers à verser leur sang. Votre société a de grands progrès à faire de ce côté, à moins que vous fassiez sauter la planète avant.

Son petit air suffisant mit les nerfs de Cara en pelote. Son bébé était entre les mains de protecteurs, qui, selon les dires de Talen, n'hésiteraient pas à se sacrifier en cas de conflit. C'était inacceptable.

— Et vous êtes basés où ?

— Je ne pourrai te le dire qu'une fois qu'on sera arrivés chez nous, Cara.

— C'est hors de question. (L'absurdité de la situation lui sautait aux yeux. Talen était le danger personnifié et son instinct la poussait à s'enfuir.) Va me chercher ma fille. Immédiatement.

Elle se leva, les yeux tournés vers le bloc à couteaux posé sur le comptoir.

Chapitre 7

— Essaie, pour voir, dit-il d'une voix aussi douce que dangereuse.

Il se détendit dans le battement de la pluie sur la cabane, dont le bruit étouffé tranchait avec la tension ambiante. Elle visionna la scène dans son esprit : la lame enfoncée dans son torse immortel, la surprise qui se dessinerait sur le visage de Talen en constatant qu'une de ses proies osait l'attaquer, la douleur effaçant son insupportable arrogance. Mais il tenait encore Janie. Cara inspira à fond et mobilisa sa voix la plus raisonnable.

— Ça ne fonctionnera pas, Talen. J'ai changé d'avis. Janie et moi, on s'en sortira très bien seules.

— Nous sommes mariés, Cara. Janie et toi ne serez plus jamais seules, dit-il lentement, comme pour s'assurer qu'elle comprenait bien chaque mot.

— Eh bien, on divorcera. Je ne plaisante pas. J'imagine que, même chez ta race barbare, il doit bien exister le moyen d'annuler une union. C'est ce que je veux.

— « Barbare » ? répéta Talen avant de hausser les épaules. Peut-être. Mais seuls ceux qui ne se sont pas encore accouplés ont le droit à cette annulation, comme tu dis.

— Parfait. C'est notre cas, rétorqua-t-elle en rougissant.

— Nous nous accouplerons ce soir, femme.

Les yeux de Talen prirent une teinte dorée luminescente et Cara leva la tête en signe de défi, sans se soucier des papillonnements dans son bas-ventre.

— Non.

— Cara, insista-t-il, avant que la nuit se termine, ce sera fait, crois-moi.

Elle se sentit vaciller sous la volonté de Talen. Décidément, ses boucliers ne valaient rien. Elle aurait peut-être mieux fait d'apprendre à les renforcer plutôt que de faire comme s'ils n'existaient pas.

— Tu rêves. (Son corps ne demandait qu'à céder, mais son esprit était de l'avis opposé.) Et, en plus, tu m'as dit que tu mordais dans ce genre de situation. Tu ne vas quand même pas me dire que tu le ferais vraiment ?

— Oh que si ! ma jolie. Je te mordrai et tu aimeras ça.

— Non, rétorqua-t-elle avec force pour contenir le désir qui montait en elle. Ça n'arrivera pas, Talen.

— Nous sommes mariés, Cara. Très bientôt, nous nous accouplerons. Tu n'as pas le choix.

— Arrête de dire des conneries.

Elle le connaissait à peine mais elle était convaincue qu'il ne la forcerait pas contre son gré.

— Je préfère te dire tout de suite que je n'aime pas ce genre de grossièretés, l'admonesta-t-il sévèrement.

— Je t'emmerde.

Il se redressa de toute sa taille et lui montra les dents.

— Tu te crois parfaite ? répliqua-t-il en laissant ses yeux glisser jusqu'à ses seins. Tu vas me payer ça, fais-moi confiance.

Cette menace aux connotations évidentes, grommelée par sa voix si sexy, décupla encore son excitation. Elle tenta une nouvelle approche.

— Tu as promis que tu ne me ferais aucun mal.

Il la regarda dans les yeux et sourit.

— Et c'est une promesse que je tiendrai.

Elle posa les mains sur ses hanches, se demandant si elle pourrait lui briser le genou d'un coup de pied.

— Je ne veux pas coucher avec toi.

— Je te jure que tu en auras bientôt très envie.

Alors qu'elle s'apprêtait à répondre, il poussa un soupir agacé et ôta son tee-shirt. Cara s'arrêta un instant sur la musculature parfaite de son torse, puis détourna les yeux sur son bras et resta bouche bée. Un trou ensanglanté lui perçait le biceps.

— Tu es blessé, dit-elle lentement.

Il haussa les épaules et tâta la plaie du bout du doigt.

— Ouais, on dirait. Je crois que j'ai reçu une balle, mais elle est ressortie. Je devrais peut-être quand même mettre un bandage.

Cara, étourdie, s'appuya au comptoir pour ne pas tomber.

— Tu as passé tout le dîner avec le bras dans cet état ?

Talen la regarda, surpris.

— Je t'ai dit que la balle était ressortie. Ce n'est pas grand-chose, Cara. (Il attrapa un torchon de cuisine et l'appuya sur la plaie.) Tu peux regarder sous l'évier s'il n'y a pas un kit de premiers secours ?

Elle obéit et, voyant qu'il n'y avait rien, courut à la salle de bains, où elle trouva ce qu'elle cherchait. Elle nettoya ensuite la plaie en faisant de son mieux pour ne pas vomir. Ce n'était pas pour rien qu'elle était biologiste et pas infirmière. À sa grande surprise, à mesure qu'elle ôtait le sang à moitié séché, le trou se refermait. Il ne fallut que quelques secondes à la peau pour se régénérer. Pour ne rien arranger, Talen la dévorait du regard tandis qu'elle s'affairait sur sa blessure. Il poussa un grognement sourd et elle s'éclaircit la gorge. Il était le seul moyen de retrouver sa fille et elle savait qu'elle devait prendre son mal en patience. Une fois le bandage fixé à son imposant biceps, elle recula et s'essuya le front du revers de la main en faisant de son mieux pour ne pas regarder son torse nu et musclé. Par prudence, elle se plaça de l'autre côté de la table.

Soudain, un éclair la fit sursauter. Dehors, la tempête faisait rage, mais, à l'intérieur de la minuscule cabane, l'ambiance était tout aussi électrique. Talen, immobile, ne la lâchait pas des yeux.

— Arrête de me regarder comme ça, dit-elle sèchement.

Elle frissonna. L'orage rendait le silence de la cabane encore plus inconfortable.

— Et toi, arrête de faire l'autruche.

Il croisa les bras, les yeux d'un doré sombre dans la semi-pénombre, avec une attitude de calme trompeur.

Cara regarda ce guerrier intimidant, debout devant elle, presque à portée de bras. Elle ne pouvait nier l'excitation qui montait en elle. Ses longs cheveux noirs pendaient en mèches épaisses et mouillées, encadrant un visage gravé dans la pierre. Ses yeux lançaient des étincelles et son corps semblait aussi dur qu'un bloc d'acier. Talen était un véritable fantasme sur pattes et Cara tremblait de désir, mais il était hors de question qu'elle s'offre à ce mâle alpha arrogant et dominateur. Elle venait à peine de le rencontrer et, pour couronner le tout, Talen était un vampire. Une petite voix lui rappela qu'il s'était précipité à sa rescousse et qu'il avait tué pour elle. Cela aurait forcément des conséquences. Elle ne pouvait les exprimer par des mots, mais elle le percevait dans sa chair. Sans même la toucher, il l'avait déjà revendiquée. Le regard primal qu'il lui adressait ne laissait aucun doute à ce sujet.

Ses tétons durcirent à cette pensée et elle secoua la tête, comme pour se rebeller. Talen fronça les sourcils et l'ambiance se fit encore plus électrique.

— Ne me regarde pas comme ça, dit-il d'une voix à la fois douce et menaçante.

Cara sentit son pouls s'accélérer.

— Je suis indépendante, Talen, c'est bien compris ? explosa-t-elle. (Elle était presque heureuse de laisser libre cours à sa mauvaise humeur, car cela lui permettait de soulager la tension de son corps.) Nous sommes temporairement mariés, soit, mais je ne fais pas partie de tes sujets et tu n'as aucun ordre à me donner.

Il se figea et ses yeux prirent la teinte de l'or en fusion, sans la moindre trace de pitié.

— J'espérais pouvoir attendre que nous soyons chez nous pour mater ton sale caractère, *compagne.* (La voix de Talen se faisait de plus en plus inquiétante et des petits points verts commençaient à apparaître sur ses iris.) Mais, puisque tu insistes, je suis prêt à m'en occuper tout de suite.

Cara le regarda, bouche bée, tiraillée entre le désir et la colère, emportée par un tourbillon de danger. *Mais pourquoi est-ce qu'il m'excite à ce point, bon Dieu ?* Elle chercha une arme des yeux, hésita en voyant une vieille marmite en fonte, puis se précipita sur le bloc de couteaux.

Talen réagit à une vitesse surhumaine. Il la plaqua contre le comptoir, une main dans ses cheveux et l'autre autour de sa taille, sans même lui laisser le temps de saisir le manche d'un couteau. Sans le moindre effort, il la souleva pour l'asseoir sur le comptoir, plaça la hanche entre ses genoux et lui écarta les jambes, puis, d'un coup de poignet, lui tira la tête en arrière pour la forcer à le regarder dans les yeux.

— Tu n'es pas la seule à avoir du caractère, compagne, dit-il d'une voix rauque. (Il baissa la tête pour coller son visage au sien et appuya son sexe rigide contre l'entrejambe de la jeune femme.) Je te conseille de ne pas l'oublier.

Cara sentit une chaleur malvenue l'envahir et elle se débattit de son mieux, poussant de toutes ses forces sur son torse dur comme de la pierre. Il l'immobilisa et elle se retrouva dressée contre lui, les seins tendus.

— Arrête de m'appeler « compagne » et lâche-moi, lui ordonna-t-elle en retenant à grand-peine un grognement de frustration face au désir qui lui tiraillait l'intérieur des cuisses.

Il lui lécha furtivement les lèvres avant de répondre.

— C'est ce que tu es. Ma compagne. Et il est hors de question que je te laisse partir.

Sur ces mots, il l'embrassa avec brutalité, s'enfonçant dans les recoins de sa bouche et l'attirant encore plus contre son impressionnante érection. Pour Cara, il ne pouvait être question de refuser. D'ailleurs, il ne lui demandait pas sa permission.

Elle céda à l'assaut de Talen et à son propre désir. Il lui inclina la tête sur le côté pour accentuer son baiser, prenant ce qu'il désirait. Et, apparemment, ce qu'elle désirait elle aussi. Dehors, la pluie et le vent faisaient rage. La sauvagerie érotique de ce baiser faisait tomber ses dernières résistances.

Avec un petit soupir, elle cessa de lutter contre l'évidence et s'abandonna aux flammes qui la ravageaient. Après, tout, un petit baiser, où était le mal ? Une odeur mâle lui envahit les narines et tout d'un coup elle prit feu, lui rendant son baiser avec toute la passion qu'elle contenait depuis des années. La force hallucinante de Talen, sa virilité à l'état brut, tout cela la submergeait. Elle posa la paume sur le granit de son torse et gémit. Talen voulut rompre le baiser, mais elle lui mordilla la lèvre supérieure pour le retenir. Les yeux du vampire s'assombrissaient de plus en plus. Il serra les doigts autour de ses cheveux et lui pencha la tête pour exposer sa nuque gracile, puis la souleva du comptoir pour l'équilibrer contre lui. Elle serra les genoux autour de ses hanches et posa les lèvres sur son cou, dont la peau avait un goût très excitant, à la fois salé et épicé.

Elle passa les mains sur les muscles rigides de ses abdominaux. Il était parfait. Mâle. Fort. Elle se pencha pour passer la langue autour de son téton et sourit en le sentant frissonner.

— Cara ? dit-il en lui tirant doucement la tête en arrière pour la regarder dans les yeux.

— Hmm ?

À tâtons, elle commença à détacher sa ceinture. Jamais elle ne s'était sentie aussi excitée. Cela ne durerait peut-être pas, mais elle comptait bien en profiter à fond.

— Cara, insista-t-il en tirant un peu sur ses cheveux, ce qui fit éprouver à la jeune femme une douleur presque érotique. Il faut que je sache, ma jolie.

— Que tu saches quoi ?

Elle arracha la ceinture et la laissa tomber à ses pieds avant de se coller de son mieux contre lui. Bon sang, elle était prête comme jamais, ce n'était pas le moment de faire un discours !

— Si tu m'acceptes. Si tu acceptes l'idée de notre couple. Si tu veux vraiment faire ça.

La chaleur qui lui ravageait les entrailles s'étendit jusqu'à son cœur.

— Oui, je le veux.

Il sourit et lui lâcha les cheveux pour poser la main sur son crâne.

— Et ?

Cara, étourdie, inspira à fond pour se gorger de son parfum épicé.

— Et je t'accepte. Pour l'instant. Pour le reste, on verra.

Si elle ne le voyait pas nu dans la minute qui suivait, elle allait mourir. Ou lui, peut-être.

— Ça me va. (Il lui renversa la tête en arrière et approcha la bouche de son cou vulnérable.) Je t'ai dit que, chez nous, on marque nos compagnes ?

Son souffle chaud lui chatouillait la peau tandis qu'il lui malaxait les fesses. Il se frotta à son entrejambe et Cara poussa un petit soupir de plaisir, mais il serra de nouveau ses cheveux et s'immobilisa.

— Je t'ai posé une question, Cara.

Il lui souleva la tête et la fusilla d'un regard qui la mettait au défi de négliger une nouvelle fois de lui répondre.

— Euh… (elle se concentra pour retrouver ce qu'il venait de dire.) Une seconde. Tu as bien dit que les vampires marquaient leurs compagnes ?

— Oui.

Satisfait, il replongea sur son cou.

— Attends ! Attends, je te dis ! Je ne veux pas que tu me marques.

Elle essaya de se dégager, mais il l'en empêcha sans aucun mal.

— Oh ! c'est inévitable, Cara.

— Je refuse que tu me marques sur le cou, insista-t-elle.

— Qui parle de ton cou ?

Sans un mot de plus, il l'embrassa de nouveau et la souleva pour l'emporter jusqu'au lit dans le fracas de l'orage. Le corps en feu, Cara serra les genoux autour de la taille étroite de Talen. Il avait les mains et la bouche sur elle, mais elle en désirait encore plus.

— Dépêche-toi, gémit-elle, impatiente.

Il lui ôta son tee-shirt en un seul mouvement, dévoilant ses seins. À cette vue, il poussa un grognement, fit un dernier pas et la posa le dos contre le matelas avant de s'allonger sur elle. Sans interrompre ses baisers voraces, il lui arracha son jean et sa petite culotte avant d'achever de se dévêtir lui aussi.

Soudain, Cara poussa un cri de surprise. Il venait de la pénétrer d'un coup sec, jusqu'à la garde. Pas de préliminaires, pas de préparatifs, juste un acte de possession pur et primitif. Il se mit aussitôt à la pilonner, enfonçant les doigts dans ses hanches pour la forcer à se calquer sur son rythme. *Bon sang, dans quel pétrin est-ce que je me suis fourrée ?* Pourtant, son corps acceptait cet assaut avec docilité. Le souffle court, elle fit de son mieux pour encaisser cette sauvagerie tandis qu'il s'enfonçait dans des profondeurs encore inexplorées. Son orgasme arriva vite, comme mû d'une volonté propre, la submergeant avec une intensité inédite. Le nom de Talen se répercuta dans son crâne, puis il n'y eut plus que le silence, avant qu'elle pousse un cri de jouissance, les yeux pleins d'étoiles.

Talen s'immobilisa.

— Ça va, ma jolie ? demanda-t-il d'une voix grondante qui se répercuta dans tout son corps.

— Oui, répondit Cara en se collant à la musculature incroyable de son torse. Continue.

Il ricana, ajusta sa position et repartit de plus belle. Cara ne pouvait que s'accrocher, les jambes enroulées autour des hanches solides de Talen. Un désir aussi puissant que pressant naquit à nouveau en elle. Son sexe était si large qu'il l'emplissait presque jusqu'à lui faire mal et elle sentait son souffle chaud sur son cou. Elle ne contrôlait ni le rythme de leurs ébats, ni même son propre corps. Le deuxième orgasme arriva de manière aussi imprévue que le premier. Elle referma les dents sur les muscles rigides du torse de Talen tout en s'abandonnant à son plaisir. Elle n'aurait voulu manquer cela pour rien au monde.

En sentant les dents de Cara percer sa chair, Talen poussa un grognement. Il attendit que son orgasme se termine, puis se redressa, la retourna à quatre pattes et la pénétra par-derrière, de plus en plus fort. La dernière image qu'elle avait eue de son visage restait gravée dans sa mémoire : ses traits réguliers déformés par le désir et ses longs cheveux noirs tombant en cascade sur ses épaules.

Il la força à poser les épaules sur le matelas, une main dans ses cheveux, l'autre sur sa hanche. Cara enfouit le visage dans la couette et sanglota son nom en sentant ses entrailles remuer une nouvelle fois. La sensation enfla jusqu'à lui couper le peu de souffle qu'il lui restait. Elle se retrouva de nouveau au bord de l'orgasme, luttant pour ne pas basculer, mais, d'un mouvement violent des hanches, Talen la poussa dans le gouffre et elle poussa un cri sonore en se sentant imploser pour la troisième fois. Elle ouvrit la bouche, mais aucun son n'en sortit tandis qu'elle se laissait submerger par les vagues de son plaisir.

Les yeux fermés, elle se détendit peu à peu tandis qu'il continuait à la pilonner jusqu'à ce qu'il jouisse à son tour avec un rugissement assourdissant. L'orgasme de Talen se répercuta dans son corps et acheva de mettre ses boucliers empathiques en lambeaux.

Il resta en elle, toujours aussi rigide, et l'aida à se redresser de ses mains brûlantes. Il la tint immobile devant lui, à genoux, le dos collé à son torse trempé de sueur. Il passa les doigts dans ses cheveux et lui inclina la tête de force pour exposer son cou.

— À moi, grogna-t-il.

Puis, d'un mouvement vif, il la mordit.

Chapitre 8

De la neige apparut sur le grand écran, jusque-là noir, de Dage. Par moments, la réception dans ses quartiers souterrains laissait à désirer à cause de l'oxygène pur qui circulait dans les grottes et des murs antisismiques en béton armé. À plusieurs mètres sous la surface, bien à l'abri des missiles à guidage infrarouge, il trouvait l'odeur de terre et de roche apaisante.

Depuis que Talen l'avait contacté la veille au soir pour lui dire que sa compagne et lui étaient en sécurité, il avait enfin pu se détendre. L'opération de sauvetage avait pris moins d'une heure. Il était fier de son petit frère. Il se concentra et l'image se stabilisa pour montrer l'activité grouillante près du camp kurjus le plus proche.

— Monsieur, l'appela Chalton, son expert en informatique, ils veulent vous parler.

Dage se redressa dans son fauteuil et enclencha quelques boutons sur le panneau de contrôle situé à sa gauche. Aussitôt, une silhouette apparut à l'écran.

— Kayrs, dit l'homme aux yeux noirs comme du charbon, ça faisait longtemps.

— Pas assez à mon goût, répondit Dage en saluant le nouveau dirigeant kurjan d'un hochement de tête. Désolé pour la mort de Lance, au fait.

Il inspecta la paroi de fer et de quartz devant laquelle se trouvait Lorcan. Leur QG pouvait être n'importe où, de la

Russie au Brésil, mais Dage avait l'intuition qu'ils n'avaient pas quitté le Minnesota.

— Que veux-tu, les accidents sont si vite arrivés... (Lorcan écarta ses cheveux rouge sang de son visage, puis haussa les épaules et fit un geste vif de la main, montrant ses ongles acérés.) J'ai été nommé à sa place la semaine dernière. Les choses vont changer, Kayrs.

— Vraiment ? Je ne crois pas.

Un autre Kurjan apparut à l'écran et murmura quelques mots inaudibles à Lorcan. Ce dernier hocha la tête et reporta son attention sur Dage, les yeux brillants.

— Vous avez l'enfant.

— Quel enfant ? demanda innocemment Dage.

Chalton se mit aussitôt à tapoter sur son clavier pour vérifier qu'il n'y avait aucune brèche dans leur système de sécurité. Le plus probable était que le gang Merodize leur avait déjà tout raconté.

— Tu le sais très bien, répliqua Lorcan, dont les lèvres rouges contrastaient avec la pâleur de sa peau. Nos oracles ont vu son destin. Tu dois me la livrer sur-le-champ.

— Aucune transmission entrante ou sortante hier, murmura Chalton. Ça ne vient pas de chez nous.

— Il n'y a aucune enfant ici, Lorcan. Je te conseille de trouver des informateurs plus fiables, répondit Dage sans ciller. Et d'ailleurs, qu'est-ce que tu pourrais bien faire d'une petite humaine ? Tu inaugures une école primaire ?

— Très drôle. Cette fille est spéciale. Elle a le don de vision que nous attendions et, à son vingtième anniversaire, elle s'unira à Kalin, mon fils aîné. Les oracles ont déclaré que c'était ce qui devait se passer si nous survivons à ce qui arrive. Et la mère est à moi, conclut-il, ses yeux changeant de couleur pour prendre un violet éclatant.

Dage haussa les sourcils, car il savait que son frère avait déjà réglé la question.

— Ah bon ? Quelque chose doit arriver, c'est bien ça ? Entre nous, je me suis toujours demandé pourquoi chaque dirigeant kurjan était un peu plus timbré que son prédécesseur. C'est un critère de recrutement ou quoi ?

Ce serait encore pire lorsque ce malade de Kalin succéderait à son père. Dage ne l'avait jamais rencontré, mais ses cauchemars pointaient tous vers la possibilité d'un avenir dont personne ne réchapperait.

— Silence ! hurla Lorcan, si fort que ses subordonnés reculèrent tous de quelques pas. Tu n'as pas le droit de te moquer des oracles. Ils ont vu l'avenir. Pour ton peuple comme pour le mien, les métamorphes seront fatals. (Il avait du mal à se contrôler et grinçait des dents sous le coup de la colère.) Livre-moi la mère et l'enfant et tu éviteras la guerre que vous fuyez depuis trois siècles. C'est votre dernière chance.

Dage lui adressa son légendaire sourire carnassier.

— Va te faire foutre.

Il fit signe à Chalton d'enclencher les armes entreposées dans les profondeurs de la terre. Lorcan déglutit et recula de l'écran. Malgré son attitude belliqueuse, il ne semblait pas encore prêt à déclarer la guerre.

— Très bien. Mais je préfère t'avertir, Kayrs. Profite bien des jours à venir pour t'amuser avec les humaines. Mon petit doigt me dit que tu auras bientôt d'autres soucis en tête. Très bientôt.

Sur ces mots, il coupa la transmission.

— Nom de Dieu, Chalton ! cria Dage tout en tapotant des ordres sur son clavier, contacte nos éclaireurs et trouve-moi ce qui se passe !

— À vos ordres, répondit l'informaticien sur un ton absent, les yeux rivés sur son écran.

Dage envoya un message à ses frères pour qu'ils le contactent. Kane se trouvait en Europe, Talen était dans la nature avec une compagne – une *compagne*, grands dieux ! – et, quant à Conn, il allait devoir mettre de l'ordre dans sa vie. Depuis quelque temps, il ne parvenait plus à se concentrer sur rien, distrait par une jolie rousse du pays des fées. La magie qu'elle manipulait risquait d'ailleurs de leur être très utile avant peu.

Dage soupira et se passa la main sur les yeux. Il ne pouvait pas ordonner à Conn de reprendre sa compagne, Moira, d'autant plus qu'ils devraient probablement partir en guerre pour la forcer à quitter son île de verdure. Il sourit. Cette petite sorcière teigneuse lui avait plu dès le premier regard.

Un signal sonna dans son oreillette et il appuya sur le bouton d'ouverture de la porte. Janie entra en trottinant et bondit sur ses genoux.

— Salut, tonton.

— Salut, ma puce.

Il l'installa plus confortablement et la regarda. Il était prêt à tout pour protéger cette enfant parfaite, dont les yeux bleus brillaient d'admiration.

— J'ai fait un singe, déclara-t-elle en lui tendant un dessin.

Mouais, si on veut… un chien avec de longues pattes, plutôt.

— C'est très joli.

Elle poussa un petit cri de ravissement à ce compliment et lui sourit. Depuis qu'il lui avait appris que Talen et Cara étaient sains et saufs, elle avait retrouvé son insouciance.

— Tu fais quoi ?

— Je travaille.

Il inspecta du regard la caverne silencieuse. Ils s'y trouvaient seuls avec Chalton, qui s'affairait sur son ordinateur, ses cheveux blonds noués sur la nuque.

— Il n'y a presque personne, commenta-t-elle en souriant à l'informaticien.

Elle lui adressa un petit salut de la main, si mignon que Chalton sentit son cœur fondre. Il le lui rendit et retourna à son travail. *Je rêve ou il vient de sourire ?* s'étonna Dage. *C'est la première fois que je vois ça.* Il serra le petit nez de Janie entre ses doigts.

— C'est vrai. C'est une salle de visioconférence.

Le décor était-il trop sévère pour elle ? Il ne voulait pas qu'elle ait peur. Jamais.

— C'est quoi, un viso… visico…

— Comme un téléphone, mais avec un écran.

— Comme la télé ?

— Voilà.

Sauf qu'à la télé les monstres n'étaient pas réels. Il fit un effort pour garder son sourire et ne pas l'affoler. Janie devait croire qu'elle serait toujours en sécurité avec lui.

— C'est la guerre qui t'inquiète ?

— « La guerre » ? Mais elle est terminée, mon cœur.

— Non, répliqua-t-elle en hochant la tête et en agitant son dessin. Pas celle-là. Celle qui va commencer.

Dage se figea.

— Tu es au courant ?

— Oui.

Elle le regarda droit dans les yeux, sérieuse, et il lui répondit avec un regret inconsolable.

— Je fais de mon mieux pour l'empêcher.

— Je sais, le rassura-t-elle avec un sourire bien trop adulte pour ses jeunes années. Mais elle arrivera quand même et on devra se battre.

— Je me battrai pour toi, mon cœur. Tu n'auras pas à le faire.

Elle prit son visage entre ses petites mains chaudes, immobilisant ainsi le dirigeant des êtres les plus puissants de la planète.

— Si, je devrai me battre. Tu le sais, tonton Dage.

Il se jura que, tant qu'il aurait un souffle de vie, cela n'arriverait pas. Pour une fois, le destin devrait s'avouer vaincu.

— Jase ? dit-il après avoir tapoté un code sur son oreillette. Retrouve-moi au gymnase. Il faut qu'on réfléchisse à un plan.

Qui eut cru que le plus jeune et le plus folâtre de ses frères deviendrait celui sur lequel il pouvait le plus compter ? Momentanément, tout du moins. Où allait le monde ?

À des centaines de kilomètres de là, Lorcan, d'un signe de tête, ordonna que l'on éteigne l'écran. Il tapota sur son clavier dans un cliquetis d'ongles et la pièce s'assombrit, illuminée seulement par les tubes fluorescents du plafond. L'une des parois était recouverte d'un écran noir bordé de deux consoles. Ce décor stérile ne donnait aucun indice permettant de les localiser. Les solides collines du Minnesota les protégeaient des curieux, des ennemis et même du soleil.

Il sortit et s'engagea dans un couloir aux murs ornés d'œuvres de Picasso hors de prix et inconnues des humains. Il repensa à ce salopard de Kayrs. Avec ses trois cent cinquante ans, il n'avait qu'un demi-siècle de plus que lui, mais il semblait baigner dans une aura de sagesse ancestrale. Cela le mettait hors de lui.

Un épais tapis rouge assourdissait ses pas et il inspira la senteur de lilas qu'il faisait diffuser chaque matin dans le système d'aération. C'était presque aussi agréable qu'être dehors. Presque.

Kayrs ne méritait pas cette supériorité. La plupart des créatures non humaines de la planète avaient à peu près le même âge que lui. Leurs ancêtres s'étaient reproduits en hâte durant la guerre, car ils savaient qu'ils risquaient de mourir rapidement et qu'un traité interdisant les contacts avec les humains serait bientôt signé, ce qui les priverait de compagnes potentielles.

Lorcan sourit en ouvrant la porte de son bureau. Il n'avait pas respecté les clauses du traité. La preuve de sa désobéissance était d'ailleurs vautrée sur un canapé en cuir, devant un combat de MMA. En l'entendant entrer, son fils coupa la télévision et se tourna vers lui, ses yeux violets lourds d'ennui.

— Tu voulais me voir ? demanda-t-il avec un désintérêt frôlant l'insolence.

Lorcan s'installa derrière son bureau, dans le fauteuil surélevé qui le mettait en position de force. Une fois n'était pas coutume, la vue de l'aquarium géant incrusté dans le mur du fond ne parvint pas à le détendre.

— Oui. Il paraît que tu as failli tuer Jastin à l'entraînement hier ?

Kalin haussa les épaules et posa tranquillement la main sur le bras du fauteuil.

— Et alors ?

Cette nonchalance irritait Lorcan. Ce sale gamin pourrait au moins faire semblant d'avoir peur de son père, de son maître ! Il le regarda attentivement. Son jean noir et sa chemise blanche lui donnaient un air bien trop mûr et trop dangereux pour un garçon de quinze ans. Il avait attaché ses longs cheveux roux, ce qui mettait en valeur les reliefs et la pâleur de son visage. La couleur de sa peau était assez terne, plus subtile que chez tant d'autres. Lorcan fit de son mieux pour cacher ce qu'il ressentait, car il savait que son fils n'hésiterait pas à exploiter la moindre faille.

— C'est un faible, assena Kalin.

La froideur de ses étranges yeux violets fit frissonner Lorcan. C'était une couleur fréquente dans sa famille, mais, chez Kalin, ce violet était teinté de vert, ce qui avait un effet assez déstabilisant. Rouge, violet, noir, telles étaient les couleurs normales pour des yeux, pas l'éclat d'un feu brûlant ou le vert maladif de la vase d'un lac pollué.

— C'est vrai, mais un jour il sera sous tes ordres.

— Raison de plus pour qu'il apprenne à me craindre dès maintenant, rétorqua Kalin sans hausser la voix d'un décibel.

— Ça aussi, c'est vrai. (Lorcan toussota et joua avec les papiers qui jonchaient son bureau.) Je voulais aussi te dire qu'une autre femme a disparu à Saint Paul.

— Vraiment ? Saint Paul est une grande ville, père.

Décidément, Lorcan était très fier d'avoir mis au monde un tel sociopathe.

— Oui, mais nous devons faire profil bas, au moins momentanément. Ce n'est pas que je t'accuse, fils, mais…

— M'accuser de quoi, père ? l'interrompit Kalin avec un sourire sur ses lèvres marron foncé. D'avoir enlevé cette femme devant chez elle pour l'emmener dans la forêt ? De l'avoir allongée sur la mousse et de lui avoir ôté sa ridicule tenue de yoga, qui ne cachait rien de son corps pulpeux ?

Cette fois-ci, il montra ses canines effilées en une grimace qui n'avait plus rien d'un sourire. Lorcan, amusé, fit de son mieux pour rester impassible. Il avait espéré que Kalin réserve sa rage aux séances d'entraînement. Il n'avait pas envie de devoir déménager son QG. Il aimait le climat du Minnesota et son ciel chargé de nuages. Si Kalin persistait dans ses escapades, les autorités humaines risquaient de devenir gênantes.

— Elle n'aurait pas dû sortir son chien une fois la nuit tombée. Tu veux savoir ce que j'ai ressenti en enfonçant les dents dans sa cuisse ? demanda-t-il, les joues rougies par l'excitation. Comment j'ai pris son corps, son âme, puis son sang, malgré ses supplications ?

— Kalin…

— Ils ne retrouveront jamais son corps, père. Je te le promets.

Il sourit et Lorcan se retint de lever les yeux au ciel. Exprimer une telle fierté pour avoir tué une humaine sans défense… décidément, son fils était encore loin d'être mûr.

On frappa alors à la porte.

— Entrez.

Une humaine, blonde et menue, ouvrit la porte, un plateau à la main.

— Votre thé, monseigneur.

Elle gardait les yeux baissés sur la théière fumante et avança jusqu'au bureau.

— À l'orange ? demanda Lorcan.

— Oui, monseigneur.

Elle tendit une tasse, la main tremblante. Une odeur de lait tourné venait se mêler à la fragrance du breuvage. *Eh merde ! sa peur va me gâcher mon thé.*

— Lila, demanda Kalin d'une voix soyeuse dans son dos, es-tu enfin enceinte ?

Elle sursauta et reposa violemment la théière. Par chance pour elle, pas une seule goutte ne tomba sur la surface du bureau.

— Euh… non, maître Kalin, pas encore, répondit-elle, les épaules crispées.

Lorcan fronça les sourcils. Blythe et elle étaient pourtant unis depuis près d'un an. Quel était le problème ? La jeune médium avait signé un pacte avec le diable et elle avait intérêt à respecter sa part du marché. Qu'était-elle lorsqu'ils l'avaient tirée du ruisseau ? Une pauvre artiste affamée et à la rue. Lorcan se dit pour la centième fois que les dieux faisaient preuve d'un étrange sens de l'humour en forçant sa race supérieure à s'accoupler avec ses proies.

— Hmm… c'est bien dommage. Enfin, tu pourras toujours servir à nos expériences, répondit Kalin en faisant craquer le cuir de son fauteuil. Ou bien je pourrais t'engrosser moi-même. Blythe n'aurait même pas à le savoir.

Elle poussa un petit cri d'effroi qui précéda la puanteur de soufre accompagnant la terreur pure.

Lorcan soupira.

— Tu peux sortir. Je servirai le thé moi-même.

— Oui, monseigneur, marmonna-t-elle d'une voix inaudible avant de se précipiter vers la porte.

Ce petit con proposait maintenant de copuler avec les compagnes de ses soldats. Qu'irait-il inventer ensuite ?

— Bon Dieu ! Kalin, elle a failli tout renverser, protesta Lorcan en se servant. Tu en veux ?

— Non, merci. Je n'aime pas le thé, répondit Kalin, les yeux fixés sur la porte.

Cette attitude ne fit que confirmer les soupçons de son père.

— Lila est une concubine, Kalin. Je t'interdis d'y toucher. (Il n'aurait plus manqué que ça : un conflit interne au sein de ses troupes. Tuer était un passe-temps agréable, mais, en tant que futur leader, Kalin devait apprendre la diplomatie et la stratégie.) Et en plus, vu ton âge, l'allergie d'accouplement risquerait de te tuer.

Kalin haussa les épaules et se rassit plus confortablement.

— Ne t'en fais pas. Elle n'est pas mon genre.

— Tu n'as que quinze ans et tu as déjà un type de femme ?

— Oui. Morte de trouille et désespérée. Je m'ennuierais au bout de deux minutes avec cette chienne. On devrait la prendre comme cobaye. Au fait, comment s'est passée ta conversation avec le roi ? J'imagine qu'ils ont nos femelles ?

— Oui, maugréa Lorcan, furieux.

— Hmmm. Dans ce cas, on ferait bien d'accélérer nos expériences. Tu sais que l'un des Kayrs va s'accoupler avec la mère.

Les enfoirés !

— Oui, je sais, mais on l'aura récupérée avant.

Il but une gorgée de thé, dont la saveur orangée éclata sur ses papilles.

— Peut-être, dit Kalin en se frottant le menton. Je me suis toujours demandé pourquoi ils n'avaient qu'une seule compagne. Chez nous, quand une femme meurt, on peut toujours en prendre une autre.

Lorcan haussa les épaules.

— Je n'en sais rien, mais c'est leur plus grosse faiblesse.

— Ou leur point fort.

Peut-être…

— Remarque, chez nous aussi, il arrive qu'on se choisisse une seule compagne pour toute la vie.

— Mais tu ne l'as pas fait, répondit Kalin, dont les yeux reprenaient leurs reflets verts. Avec ma mère, je veux dire.

— Non, en effet. Mais je ne l'ai pas tuée, Kalin.

Ce souvenir fit naître une boule au creux de son estomac. Avec une mère pour guider ses pas, Kalin aurait-il été plus normal ? Mais, après tout, cette épave n'aurait probablement pas été capable de témoigner le moindre amour maternel. Lorcan s'en moquait, au fond, mais, si le goût de Kalin pour la prédation prenait le pas sur la guerre qui s'annonçait, il serait forcé d'intervenir.

— Je sais. Elle s'est suicidée le lendemain de ma naissance.

Aucune émotion n'apparaissait sur le visage du jeune homme. Était-il seulement capable d'en éprouver ? Mais ce qu'il disait était vrai et la mort de sa femme permettait désormais à Lorcan de s'accoupler avec Cara Paulsen.

— Ta mère était une putain que j'avais ramassée dans les rues de Dublin. (Mais elle était douée, et par seulement pour exercer son premier métier.) Tes capacités psychiques progressent toujours ?

Kalin haussa les épaules.

— Suffisamment pour savoir que ma jeune compagne ne sera pas capturée.

C'était inacceptable. Kayrs ne pourrait pas toujours cacher l'enfant.

— Tu te trompes. On finira par la récupérer.

— Je te l'ai déjà dit : je ne veux pas qu'on l'enlève déjà.

Lorcan secoua la tête et but une nouvelle gorgée de thé.

— Bien sûr que si. Comme ça, tu auras le temps de la former et de lui enseigner notre mode de vie.

Kalin se leva. Arrivé à la porte, il se retourna vers Lorcan.

— Je ne veux pas qu'elle soit formée, père.

Lorcan arrêta sa tasse à mi-chemin de ses lèvres.

— C'est ridicule. Pourquoi voudrais-tu qu'elle grandisse au milieu des vampires, qui lui donneront le goût de la rébellion et de l'indépendance ?

— Parce que je veux pouvoir la mater.

Chapitre 9

Talen écoutait le doux tambourinement de la pluie sur le toit, les doigts enroulés dans les cheveux soyeux de sa femme, dont le parfum au lilas emplissait la pièce. *Sa* femme. Il s'était toujours dit qu'il serait le dernier de la fratrie à prendre une compagne, pas le premier. Ou pas le deuxième, plutôt. Il oubliait toujours que Conn s'était uni voilà près d'un siècle, mais c'était excusable. Son crétin de frère n'avait plus vu sa femme depuis. Talen s'étira avec une satisfaction inattendue et contempla, émerveillé, le trésor qu'il tenait dans ses bras. Il avait une longue expérience en matière de relations sexuelles, mais jamais il n'avait ressenti un plaisir aussi intense, aussi fusionnel. Dans un accès de colère, il avait dit à Cara que jamais il ne la laisserait partir. Il savait désormais que c'était l'exacte vérité.

— À moi, murmura-t-il.

Une explosion lointaine brisa le silence de la cabane et Cara s'éveilla en sursaut en poussant un petit cri. Elle découvrit qu'elle était recroquevillée contre le corps chaud de Talen, la main à plat sur son cœur, et qu'il lui caressait les cheveux.

— Tout va bien, murmura-t-il d'une voix rauque et endormie.

Elle leva la tête. *La vache!* Avec sa barbe d'un jour et ses yeux dorés embrouillés de sommeil, il ressemblait encore plus à un guerrier des temps anciens. Le souffle coupé, elle sentit son corps s'éveiller. Les yeux de Talen prirent une teinte d'or fondu et elle poussa un soupir.

Il l'embrassa avec douceur et la regarda.

— Ça va ?

Les joues rouges, elle ferma les yeux.

— Euh… oui, merci.

— Ouvre les yeux, Cara.

Elle obéit.

— Non, je te jure, ça va. (Elle passa la main sur son bras et tira sur le bracelet en métal qui lui enserrait le poignet. Il était en or bruni et s'enroulait deux fois autour de son avant-bras, à la manière du bijou qu'elle avait porté lors d'une fête d'Halloween, le jour où elle s'était déguisée en Cléopâtre.) Je n'arrive pas à l'enlever.

— Je sais, répondit Talen en souriant. C'est mon bracelet. Je suis le seul à pouvoir l'ôter.

Je rêve… Heureusement que ce n'est pas une ceinture de chasteté, se dit-elle.

— Il est en or ?

Elle tira une nouvelle fois et fronça les sourcils en voyant que cela ne servait à rien.

— En partie. Un chaman alchimiste en a fabriqué cinq pour notre fratrie et les a offerts à notre mère. (Il s'allongea sur le dos, la colla à lui et posa la main sur le bracelet.) Ils permettent de nous localiser, où que nous soyons.

— Tu peux le mettre à n'importe qui ?

— Non. Ils ne fonctionnent que sur nous et nos compagnes. (Il lui prit le poignet avec une délicatesse étonnante chez un homme de cette force.) Sauf pour Conn, qui laisse le sien traîner Dieu sait où.

Cara se cala contre lui et sentit sa chaleur corporelle l'envelopper.

— C'est un de tes frères ?

— Oui, le quatrième. Un soldat pur et dur. Dage, notre aîné, n'arrête pas de le tanner pour qu'il le mette, mais c'est un sujet délicat, donc…

— Pourquoi ?

Talen grimaça.

— Conn s'est lié par inadvertance à la plus jeune fille d'un grand prêtre sorcier irlandais il y a environ un siècle. Le bracelet appartient à son épouse.

Comment ça, « par inadvertance » ?

— Oh ! tu veux dire qu'ils ont passé une nuit ensemble et qu'à cause de ça ils ont dû s'unir ?

Elle ne croyait pas une seule seconde en cette histoire d'union, mais, si Conn avait cédé à son insouciance, c'était bien fait pour lui.

— Presque. Mais je pense qu'il lui a laissé assez de temps pour accepter la situation.

Le tonnerre gronda au loin et des gouttes de pluie commencèrent à tomber sur le toit.

— Donc c'est une sorcière ? Une vraie ? demanda Cara, dont l'esprit cartésien était rongé par la curiosité.

— Oui. Tu ne devrais pas tarder à la rencontrer, d'ailleurs. Quelque chose me dit que tu auras très bientôt des raisons de te plaindre de ta nouvelle belle-sœur.

— Euh… Talen, balbutia-t-elle, gênée. Je crois qu'on devrait parler de tout ça. Ce mariage, il est temporaire, on est bien d'accord ?

Pour elle, tout s'était passé bien trop vite. Après tout, ils ne se connaissaient que depuis quelques heures !

— « Temporaire » ? Bien sûr que non.

Il l'embrassa sur la bouche dans le fracas du tonnerre. Soudain, il se leva, pas le moins du monde gêné par sa nudité. C'était d'ailleurs compréhensible, avec sa peau lisse et sa musculature parfaite. À sa grande honte, elle aperçut une marque de morsure sur son pectoral gauche. Les joues rouges, elle le regarda s'habiller et ramasser ses armes.

— Ne bouge pas, ma jolie. Je vais voir si mes petites surprises ont été efficaces.

Il l'embrassa une dernière fois et sortit. Une fois la porte fermée, Cara s'étira en grognant. Elle avait mal *partout.* Elle se remémora leur nuit. Talen avait alterné la sauvagerie et la séduction, ce qui expliquait son état au réveil, car elle se sentait la fois détendue et endolorie.

Elle ne s'était jamais considérée comme une femme passionnée. Très tôt, son père lui avait appris qu'on ne pouvait pas faire confiance aux hommes. Plus ils étaient grands et plus ils frappaient fort. Elle avait décroché son bac avec un an d'avance et s'était inscrite aussitôt à l'université. Après la mort de ses parents, elle s'était plongée dans ses études en dédiant tous ses efforts aux plantes plutôt qu'aux gens. Il en résultait qu'elle était timide et assez mal à l'aise en société. Son unique expérience sexuelle n'avait été rien d'autre que cela, une simple expérience, avec son ami et collègue Simon. Il était mort un mois plus tard dans un accident de voiture en lui laissant un merveilleux cadeau : Janie. Entre son enfant et son travail, elle n'avait eu le temps pour rien d'autre. Elle sourit à la découverte de cette facette inattendue de sa personnalité.

Elle passa le doigt sur les trous que les dents de Talen avaient percés dans son cou et se renfrogna. Son parfum de pin épicé lui collait à la peau. Elle le connaissait à peine. Enfin, déjà un petit peu mieux après la nuit qu'ils avaient passée ensemble, mais tout de même… et ils n'étaient même pas de la même espèce. Il se l'était appropriée d'une manière très primitive qu'elle ne parvenait toujours pas à définir. Comment pouvait-elle se protéger de lui ?

D'ailleurs, elle devinait qu'il ne le lui permettrait pas. Et cela lui fichait une peur bleue.

Elle sursauta, effrayée par un coup de tonnerre, et bondit hors du lit pour ramasser ses vêtements éparpillés sur le parquet. Elle tenait à être habillée lorsque Talen reviendrait.

— C'est quoi ce truc ? s'exclama-t-elle en enfilant sa petite culotte.

Elle se tortilla pour regarder sa hanche droite. Sa peau portait des traces de doigts. Il s'agissait d'une grande main d'homme. Un peu plus bas, elle aperçut la marque de la paume, avec un signe complexe en plein milieu. Était-ce bien un K ? C'était à cet endroit que Talen l'avait tenue lorsqu'il l'avait mordue. Il l'avait marqué sur les fesses.

— V'là autre chose, maugréa-t-elle en tâtant la marque.

Elle n'était pas douloureuse, ce qui signifiait qu'il ne s'agissait pas d'une brûlure. Elle se rappelait toutefois combien sa main lui avait paru chaude, même si, sur le coup, sa concentration avait été ailleurs.

Talen entra alors et elle se tourna vers lui, choquée.

— Tu m'as *marquée* ? demanda-t-elle d'une voix qu'une colère incommensurable rendait rauque.

La respiration hachée, les nerfs à fleur de peau, elle était prête à le tuer. Talen s'arrêta, puis referma la porte pour empêcher la tempête d'inonder la cabane.

— C'est pas le moment, ma jolie. Habille-toi en vitesse. On a un problème.

Il se posta devant la fenêtre et appuya sur un bouton de sa montre.

— Dage, réponds.

Sa voix était calme, mais Cara, affolée, se vêtit en hâte. Elle le tuerait plus tard.

— Je suis là.

— Tu es au QG ? demanda Talen tout en scrutant la grisaille extérieure.

— J'allais partir. On a subi des attaques au Texas, au Canada et en Espagne.

— Eh merde ! on est en guerre. Tu peux me donner une image satellite de ma localisation et me dire combien de Kurjans sont dans le coin ?

— On est en plein jour. Normalement, il ne devrait pas y en avoir un seul, répondit Dage avant de tapoter sur son clavier.

— Dis-le à celui que je viens de tuer. D'ailleurs il pleut, il n'y a pas un rayon de soleil.

— Ah, merde ! J'en vois un groupe de cinq à trois kilomètres au sud-est.

— Donc c'était un éclaireur.

Mon Dieu, se dit Cara, pétrifiée de terreur, *combien de personnes a-t-il tuées ? Est-ce qu'il le fait souvent ?*

— Je t'envoie des renforts.

— Inutile, on va rentrer au QG. Toi, gère la situation du Texas.

Cara s'approcha de lui en poussant un petit gémissement apeuré et Talen tourna la tête vers elle.

— Dage, comment va ma fille ?

— Elle est depuis peu l'heureuse propriétaire de sept poneys. Tu noteras en passant que c'est celui que je lui ai donné qu'elle préfère, répondit son frère avec un rire de fierté. Dis à ta compagne que la sécurité de Janie est notre priorité. Je laisse Jase et Brack avec elle pendant que je serai au Texas.

Talen fronça les sourcils.

— Brack ? Il donnerait sa vie pour elle, ça ne fait aucun doute, mais avec sa tête il risque de lui filer des cauchemars.

— Figure-toi que tonton Brack est en train d'apprendre à faire des *cupcakes* au sucre glace sous la férule de ton ensorcelante petite puce.

— Des *cupcakes* ? Le plus gros dur de tous nos hommes ? Lui qui n'a qu'à froncer les sourcils pour faire reculer l'ennemi ?

— Elle l'a même convaincu d'enfiler un tablier.

— Pardon ?

— Bleu avec des fleurs blanches, en plus. Bon, je te rappelle du Texas.

Il raccrocha et Talen se tourna vers Cara.

— Il semblerait que notre fille a charmé tous nos soldats.

— C'est la première fois que je suis séparée d'elle, Talen, répondit Cara, les larmes aux yeux.

Talen la regarda avec douceur.

— Dans ce cas, ma jolie, allons la retrouver.

Il ouvrit la porte et Cara vit un vieux pick-up rouillé devant le chalet, le moteur en marche. Elle prit sa fleur en pot et courut sous le déluge, puis s'engouffra dans l'habitacle. Talen la rejoignit sans attendre et s'engagea sur une route cahoteuse.

— On va aller au nord-ouest, chez des amis, murmura-t-il en actionnant les essuie-glaces pour dégager le pare-brise.

— Et les Kurjans ?

Elle scruta les arbres qui bordaient la route, puis se retourna pour regarder derrière eux.

— Ils nous suivent à quelques kilomètres, mais on finira bien par tomber sur un rayon de soleil. Tu ne sens pas leur présence ?

— Bien sûr que non.

Mais de quoi voulait-il parler ?

— Je suis sûr que si, Cara.

— C'est ridicule, protesta-t-elle, rongée par le doute. Cette voiture est à qui ?

— Je l'ai… euh… empruntée à un voisin.

— Je vois. Brack et Jase, c'est qui ?

— Jase est mon plus jeune frère et Brack est l'un de nos hommes. Janie ne pourrait pas être plus en sécurité. (Il fit un écart pour éviter la chute d'une branche et jura dans sa barbe.) Tu ne pourras pas éternellement nier tes capacités, compagne.

Cara préféra ne pas répondre.

— Tu as dit « notre fille », dit-elle doucement, les yeux rivés sur la route boueuse illuminée par les éclairs.

— Bien sûr, répondit-il, surpris. Je ne plaisantais pas, Cara.

— Où est-elle ?

— À notre QG.

Cara laissa échapper un soupir irrité.

— Où ça, Talen ?

Il hésita quelques secondes avant de répondre.

— Dans la montagne, près de Boulder.

— Boulder ? Au Colorado ?

— Oui. Le cadre nous plaît et la région est très ensoleillée, ce qui nous protège des visites des Kurjans.

— Boulder ? éclata Cara. T'aurais pas pu nous y emmener directement, non ? Sans cette mascarade de cérémonie ?

— Tu es à moi depuis la seconde où je t'ai vue, affirma-t-il sans quitter la route des yeux tandis qu'elle cherchait un objet avec lequel le frapper.

— Ce n'était pas la peine de m'épouser.

— Si. Sans compter que seules nos compagnes ont le droit de connaître la localisation de notre QG. C'était indispensable pour ta propre sécurité.

Il sortit de la route pour éviter un arbre tombé dont les branches crissèrent contre la carrosserie.

Cara tremblait de fureur. Elle devait à tout prix récupérer sa fille et l'éloigner des vampires.

— Et je peux savoir combien de temps je vais garder ton empreinte sur mon cul ?

Talen se tourna vers elle, surpris.

— Je t'ai marquée, Cara. Je t'avais dit que je le ferais.

— Combien de temps, Talen ? répéta-t-elle, les dents serrées.

Comment pouvait-il être si calme alors qu'elle avait envie d'exploser ? Il secoua la tête et reporta son attention sur la route.

— C'est définitif, Cara.

— Espèce d'enfoiré !

Talen pila et la voiture dérapa avant de s'arrêter sur le bord de la route. Dans le silence assourdissant de l'habitacle, Cara sentit son cœur battre à tout rompre. Lentement, Talen se tourna vers elle. Ses yeux brillaient d'une lueur livide dans la pénombre, révélant le prédateur en lui.

Chapitre 10

La tempête faisait toujours rage et les vitres du pick-up commençaient à s'embuer. La bouche sèche, Cara regarda des étincelles vertes zébrer les yeux de Talen. Elle se força à se rappeler qu'elle était dans son bon droit. Et qu'il ne lui faisait pas peur.

Pourtant, elle faillit pousser un petit cri lorsqu'il tendit la main pour détacher sa ceinture. Paniquée, elle posa la main sur la poignée de la porte, mais, avant qu'elle ait eu le temps de l'ouvrir, Talen lui saisit le bras de ses mains puissantes et l'attira sur ses genoux. La marque de sa paume lui chauffait l'avant-bras et elle tenta de le repousser en posant les mains sur son torse, mais il colla son visage contre le sien.

— Excuse-toi, femme, exigea-t-il d'une voix calme.

Il la tenait fermement, mais sans lui faire mal, et son enivrant parfum mâle lui faisait tourner la tête.

— Toi d'abord, rétorqua-t-elle.

Cara se força à croiser son regard et resta bouche bée en voyant le vert prendre le dessus sur l'or de ses pupilles. Chez lui, c'était le signe d'une émotion puissante. *Bon sang, mais à quoi je joue, là ?*

Plusieurs secondes s'écoulèrent, puis il poussa un soupir.

— J'aurais dû mieux t'expliquer la situation.

— Désolée de t'avoir traité d'enfoiré, admit-elle à contrecœur, désarçonnée par ces excuses inattendues. Pourquoi tu ne m'as pas tout dit ? (Il haussa un sourcil et Cara leva les yeux au ciel. Il avait probablement raison. Elle se serait enfuie en courant.) C'est vrai que la marque restera pour toujours ?

— Oui. Je t'ai marquée. Et je t'ai transformée. Comme je te le disais, c'était indispensable pour ta sécurité.

Elle pâlit et recommença à se débattre.

— Comment ça, tu m'as changée ? Ne me dis pas que... je suis un vampire ?

Talen écarquilla les yeux, puis rejeta la tête en arrière et éclata de rire, sans toutefois la lâcher.

— Bien sûr que non, répondit-il en déposant un baiser furtif sur ses lèvres. On naît vampire, on ne le devient pas.

Dehors, le vent forcissait et faisait tanguer la voiture. Cara s'immobilisa et fronça les sourcils.

— Oh ! mais...

— L'union d'un couple comporte trois éléments : le marquage, la morsure et l'échange de fluides. Ton ADN s'est altéré.

— Comment ça ? demanda-t-elle, paniquée.

— Tu as bien entendu. Tu as désormais mes anticorps, qui devraient t'immuniser contre toutes les maladies humaines, et tu vieilliras à la même cadence que moi. Ah ! oui, et plus aucun autre mâle ne pourra avoir de rapports intimes avec toi sans faire de réaction.

— Sérieux ? demanda-t-elle, incrédule.

— Je te le jure. Il y a un siècle, mon frère Jase a voulu coucher avec une femme déjà en couple et, dès les premiers petits baisers, il a développé une horrible allergie. Il disait qu'il n'avait jamais rien connu d'aussi douloureux, expliqua Talen, égayé par ce souvenir.

— Il y a un siècle ? Euh... tu as quel âge exactement ?

— Dans les trois cent cinquante ans, dit-il en regardant dehors.

Cara prit quelques secondes pour digérer toutes ces informations.

— Et au cours de tous ces siècles tu as marqué combien de femmes, Talen ?

Elle était surprise d'éprouver une telle jalousie. Talen se tourna de nouveau vers elle, le regard caressant.

— Nous ne pouvons avoir qu'une seule compagne. Tu es à moi, Cara.

Cette réponse fit naître en elle une joie qui la surprit encore plus.

— Oh ! mais… euh… ça veut dire que tu es, enfin…

— Que je suis quoi ?

— Euh… je veux dire, tu as déjà…

Talen lui sourit à pleines dents.

— J'ai déjà fait l'amour, ma jolie.

Oui, évidemment. Comment aurait-il pu en être autrement ?

— Mais pourquoi moi ?

— Parce que tu es ma compagne. Il n'en existe qu'une seule pour chacun et, quand on la trouve, le destin prend le relais. Ou la biologie, si ça peut te rassurer.

En effet, la biologie était plus dans ses cordes.

— Toujours ?

Il haussa les épaules.

— Non, en fait. À une époque, les unions étaient arrangées, avec une cérémonie et des vœux, mais la marque apparaissait quand même et ces couples semblaient aussi heureux que les autres. Un peu comme les mariages arrangés chez les humains, j'imagine.

— Mais on a fait un mariage civil, sans cérémonie ancestrale ou je ne sais quoi, rétorqua Cara, qui sentait la marque chauffer sur sa hanche.

La marque permanente.

— Je sais. C'est le destin, comme je te le disais, répondit-il d'une voix satisfaite.

— Ça veut dire que les Kurjans ne s'intéressent plus à moi ?

— Au contraire, Cara, mais, désormais, ils ne peuvent plus te prendre comme compagne.

— Tu aurais dû m'expliquer tout ça, Talen.

— Peut-être, acquiesça-t-il tout en la reposant sur son siège. Mais cela n'aurait rien changé.

— Tu sais que tu es d'une arrogance insupportable ?

— Ne me force pas à te mordre une nouvelle fois.

Avec un sourire éclatant, il remit le moteur en marche et reprit la route en naviguant entre les ornières. Cara sentait un picotement au niveau des seins.

— Il y a encore des choses que tu ne m'as pas dites ?

— C'est fort probable.

— À propos de cette morsure…

— Tu m'as mordue toi aussi, ma jolie, l'interrompit-il avec un sourire diabolique sur son visage de demi-dieu.

Le désir nouait l'estomac de la jeune femme. Comment un simple regard pouvait-il lui faire un tel effet ? Elle tourna la tête vers la vitre pour tenter de maîtriser sa libido. Depuis qu'elle l'avait rencontré, elle était en roue libre.

Elle réfléchit à tout ce qui lui était arrivé depuis la veille. Elle s'était mariée, elle avait couché avec lui et il l'avait marquée. Au fond de son cœur, elle savait que Talen et sa famille étaient le meilleur moyen d'assurer la sécurité de Janie, mais Cara s'était toujours enorgueillie d'être une femme qui ne se laissait guider que par sa tête. Talen voulait qu'elle laisse parler son cœur. Le lui avait-elle donné la nuit dernière ? Elle avait été prête à tout lui abandonner, même son âme. Ce qu'elle avait peut-être fait, d'ailleurs.

— Tu réfléchis fort, dis donc, remarqua-t-il en enclenchant la vitesse maximale des essuie-glaces.

— C'est que j'ai beaucoup de choses à digérer, Talen.

— Tu ne crois que ce serait plus facile si tu acceptais tout sans discuter ?

— Tu me veux à cent pour cent.

— Oui.

Soudain, il leva la main pour lui dire de se taire.

— Quoi ? murmura-t-elle en scrutant la forêt des yeux. Les Kurjans sont là ?

— Non, ils sont deux kilomètres derrière nous.

— Comment le sais-tu ?

— Je perçois leur présence.

— Qu'est-ce qu'il y a, alors ?

Il se gara dans une petite clairière entre les arbres et coupa le moteur.

— Désolé, ma jolie, mais tu vas devoir te mouiller un peu.

Il l'aida à déboucler sa ceinture et sortit de la voiture. Cara attrapa sa marguerite et le suivit sous la pluie. Dans une odeur de conifères trempés, Talen la prit par le bras et l'entraîna dans la végétation. À moitié aveuglée par la pluie et le vent, Cara avançait en trébuchant et faisait de son mieux pour le suivre. Elle ne vit pas Talen s'arrêter et lui rentra dedans. Le vampire ferma les yeux et leva la tête, puis lui saisit de nouveau le bras et prit la direction d'un tas de rochers au pied d'une colline.

Elle courait sans un mot, les cheveux trempés et collés sur son visage. Talen se pencha pour lui murmurer quelques mots à l'oreille.

— De l'autre côté de la colline, il y a au moins six hommes lourdement armés qui nous tendent une embuscade.

— Des humains ou des Kurjans ?

— Des humains. Les Kurjans arrivent par le sud. Si on était restés sur la route, on aurait été pris en tenaille.

— Comment sais-tu qu'ils sont six ? demanda-t-elle, frissonnant de froid.

— Je les sens. Et je les entends. Et tu pourrais faire de même si tu cessais de jouer les têtes de mule. (Il l'attira dans une embrasure entre deux rochers et lui donna un pistolet d'une étrange couleur verte.) Reste cachée ici et tire sur tout ce qui n'est pas moi, ordonna-t-il avec un dernier baiser. Je reviens tout de suite.

Sur ces mots, il disparut dans la forêt. Cara se cacha de son mieux dans l'anfractuosité, et posa la plante derrière elle. Elle était entourée d'herbe, de buissons, d'arbres. Pour elle, la nature était synonyme de sécurité.

Il pleuvait toujours aussi fort et des pommes de pin ne cessaient de se détacher des branches. Elle essaya de se concentrer, mais la peur et le froid l'en empêchaient. Une explosion, un peu plus loin au nord, la fit sursauter. Une seconde plus tard, elle se figea en entendant un rugissement bestial qui lui fit aussitôt retrouver tous ses esprits. Elle savait que c'était dû à la poussée d'adrénaline, mais elle aurait presque préféré rester dans le brouillard.

Une masse de fourrure bondit au-dessus de sa tête et atterrit délicatement dans les grandes herbes. Cara retint un cri de terreur. L'animal se retourna et elle se retrouva face au plus gros puma qu'elle avait jamais vu. Ils se regardèrent, immobiles sous la pluie battante. Cara serra les doigts sur son arme. Elle savait qu'elle ne devait faire aucun mouvement brusque. Le puma mesurait plus de deux mètres de long et devait peser une bonne centaine de kilos. Sa queue, très gracieuse et terminée par une pointe noire, reposait sur le sol. Sa fourrure, dorée d'ordinaire, brunissait sous la pluie. Il gardait les yeux rivés sur elle, avec des petits tressaillements des moustaches. Des canines pointues émergeaient de ses babines.

Il baissa lentement la tête pour fixer son regard intelligent sur l'arme qu'elle tenait à la main. Il secoua la tête, faisant voler des gouttes tout autour de lui, puis se redressa de nouveau.

Je rêve, ou quoi ?

— Tu ne veux pas que je te tire dessus ? demanda-t-elle d'une voix rauque qui peinait à percer dans le fracas de la tempête.

Il secoua une nouvelle fois la tête et sembla attendre sa réponse. Cara était tout étourdie. Elle se trouvait dans les montagnes de Virginie-Occidentale, une région où on ne trouvait normalement pas de pumas. Plus bizarre encore, elle était en train de communiquer avec ce gigantesque félin.

— D'accord. Je ne te tirerai pas dessus si tu n'essaies pas de me manger, dit-elle d'une voix calme en dépit de sa peur et de son incrédulité.

Le puma hocha la tête, puis poussa deux petits grognements. Cara entendit un grondement plus aigu derrière elle, puis un second félin vint se placer à côté du premier. Sa fourrure était plus blanche que rousse et il lui sembla qu'il s'agissait d'une femelle. Elle s'approcha de Cara, la renifla, puis remua les oreilles à destination du mâle, qui sembla lui sourire. Les deux félins se retournèrent pour prendre ce qui avait tout l'air d'être une position défensive entre Cara et la forêt.

Éberluée, elle les regarda monter la garde. Des cris et des coups de feu éclatèrent au loin. Cara et les deux pumas se retournèrent. La jeune femme fit mine de se lever pour voler au secours de Talen. Elle avait une arme, après tout. Mais le mâle tourna la tête vers elle et poussa un grognement qui la figea sur place. Elle se rassit et ses deux gardiens reprirent leur surveillance de la forêt.

— J'ai une tumeur au cerveau. C'est forcément ça, dit-elle.

Le mâle sembla pousser un ricanement de dérision, mais Cara n'y prêta pas attention. C'était la seule explication possible. Elle devait être à l'hôpital, dans le coma. Elle renifla et essuya les gouttes de pluie imaginaires de son visage en espérant qu'Emma prenait bien soin de Janie.

Soudain, les pumas se figèrent en poussant des petits grognements menaçants. Cara oublia aussitôt sa théorie farfelue et scruta les arbres pour localiser ce qui les mettait en alerte. Deux silhouettes sortirent de la forêt et la peur la priva de tous ses moyens. C'était pour son cerveau une manière de se protéger, car il ne parvenait pas à croire ce que ses yeux voyaient.

Les deux créatures mesuraient près de deux mètres. Elles avaient de longs cheveux roux aux pointes noires et la peau d'une pâleur d'albâtre. Des canines acérées brillaient derrière leurs lèvres rouges. Leur tenue de combat noire était au diapason de leurs yeux sans âme. Elles marchaient sur leurs jambes, mais c'était bien tout ce qu'elles avaient d'humain.

Le premier soldat s'arrêta, les yeux rivés sur Cara, puis renifla et retroussa les lèvres avant de reprendre sa marche en avant.

Avec un cri terrifiant qui devait s'entendre à des kilomètres, le puma chargea.

Chapitre 11

Le mâle bondit à la gorge de son adversaire. Le Kurjan, car c'en était forcément un, poussa un cri de douleur et enfonça ses longues griffes dans la fourrure de l'animal. La femelle imita son compagnon, mais l'autre Kurjan pivota et la projeta sur le sol. Elle se releva aussitôt et planta les dents dans son genou. Le Kurjan s'écroula et elle le mordit au cou. L'odeur du sang qui giclait, mêlée au parfum de terre mouillée, retourna l'estomac de Cara. Pendant ce temps, le mâle avait décapité le premier monstre, dont le corps sans vie s'écroula tandis qu'il en jetait la tête au loin. Sa fourrure était maculée de sang et il releva la tête en poussant un cri de fureur. Au moment où il se tournait vers la femelle, trois autres Kurjans sortirent des arbres. Il se tourna vers eux et se jeta sur les deux premiers.

La femelle, qui était en train d'arracher la tête de sa victime, ne vit pas arriver le couteau que lui lança l'autre. Elle s'effondra, la lame plantée dans son flanc. Avec une grimace qui devait être un sourire, le Kurjan se précipita sur elle, mais Cara se releva d'un bond, pointa son arme sur lui et tira. Sous l'impact des étranges rayons verts, le monstre recula de plusieurs mètres. La jeune femme se plaça entre l'animal blessé et le Kurjan, l'arme toujours pointé sur lui malgré sa main tremblante. La femelle poussa un petit grognement de protestation.

— Je t'en prie, répondit Cara.

Les yeux du Kurjan n'étaient plus noirs, mais d'un violet profond et tourbillonnant. Il poussa un cri suraigu et avança vers elle. Il rappelait à Cara le personnage d'un roman d'épouvante qu'elle avait lue adolescente. Comment était-ce possible ?

Elle appuya une nouvelle fois sur la détente et il mit un genou à terre. Dans un sanglot, elle tira, encore et encore, mais le Kurjan se jeta sur elle. Elle se crispa pour absorber l'impact, mais, soudain, une forme sombre jaillit de derrière elle et percuta le Kurjan en plein vol.

— Talen ! s'exclama-t-elle, soulagée.

Le vampire jeta son adversaire au sol puis, avec une puissance surhumaine, le retourna et plongea un grand couteau dans sa gorge. La lame traversa sans mal le cartilage et l'os pour décapiter le monstre. Talen, le visage froid et dur, regarda le sang jaillir. S'agissait-il vraiment de l'homme qui, ce matin encore, l'avait tenue si tendrement dans ses bras ? Elle lui était toutefois très reconnaissante d'avoir volé à sa rescousse.

D'autres pumas sortaient de la forêt pour se joindre à la mêlée. Cara se retourna vers la femelle blessée, mais, à sa grande surprise, ne vit qu'une femme, petite et nue, allongée sur le sol. Le sang coulait le long du manche du couteau enfoncé entre ses côtes. Elle s'agenouilla à côté d'elle, repoussant ses cheveux blonds de son visage trempé.

Avec un grognement, l'inconnue tendit la main pour saisir le manche.

— Attendez, l'interrompit Cara. Je crois que vous feriez mieux de ne pas y toucher avant d'arriver à l'hôpital.

Derrière eux, des grognements, des sifflements et des cris d'agonie retentissaient, mais elle n'y prenait pas garde. La jeune femme blessée leva les yeux au ciel.

— Je n'ai pas besoin d'aller à l'hôpital.

Sur ces mots, elle retira le couteau avec un petit cri et le laissa tomber sur l'herbe. Talen l'entendit mais ne se retourna pas. Il s'était placé entre sa compagne et le soldat kurjan qui était en train d'enjamber son collègue décédé. La créature sourit de toutes ses dents jaunes tout en tirant une arme à feu de son dos. Talen lui rendit son sourire, puis concentra son attention sur le système nerveux de son adversaire, qui se figea aussitôt. Pour manipuler les jeunes Kurjans inexpérimentés, il n'avait besoin de solliciter que très peu d'énergie. Les yeux écarquillés, le monstre regardait Talen, qui venait de l'immobiliser par la simple force de sa pensée.

— Eh oui ! les rumeurs étaient fondées, confirma Talen avant de lui enfoncer son couteau dans la gorge.

Cette mort rapide était une marque de compassion, même s'il savait que le Kurjan n'en aurait accordé aucun à Cara. Avec une précision chirurgicale, il le décapita, puis se tourna vers la menace suivante. Il baignait dans une odeur de sang. L'image de sa compagne tirant sur son assaillant resterait gravée à jamais dans sa mémoire. Il devait la mettre en sécurité. Mais, avant cela, il avait un dernier adversaire à vaincre, un monstre au visage blanc agrémenté de canines jaunes et d'yeux plus rouges que l'enfer.

— Kayrs.

— Désolé, mais je ne connais pas ton nom, connard.

Il s'en fichait d'ailleurs, mais il se demandait comment un simple soldat pouvait l'identifier.

— Une fois que je vous aurai tués, toi et ton roi, le monde entier le connaîtra.

Il tira une lame à double tranchant de son fourreau et se redressa de toute sa haute taille.

— Mon roi te ferait fondre la cervelle rien qu'en clignant des yeux, répondit Talen avec nonchalance. (À sa gauche, un rugissement satisfait retentit, recouvrant le cri d'agonie d'un Kurjan. Il sourit.) On dirait que les métamorphes ont eu le dessus sur tes petits copains.

Le monstre, dont les cheveux trempés de pluie prenaient une teinte de sang séché, haussa les épaules,

— Aucune importance. Tu vas mourir toi aussi.

Sur ces mots, il se précipita sur Talen, le couteau pointé sur sa gorge. Le vampire fit un pas de côté et l'arrêta d'un coup de poing dans le ventre. Il pouvait en finir vite en lui paralysant le système nerveux, mais il ressentait un désir impérieux de faire couler le sang. Le Kurjan se plia en deux et Talen joignit les mains pour lui assener un coup magistral sur la nuque. Son adversaire tomba à genoux, la tête basse, avec un juron de colère.

Talen sortit à son tour son couteau et lui trancha une oreille, puis l'autre. Le Kurjan hurla et se releva d'un bond. Talen sentit la terreur l'envahir, mais il comprit aussitôt qu'elle venait de sa compagne et se rendit compte que cette scène la terrifiait. Avec un soupir de regret, il immobilisa son adversaire d'un petit mouvement de la tête.

— Désolé d'en finir aussi vite, mais ma compagne a besoin de moi.

Il plongea sa lame dans la jugulaire du monstre, qui retomba à genoux, puis le décapita d'un seul geste. *C'était un bon combat*, se dit-il avec plaisir.

De son côté, Cara ne songeait pas à la bataille, horrifiée par la blessure de la jeune femme, qui saignait abondamment. Elle ôta son pull trempé et le colla sur la plaie.

— Il faut qu'on vous conduise chez un médecin, dit-elle en frissonnant car son soutien-gorge blanc était transpercé par la pluie.

— Inutile. Nous guérissons très vite, compagne de Talen.

La douleur se lisait dans ses beaux yeux marron aux longs cils noirs et ses lèvres charnues tremblaient. Même sous sa forme humaine, elle avait toujours des traits félins très marqués. Ses pommettes étaient saillantes et sa peau laiteuse était immaculée. Cara appuya plus fort sur la plaie, qui saignait toujours autant, et regarda autour d'elle, affolée.

— Je m'appelle Cara.

— Moi, c'est Katie. (Elle grimaça en voyant la surprise sur le visage de Cara, puis grogna de douleur.) Qu'est-ce qu'il y a ? Tu t'attendais à un autre nom ? Du genre Sheena, Shayla ou Lyonina ?

— Oui, un truc comme ça, répondit Cara en se penchant pour cueillir une poignée de fleurs blanches au petit pistil jaune.

— Qu'est-ce que tu fais ? s'étonna Katie.

— C'est de l'achillée millefeuille, expliqua Cara en coupant les tiges, emplissant l'air d'une fragrance de sauge.

— Et alors ?

— C'est une plante qu'on utilise pour soigner les blessures, les coupures ou les écorchures, continua Cara tout en écrasant les fleurs pour obtenir des fragments aussi petits que possible. Elle a été baptisée ainsi en hommage à Achille, le héros grec, qui en avait toujours sur lui pour soigner ses soldats pendant la guerre de Troie.

— Ah bon ? C'est pratique, ça. (Katie se détendit et poussa un long soupir.) Dieu merci ! la douleur commence à diminuer.

Cara prit alors conscience du silence qui l'entourait et se retourna. La bataille était terminée et il ne restait plus un seul Kurjan. Talen et cinq pumas, tous maculés de sang, entassaient les cadavres à l'orée de la forêt. Deux 4 x 4 arrivèrent dans la clairière et Talen se dirigea vers elle, les yeux dorés, l'air sérieux.

Katie soupira.

— Si tu savais ce que je vais prendre à cause de cette blessure…

Cara, focalisée sur Talen, ne répondit pas. Il saignait au-dessus de l'œil gauche et un coquard était en train d'apparaître sur son œil droit. Il avait aussi le cou lacéré de griffures. Cara mourait d'envie de s'enfuir. Vers lui ou dans le sens opposé, elle hésitait encore. La pluie venait enfin de cesser et deux hommes sortirent des voitures. L'un d'entre eux portait un bidon à la main. De l'essence, à première vue.

— Tu n'as rien ? demanda Talen en arrachant son tee-shirt pour lui en faire un fichu, éparpillant les fleurs écrasées autour d'eux.

— Non, mais Katie a reçu un coup de couteau.

Cara se remit à appuyer sur la blessure sans quitter le torse bronzé de Talen des yeux. Le vampire regarda la jeune femme allongée sur le sol et lui caressa la joue.

— Salut, morveuse.

— Salut, crétin.

Elle s'assit et repoussa les mains de Cara, puis ôta le pull imbibé de sang. La blessure se refermait déjà et ne saignait plus.

— Comment vous avez fait pour arriver si vite ? demanda Talen en se penchant pour l'examiner.

— C'est un coup de veine. La vache, qu'est-ce que ça fait mal ! C'est la première fois que je suis blessée dans un combat.

— La première fois tout court, même. Qu'est-ce que tu fais là, Kate ?

Elle soupira.

— On chassait dans le coin quand on a repéré l'odeur des Kurjans. Jordan m'a dit de rentrer et il est venu par ici.

— Et tu as désobéi, la gronda Talen en secouant la tête.

Une silhouette apparut alors derrière Talen et recouvrit Katie avec une couverture avant de la prendre dans ses bras. Talen aida la jeune femme à se relever et Cara observa le nouveau venu. Il était torse nu et venait visiblement d'enfiler un jean délavé dont il n'avait pas eu le temps de remonter la braguette.

— Tu es le premier puma, n'est-ce pas ? demanda-t-elle.

Elle étudia les traits durs de son visage, encadrés de longs cheveux blond foncé, remarquant au passage le torse très musclé contre lequel il serrait Katie.

— Merci de ne pas m'avoir tiré dessus, répondit-il non sans ironie tout en lui tendant la main. Je m'appelle Jordan.

— Cara.

Voyant qu'elle tremblait de froid, Talen l'attira contre son torse et lui frotta les bras pour la réchauffer. Elle sentit la marque rugueuse de sa paume contre sa peau. Assez vite, la chaleur corporelle du vampire se diffusa en elle.

— J'ai vu ce que tu as fait pour protéger Katie, continua-t-il. Merci.

Cara haussa les épaules.

— J'étais armée.

— Euh… Jordan…, intervint Katie d'une petite voix.

Il la fusilla du regard et elle n'osa continuer. Sans Talen qui la tenait contre lui, Cara aurait reculé de quelques pas face à la violence qu'elle lisait dans ses yeux.

— Pas un mot. On réglera la question de ta désobéissance dès que je serai sûr que tu vas bien. (Il se tourna ensuite vers Talen.) Venez passer la nuit au ranch. Comme ça, on aura le temps de discuter.

Talen sourit et ils s'installèrent dans la voiture de Jordan. Derrière eux, la pile de cadavres s'embrasa et une épaisse fumée noire monta vers le ciel.

Chapitre 12

Pour la première fois de la journée, l'eau la réchauffait au lieu de la glacer. Sous les multiples jets de la douche carrelée en granit noir, Cara ferma les yeux de béatitude. L'immense maison de Jordan, plantée au milieu d'un terrain de vingt hectares au cœur des montagnes de Virginie-Occidentale, était une bénédiction après cette journée passée sous la pluie.

Dès son arrivée dans cette chambre confortable, elle s'était précipitée sous la douche. Elle remua les épaules comme pour aider l'eau chaude à mieux masser ses muscles endoloris. Soudain, elle sursauta en sentant deux grandes mains se poser sur sa taille pour la retourner. Elle n'avait pas entendu Talen entrer dans la vaste douche.

— Tu t'es montrée très courageuse tout à l'heure, compagne, la complimenta-t-il de sa voix grave tout en répandant du shampoing sur les cheveux de la jeune femme.

— Ça n'a pas l'air de t'enchanter.

Elle ferma de nouveau les yeux, bercée par la pression des doigts du vampire sur son crâne. Des frissons de bien-être, mêlé à des sensations d'une autre nature, cascadèrent le long de sa colonne vertébrale.

— En effet, je préférerais te savoir bien à l'abri quelque part plutôt que tu t'exposes aux prédateurs et à la pneumonie.

— Hmmm.

Il l'attira contre lui. La chaleur de son corps rivalisait avec celle du jet d'eau et elle ouvrit les paupières pour le regarder, à moitié endormie. Les yeux de Talen, eux, étaient parfaitement éveillés. Il fit glisser ses mains savonneuses jusqu'à ses seins et Cara ressentit un tiraillement dans le bas-ventre. Il prit son téton entre le pouce et l'index et commença à jouer avec. Elle poussa un petit cri et Talen, impitoyable, passa la langue sur sa lèvre inférieure, la colla à la paroi et continua de la titiller. La marque qu'elle portait désormais sur la hanche se mit à brûler, comme si elle était chauffée à blanc.

— Talen ? balbutia-t-elle sans vraiment savoir ce qu'elle voulait lui dire.

Il répondit en descendant la main le long de son ventre, la posa sur son pubis et bougea un doigt, avec un effet dévastateur.

— Quoi ?

Cara, noyée dans la vapeur de la douche, hypnotisée par les yeux dorés de Talen, avait perdu la faculté de penser. Il était grand, sombre et dangereux. Son torse musclé et légèrement velu exhalait la force, tout comme sa mâchoire volontaire et son regard intense. Les traits de son visage, très marqués, lui donnaient un air de prédateur qui lui allait à merveille.

Et il la désirait.

Elle, la cérébrale par excellence, dont le corps commençait à s'éveiller au plaisir. Et à en redemander. Elle fit un petit pas vers lui, leva les mains et glissa les doigts dans sa chevelure épaisse, puis l'attira vers elle et l'embrassa à pleine bouche.

Il poussa un petit grognement et elle prit possession de son palais, submergée par le désir. Jamais elle n'aurait pu imaginer mâle plus époustouflant.

Et il *la* désirait.

C'était indéniable. Il posa les deux mains sous ses fesses et la souleva. Sans rompre leur baiser, Cara serra les cuisses sur ses hanches et se colla encore davantage à son érection. Elle lui mordit la lèvre supérieure et se pencha en arrière jusqu'à ce que sa tête touche la paroi.

— Tout de suite. Tout de suite, Talen.

Il ne se fit pas prier. Il la pénétra d'un coup sec et elle poussa un cri étouffé. Ils s'immobilisèrent un instant pour reprendre leur souffle. Talen passa la main dans les boucles mouillées de Cara et lui inclina la tête sur le côté, ses yeux dorés illuminés d'étincelles vertes de plus en plus envahissantes. Un sourire diabolique se dessina sur ses lèvres et il recommença à bouger, de plus en plus vite, jusqu'à ce que Cara voie des étoiles.

— J'avais pensé le faire avec lenteur et douceur cette fois-ci, compagne, dit-il en achevant de lui rincer les cheveux.

— Peut-être la prochaine fois, Talen, répondit-elle en gloussant.

— Oui, peut-être, répéta-t-il, mais il ne semblait pas convaincu. (Il la retourna pour qu'elle se retrouve face à lui et déposa un baiser délicat sur ses lèvres.) Ton corps m'obsède. (Elle sourit et il la tint à bout de bras pour mieux la regarder.) Mais je te préviens, Cara, ce que je veux plus que tout, c'est ton cœur.

Elle ne trouva rien à répondre et il prit une épaisse serviette blanche pour lui sécher les cheveux. Lorsqu'ils sortirent de la salle de bains, des vêtements les attendaient sur le gigantesque lit. Cara enfila un jean et un tee-shirt bleu à manches longues et observa la pièce. Elle était spacieuse et confortable, avec des meubles en érable et des tableaux animaliers pendus au mur. Une porte-fenêtre menait à une terrasse accueillante. Henry, la marguerite, trônait sur l'immense commode. La nuit approchait et la pluie avait recommencé à tomber.

— Tu connais Jordan depuis quand ? demanda-t-elle en tentant de se coiffer avec les doigts.

Talen haussa ses épaules massives.

— Quelques centaines d'années.

— Vraiment ?

— Oui. Nos deux clans sont alliés depuis toujours.

— Et ils se transforment en pumas ?

Tout cela dépassait l'entendement.

— Oui. Les métamorphes naissent avec une forme prédestinée. Celle de Jordan, c'est le puma, ou le couguar, c'est la même chose.

— « Une forme prédestinée » ?

Comme il devait être agréable de pouvoir se changer en animal sauvage et de s'enivrer de sa liberté, même pour de courts instants.

— Oui. Soit féline, soit canine, soit multi, expliqua Talen tout en remettant lui aussi de l'ordre dans ses cheveux.

— Multi, ça consiste en quoi ?

— Ils peuvent prendre la forme qu'ils veulent, tant qu'elle n'est ni canine, ni féline, dit-il en en se détendant la nuque.

C'était de plus en plus fascinant. Les spécificités génétiques d'un multi feraient le délice d'Emma.

— Jordan est le chef des couguars ?

— Oui. Il a pris la tête de la meute à peu près à l'époque où Dage est devenu roi.

— Vraiment ?

— Oui. (Les yeux de Talen s'assombrirent et un tourbillon vert envahit peu à peu le doré.) Nous étions en guerre contre le Kurjus et leurs alliés depuis près de deux siècles et un sommet a été organisé. Les chefs des deux camps ont accepté d'y participer, mais c'était un piège.

— Les Kurjans ont des alliés ? s'étonna Cara, dont le cœur se mit à battre plus fort en voyant la mâchoire de Talen se crisper.

— Oui. Les métamorphes léopards et les chamans noirs, entre autres. Comme nous avions tous encaissé de lourdes pertes, nous pensions qu'un traité était envisageable. Les Kurjans ont tendu une embuscade aux leaders et ils ont tué mes parents. Et ceux de Jordan.

Cette nouvelle frappa Cara comme un direct à l'estomac.

— Je suis désolée, Talen. Tu avais quel âge ?

— Vingt ans. Dage en avait vingt-cinq, Kane dix-huit, Conn seize et Jase seulement quinze.

— Dage est devenu roi à vingt-cinq ans ? et il a réussi à négocier un traité aussi jeune ? s'exclama Cara, estomaquée.

Talen acquiesça d'un signe de tête, les yeux perdus dans le passé.

— Il est monté sur le trône et nous sommes partis en guerre. Jamais la Terre n'avait connu de bataille aussi sanglante. La mort était partout.

Une douleur palpable émanait de l'homme immortel qui lui tenait la main. Cara se serra contre lui, désireuse d'apaiser sa peine.

— Et ensuite ?

— Ensuite, Dage a négocié le traité. C'était soit ça, soit la fin de toute vie sur Terre.

Cara lui caressa le visage.

— Comment étaient tes parents ?

Talen redressa la tête et une étincelle de joie illumina son regard.

— Ma mère était irlandaise, avec le tempérament de feu de sa race. Elle avait les cheveux noirs et les yeux bleus et elle régnait sur tout le monde.

— Et ton père ?

L'ancien roi avait-il été un homme bon ? Talen avait-il eu la chance d'avoir un père aimant et gentil, contrairement au sien ?

— C'était un soldat et un diplomate. Un géant avec un rire de titan. (Il sourit à ce souvenir.) Il vénérait ma mère.

Heureuse femme…

— Donc tu as connu Jordan pendant des périodes de paix et de guerre ?

Talen hocha la tête.

— Et Katie est sa compagne ?

Cette fois-ci, son sourire n'avait plus rien de nostalgique.

— Oh que oui ! mais ils ne s'en doutent encore ni l'un ni l'autre.

— C'est pourtant évident, non ?

— Bien sûr. (Il lui tendit la main et l'invita à s'asseoir sur le rebord du lit.) Ferme les yeux.

— Pourquoi ?

Elle obéit. La marque sur la paume de Talen palpitait au rythme de la sienne.

— Je veux que tu me dises dans quelle pièce de la maison se trouvent Jordan et Katie.

Cara rouvrit les yeux et se leva en tentant de lui reprendre sa main.

— Je ne peux pas faire ça.

— Bien sûr que si, répliqua-t-il en la retenant.

— Arrête, c'est n'importe quoi.

Elle commençait à se sentir mal à l'aise. Elle essaya une nouvelle fois de se dégager, mais en vain.

— C'est facile, l'assura-t-il d'une voix apaisante. Repère-les grâce à leurs émotions. Je sais que tu les perçois.

— Comment ça, tu le sais ?

— Exactement. Nous sommes unis, Cara. Je ressens ce que tu ressens. À partir de maintenant, tes capacités ne feront que se renforcer.

— Non.

Crispée, elle se détourna, mais il lui saisit le menton avec fermeté et la força à le regarder. Ses yeux dorés étaient doux et pensifs.

— Pourquoi pas ?

— Parce que j'en suis incapable, martela-t-elle, agacée.

Par moments, il était vrai qu'elle avait l'impression de deviner certaines émotions, mais elle ne se sentait pas du tout en mesure de le faire à volonté.

— Pourquoi pas ? répéta-t-il.

— C'est contre nature, murmura-t-elle, les larmes aux yeux.

Le regard de Talen se durcit.

— Qui t'a fait du mal, Cara ?

— Personne, répondit-elle en fermant les yeux. Je t'en prie, Talen…

Chapitre 13

Talen sentit quelque chose s'éveiller en lui. Sa femme, cet être courageux, têtu et doux, avait peur. Il aimait son tempérament et la manière dont elle levait la tête pour le défier. En revanche, il n'appréciait ni ses doutes ni sa peur.

— Ouvre les yeux.

Elle obéit et il vit qu'ils étaient pleins de méfiance. Il l'embrassa tendrement.

— Je ne laisserai personne te faire le moindre mal, Cara. Jamais, affirma-t-il en lui caressant la joue. Tu es toi-même et tes dons font partie de ta personnalité, compagne. Il n'y a rien de plus naturel.

Quelque chose en lui palpitait de compassion. Ce ne pouvait être son cœur, car il l'avait perdu au cours des années sanglantes qui avaient suivi la mort de ses parents. Il avait déjà une grande affection pour Cara et il ne l'apprécierait que davantage si elle acceptait enfin son rôle. Elle était une femelle, une compagne. Elle était faite pour aimer.

Il ne serait probablement pas capable de lui offrir de l'amour en retour, mais il lui apporterait sécurité et tranquillité. Il ferait tout pour la rendre heureuse. C'était désormais son seul objectif.

— Viens, j'ai une surprise pour toi, dit-il en se levant.

Elle prit la main qu'il lui tendait et ils sortirent de la chambre. Talen, en connaisseur, appréciait les antiquités et les tableaux qui ornaient les murs sombres du ranch.

Ils traversèrent le vaste salon et entrèrent dans un bureau dont les fenêtres offraient une vue imprenable sur les sommets enneigés.

Talen s'installa au bureau, tapota sur le clavier de l'ordinateur, puis fit signe à Cara de le rejoindre. Elle obéit et découvrit avec stupeur le visage de Janie sur l'écran.

— Salut, maman. Regarde ! s'exclama-t-elle en souriant.

— Oh, tu as perdu une dent ! s'extasia sa mère, très émue.

— Ouais. Tu te rends compte ? En plus, la petite souris m'a apporté beaucoup plus de cadeaux qu'à la maison !

— Ah bon ? (Cara se laissa tomber dans le fauteuil et Talen posa une main rassurante sur sa nuque pour la rassurer.) Combien valent les dents, là où tu es ?

Janie se pencha vers la caméra avec des airs de conspiratrice.

— *Cinquante* dollars, un nouveau jeu vidéo et trois poupées.

Talen se dit que c'était peut-être un peu trop. Il en parlerait à ses frères.

— Eh ben, c'est beaucoup !

Les beaux yeux bleus de Janie brillaient de joie. Elle avait une poupée à la main, mais Cara remarqua que ses tresses étaient de travers.

— Euh… ma puce, qui est-ce qui t'a coiffée ?

Janie leva les yeux au ciel.

— Tonton Jase, mais ça l'agaçait, parce que ses mains sont trop grandes, alors c'est tonton Brack qui a continué, mais il n'a pas réussi à les faire de la même taille. C'est tonton Dage qui y arrivait le mieux jusqu'à ce qu'il s'en aille. Et aujourd'hui c'est tonton Conn qui a essayé. Il s'est donné beaucoup de mal, mais il en a vraiment chié, conclut-elle en secouant ses tresses, dépitée.

Quelqu'un toussa derrière la petite, visiblement embarrassé, et un visage masculin apparut à l'écran.

— Euh… désolé. Je vais essayer de surveiller mon langage.

Talen fusilla son frère du regard et Conn adressa un sourire d'excuse à Cara.

— Moi, c'est Conn. Bienvenue dans la famille, déclara-t-il avant de sortir du champ de la caméra.

Janie le regarda avec adoration, puis se tourna de nouveau vers sa mère.

— Tu viendras quand ?

— Dès que possible. Tu t'amuses bien ?

— Oh oui ! C'est trop marrant à… (Une main masculine couvrit le micro pour l'empêcher de dévoiler sa localisation et elle sourit.) Oups ! c'est vrai, je n'ai pas le droit de dire où je suis. (Elle jeta un regard courroucé à Conn.) Je m'amuse beaucoup mais tu me manques.

— Tu me manques aussi, ma puce. Il n'y a pas d'autres enfants avec toi ?

— Non.

— Ah bon ?

Janie confirma sa réponse d'un signe de tête, puis fixa les yeux sur la caméra, comme si elle cherchait quelque chose à côté de sa mère. Talen se baissa pour qu'elle l'aperçoive.

— Salut, mon cœur.

— Salut ! répondit la petite avec un sourire rayonnant. J'ai rencontré tous tes frères, sauf Kane qui est à l'étranger je ne sais pas où. Je lui ai parlé au téléphone ce matin et ils disent tous qu'ils sont contents que tu sois devenu mon papa.

Talen sourit.

— Ça ne m'étonne pas.

— Ouais, continua Janie en bondissant joyeusement sur son siège, et tonton Conn a même dit que tu me méritais.

— C'est vrai ?

— Ouais. Il a dit un truc sur ton « passé dissolu ». Ça veut dire quoi, « dissolu » ?

— Que ma perspective sur les jolies femmes a changé.

— Pourquoi ?

— C'est dur à expliquer, ma puce.

Ce fut au tour de Cara de regarder son voisin d'un air contrarié. Talen les laissa parler pendant quelques minutes, puis déclara qu'il était temps de couper la communication. Lorsque l'écran s'éteignit, Cara fondit en larmes et ils quittèrent la pièce.

— On la rejoindra aussi vite que possible, Cara.

— Je sais, dit-elle en lui prenant la main. Quand ?

— Bientôt.

Ils passèrent devant la gigantesque cheminée et entrèrent dans la cuisine, où Jordan s'affairait aux fourneaux. Cara soupira. Ce « bientôt » était très vague, mais elle allait devoir s'en contenter. Son estomac commença à gronder sous l'assaut des odeurs alléchantes

— Arrête de faire n'importe quoi, dit Katie en fusillant Jordan du regard.

— Qui est-ce qui brûle toujours tous les plats, ici, c'est toi ou c'est moi ? répliqua-t-il sèchement avant de se tourner vers Cara. Tu as pu appeler ?

— Oui, merci, répondit-elle en rejoignant Katie, qui s'était douchée et changée, à table. Ta blessure va mieux ?

— Elle est guérie.

— Merci pour les vêtements, au fait.

— Je t'en prie.

Jordan servit son plat dans des bols, puis les deux hommes s'assirent à leurs côtés. Même sous sa forme humaine, Jordan gardait une allure impressionnante. Elle comprenait pourquoi Talen et lui s'entendaient si bien.

Ils se jetèrent sur le repas comme s'ils n'avaient pas mangé depuis plusieurs jours. Quelques minutes plus tard, Jordan se leva pour répondre au téléphone. Lorsqu'il revint, son visage était soucieux.

— On part dans trente minutes.

Talen fronça les sourcils.

— Le raid n'était pas pour demain soir ?

— Si, mais on a perdu le contact avec le docteur Bigsby. Il est possible qu'ils soient au courant et on ne peut pas prendre ce risque.

Talen hocha la tête et se leva.

— Hé, une minute ! protesta Cara. Quel raid ? Et c'est qui, ce docteur Bigsby ?

— Explique-lui, mais grouille-toi, dit Jordan en sortant de la pièce.

— Attends-moi ! cria Katie en se précipitant sur ses talons.

Elle lui dit quelque chose que Cara n'entendit pas.

— Hors de question, répondit-il sèchement tandis que leurs pas s'éloignaient dans le couloir.

Cara se tourna vers Talen, toujours assis à la table ronde en chêne. Pas une trace de vert ne venait polluer l'or de ses yeux.

— Je ne sais pas trop par où commencer. Le Royaume et le Kurjus sont restés en guerre pendant des siècles, jusqu'à ce que les pertes soient si importantes que les deux camps décident de signer un traité pour leur propre survie et celle des humains. C'était il y a environ trois cents ans.

— Le Royaume ?

— Oui, c'est un peu comme les Nations unies pour les humains. Il comporte différents groupes : nous, plusieurs clans métamorphes, des sorcières wiccans, et j'en oublie.

— Pas de fées ?

— Non, elles ne concluent jamais d'alliances. Parfois elles sont avec nous, parfois contre. Avec elles, on ne sait jamais vraiment.

— Attends, je disais ça pour plaisanter !

— Pourtant, il y a vraiment des fées. Elles sont neutres, comme la Suisse, sauf qu'elles sont bien plus dangereuses.

Il fit mine de frissonner et Cara secoua la tête, incrédule.

— Donc, en essayant de nous enlever, Janie et moi, les Kurjans n'ont pas respecté le traité ?

— Exactement, tout comme ils n'avaient pas le droit de procéder à des recherches pour modifier leur ADN de manière à supporter la lumière du jour. Nous avons des alliés aux quatre coins du monde pour les surveiller.

Ce sujet éveilla sa curiosité.

— Comment peut-on modifier l'ADN ?

— Aucune idée. C'est toi, la scientifique de la famille, pas moi.

— J'aimerais beaucoup voir les dossiers de ces recherches.

— Je te les donnerai. Dans un quart d'heure, on va lancer une attaque sur leur laboratoire de Springfield. Je récupérerai tout ce que je pourrai.

— Je devrais peut-être venir. Je saurais quoi chercher.

Elle fantasmait déjà sur les possibilités qu'offriraient de tels résultats. S'il était vraiment possible d'altérer l'ADN, cela permettrait de guérir une grande partie des maladies génétiques humaines.

— Non, assena-t-il avec des étincelles vertes dans les yeux.

— Mais si c'est vrai, Talen, c'est énorme, tu ne te rends pas compte !

— J'ai dit non, Cara.

— Ce n'est pas à toi de décider à ma place, s'énerva-t-elle.

Il allongea ses canines et passa le doigt sur la marque qu'il avait laissée sur son cou.

— Je ne suis pas de cet avis.

— Dans ce cas, nous sommes dans une impasse.

Il ricana.

— Pas vraiment. Nous y allons à pied, c'est plus rapide pour nous. Malgré toute ta ténacité, tu ne pourras pas nous suivre.

Cara poussa un soupir irrité. Il avait raison. Il était aussi rapide qu'un puma. De son côté, même dans ses bons jours, la course à pied n'était pas son fort.

— C'est nul.

Talen se leva.

— Vois le bon côté des choses. Comme ça, au moins, je n'aurai pas à t'attacher au lit pour être sûr que tu ne bougeras pas.

— Très drôle.

— Je ne plaisante pas.

— Humph.

Ce n'était pas la plus articulée des réponses, mais elle ferait l'affaire. Talen leva les yeux au ciel et sortit de la cuisine. Cara se retint de lui tirer la langue. Irritée au possible, elle se pencha de nouveau sur son repas, mais elle n'avait plus faim. Elle décida donc de faire la vaisselle pour passer son énervement.

Elle venait juste de terminer lorsqu'il revint, habillé en noir de la tête aux pieds. Ainsi vêtu, il faisait très soldat et très déterminé. Très mâle et très sexy également. Le corps de la jeune femme réagit au quart de tour. Ses tétons durcirent et un frisson lui parcourut le bas-ventre.

Talen inspira, puis sourit.

— Je n'en ai pas pour longtemps, compagne.

Quel crétin ! pensa-t-elle en jetant le torchon dans l'évier.

— Sois prudent.

Ces mots étaient sortis tous seuls, issus d'un endroit dont elle refusait de reconnaître l'existence. Il lui saisit le bras, l'attira contre lui et lui donna un long baiser langoureux, provoquant, plein de chaleur brute et de promesse dangereuse. Elle gémit et se colla contre lui, les mains à plat sur le tissu râpeux qui lui couvrait le torse.

La marque sur sa hanche se mit à brûler. Au même moment, Jordan se racla la gorge depuis la porte. Cara recula d'un bond. Mais à quoi rêvait-elle donc ? Elle écarta les cheveux tombant sur son visage, sans prêter attention au sourire entendu du puma ou au petit rire satisfait de Talen. Ce dernier l'embrassa sur le front et ils disparurent.

Elle termina de ranger la cuisine, puis dit à Katie qu'elle avait envie de se reposer. La jeune femme, qui était en train de se choisir des chaussures en ligne, acquiesça sans même lever la tête de son écran.

Une fois dans sa chambre, Cara verrouilla la porte puis, prenant son courage à deux mains, elle s'assit sur le lit, décrocha le téléphone et composa le numéro de sa sœur, qui répondit au bout de deux sonneries.

— Cara ?

— Em !

Elle aurait dû se douter que sa sœur attendait son appel. Elle expira, étonnée d'avoir retenu son souffle sans même s'en rendre compte.

— Où es-tu ? Tu vas bien ? Où est Janie ?

Cara entendit un bruit de pas dans le combiné, comme si sa sœur marchait vite.

— On va bien toutes les deux, la rassura-t-elle. Je voulais juste vérifier que tu n'étais pas trop affolée.

— « Affolée » ? cria Emma. Tu te fous de moi ? Tu es au courant qu'un marshal sorti de je ne sais où est venu me dire que tu étais sous la protection du gouvernement à cause d'une histoire de gang ? C'est quoi, ce bordel ?

Cara se passa une main tremblante dans les cheveux.

— Bon, calme-toi. Janie et moi sommes en sécurité et tu ne dois surtout pas faire de vagues pour l'instant, Emma. Sinon, on sera toutes en danger.

— Mais...

— Emma ! tu as confiance en moi ou pas ?

Elle jouait là son dernier atout, mais c'était à son tour de protéger sa sœur.

— Oui.

— Alors écoute-moi. On est à l'abri, pour l'instant en tout cas, si tu fais profil bas.

Il fallait avant tout éviter qu'Emma s'agite trop et mette la puce à l'oreille des Kurjans. S'ils découvraient à quel point elle était douée elle aussi...

— Non, tu ne comprends pas. Fais-moi confiance. On est toutes les trois en danger et c'est par ma faute, murmura-t-elle précipitamment. Où es-tu ? Il faut qu'on s'enfuie.

S'enfuir ?

— Euh... Emma, tu...

— Les marshals ne peuvent pas nous protéger contre ces types, Cara. Alors, tu es où ? (Cara entendit une portière claquer.) Je monte en voiture. J'ai une planque sûre, expliqua sa sœur en mettant le contact.

Cara se figea et commença à avoir la chair de poule.

— Ces types ? Tu veux dire les Kurjans ?

Comment Emma pouvait-elle connaître leur existence ?

— Tu as entendu parler d'eux ? demanda sa sœur après plusieurs secondes de silence. Par pitié, dis-moi que tu n'es pas avec eux.

Cara sentit un frisson lui gagner la colonne vertébrale.

— Non, ni Janie ni moi. Dis-moi… euh… et les vampires, ça te dit quelque chose ?

— Tu es avec les *vampires ?* s'écria Emma dans un crissement de freins.

— Oui. Dis-moi que ce sont les gentils de l'histoire, je t'en prie.

Cela valait mieux, vu que l'un d'entre eux venait de lui tatouer une marque sur les fesses.

— Ce ne sont pas les méchants, en tout cas, répondit Emma avec un long soupir. Enfin, je ne crois pas, je ne suis au courant de leur existence que depuis hier. Bon, d'accord, tu es à peu près en sécurité pour l'instant. Probablement.

« Probablement » ? Génial.

— Il faut qu'on se voie.

Telle qu'elle la connaissait, sa sœur était capable d'essayer de vaincre les Kurjans à elle toute seule.

— Bientôt. J'ai travaillé dans l'un des laboratoires des Kurjans…

— Quoi ?

— Je ne savais pas qu'il était à eux. Bref, j'ai découvert ce qui se passait et j'ai caché une partie de mes données. Dès que je les aurai récupérées, je te recontacterai. (Un coup de Klaxon résonna dans le téléphone.) C'est pas vrai ! Où il a eu son permis, celui-là ? (Nouveau coup de Klaxon.) Bon, je vais me débarrasser de ce portable. Vérifie que ton téléphone est sécurisé. J'imagine que c'est le cas, mais on ne sait jamais.

« Sécurisé » ? Cara se mit à trembler. Elle venait peut-être d'indiquer aux Kurjans où elle se trouvait. Elle avait l'impression d'être tombée en plein milieu d'un film d'espionnage.

— Je suis sûre que ça va aller, Cara. Au fait, j'ai créé de nouvelles adresses mail avec de faux noms, chez un fournisseur sécurisé. La tienne, c'est hotdixie@yaddah.com. Consulte-la régulièrement. Je t'aime.

— Moi aussi.

Emma raccrocha.

À quelques milliers de kilomètres de là, Janie était couchée dans son petit lit. De l'autre côté de la porte, tonton Jase regardait un match de basket à la télé. Elle savait qu'elle était en sécurité et que sa maman serait bientôt là. Son nounours dans les bras, elle se laissa glisser dans le brouillard qui règne entre les rêves et la réalité et soupira en cherchant son ami.

— Salut, Zane.

Elle lui adressa le grand sourire qu'il aimait tant. Elle adorait le monde onirique qu'elle s'était créé.

— Salut, Janie Belle.

Zane émergea de l'ombre, un grand sourire sur son large visage. Sur ses traits enfantins, on devinait déjà le guerrier qu'il deviendrait un jour. Il lui avait donné ce surnom la première fois qu'elle s'était immiscée dans ses rêves en disant que Janet Isabella était trop adulte pour elle.

— Ça y est, tu es en sécurité ?

— Oui, je suis avec ma nouvelle famille, tu peux arrêter de te faire du souci.

— Tant mieux. Mon père a appris hier soir que tu étais à l'abri quand j'allais partir te chercher.

— C'est vrai, tu voulais venir à mon secours ?

Son petit cœur de quatre ans était touché par cette pensée. Les Transformers étaient déjà géniaux, mais Zane était un vrai héros. Le sien.

— Bien sûr.

Janie avait six ans de moins que lui, mais elle était sa meilleure amie et, malgré son jeune âge, il aurait donné sa vie pour elle. Il savait d'ailleurs qu'il aurait à le faire un jour. C'était la raison pour laquelle il s'entraînait avec une telle intensité. Son père était fier de lui et pensait que Zane se préparait à son futur rôle de chef, ce qui n'était pas faux, en un sens. Mais le combat qui l'attendait serait pour Janie et il comptait bien le remporter.

Ils commencèrent à jouer et Janie lui montra des photos mentales de ses nouveaux poneys. Soudain, Zane sentit un frisson lui parcourir la nuque et il se tourna vers la lisière des arbres.

— Qu'est-ce qu'il y a ? demanda la petite fille en changeant la couleur des feuilles, qui devinrent blanches sous un ciel jaune.

Il haussa les épaules.

— J'en sais rien. J'ai senti un truc.

Elle suivit son regard.

— Je peux bloquer les méchants, Zane. C'est mon rêve.

— Des méchants ? demanda-t-il en la regardant de ses yeux verts. Tu as repéré quelque chose ?

Elle haussa à son tour les épaules.

— Janie ? insista Zane.

Elle avait envie de trépigner de colère. Pourquoi est-ce que personne ne voulait admettre qu'elle était forte ?

— Oui, je sens que quelqu'un veut entrer dans mon rêve. Ce n'est pas la première fois qu'il essaie.

Et elle lui en interdisait l'accès. C'était son rêve à elle. Enfin, le leur.

Zane se leva et se dirigea vers les arbres. Il était tellement plus grand qu'elle… Janie soupira et laissa tomber ses photos sur le sol, qui était maintenant couleur pèche.

— Il n'est pas dans les arbres, Zane. Il est en dehors du rêve.

Zane s'arrêta, le dos tourné, les muscles naissants de ses bras crispés. Il avait laissé pousser ses cheveux noirs jusqu'à ses épaules et Janie trouvait que cela lui allait très bien.

— « Il » ?

Elle attendit qu'il se retourne vers elle pour répondre :

— Ouais. Enfin, je crois. C'est l'impression que j'ai.

Il posa les mains sur ses hanches et fronça les sourcils.

— Pourquoi tu ne m'en as jamais parlé ?

Eh zut ! elle ne voulait pas que Zane lui en veuille ou qu'il se vexe.

— J'avais peur que tu t'en ailles.

— Tu es dans mes rêves, comment voudrais-tu que je parte ?

— Tu pourrais très bien le faire, tu sais. Nous avons chacun nos rêves. Nous ne faisons que les ouvrir l'un à l'autre.

Il ignorait qu'il pouvait lui fermer ses rêves. Si Zane la quittait, plus jamais elle ne lui reparlerait. Jamais jamais.

— Alors comme ça, dit-il, songeur, quelqu'un d'autre rêve et essaie de nous envahir ?

— Oui, je crois, mais il ne peut pas entrer si on ne le veut pas.

Pas pour l'instant, en tout cas, mais Janie craignait que ce ne soit qu'une question de temps. Zane inspira à fond et se concentra.

— Tu sais quelque chose sur lui, Janie ? J'ai l'impression qu'il n'est pas comme nous.

Janie fit « non » de la tête, mais au même un instant un nom se murmura dans son esprit. *Kalin.* Toutefois, elle refusait de le dire à Zane. Il partirait, cela ne faisait aucun doute. D'un seul coup, la tension se leva sur la petite prairie.

— Il est parti, annonça Janie, tout sourires.

Zane haussa un sourcil, comme le faisait Talen.

— Promets-moi que, si ce genre de truc recommence, tu me le diras.

Elle y réfléchit.

— D'accord, Zane.

Ses secrets n'étaient pas très nombreux, après tout.

— Très bien. À bientôt, alors, dit-il avec le sourire qui la faisait toujours fondre.

— Tu pars déjà ? demanda-t-elle, presque implorante.

— Oui. Je dois m'entraîner avec mes frères dans une demi-heure. Tu sais que c'est très important.

— Oui, je sais. Tu crois qu'on sera toujours amis, Zane ?

La simple évocation d'une vie sans lui l'emplissait de tristesse.

— Bien sûr que oui, répondit-il avec un clin d'œil. Toujours, Janie Belle.

Elle gloussa de rire en l'entendant l'appeler par son surnom, puis s'enfonça dans le calme du sommeil profond.

Chapitre 14

Cara fit claquer le tapis dans sa chute, puis se remit à genoux en écartant les boucles de son visage.

— Bel enchaînement, dit-il en se frottant les bras.

Heureusement pour elle, le sol de la salle de sport du ranch était bien rembourré. Elle portait une tenue de yoga flambant neuve, fruit du shopping intensif auquel elle s'était livrée avec Katie quelques semaines plus tôt.

— Merci, répondit son amie. Tu as encore oublié de bloquer.

Sans blague. Elle aurait dû écouter Emma, qui lui conseillait depuis toujours de prendre des cours d'autodéfense.

— Peut-être, mais je ne m'entraîne pas depuis que j'ai quatre ans, contrairement à toi.

Cara se releva tant bien que mal, les mains sur les genoux. Elle se formait au combat à mains nues chaque soir avec Katie. Cela les occupait pendant les activités de leurs hommes, qui ne semblaient consister qu'en trois choses : planifier un raid, partir le mettre en œuvre ou récupérer à leur retour.

— Au bout de trois semaines, tu pourrais quand même savoir contrer un mouvement basique, la taquina Katie. Tu passes trop de temps à déchiffrer les données qu'ils te rapportent et pas assez à t'entraîner.

Ce n'était pas faux. À chaque raid, Talen et Jordan découvraient l'existence de deux nouveaux endroits à attaquer.

— J'aimerais bien qu'ils finissent par trouver le docteur Bigsby.

— Moi aussi, acquiesça Katie. Tu as pu parler à Janie tout à l'heure ?

— Oui. (Cara avait été ravie de découvrir que la ligne téléphonique et l'ordinateur de Jordan étaient sécurisés). Elle a adoré l'histoire que tu lui as racontée hier soir, celle de la petite femelle puma perdue dans les bois.

Katie sourit.

— C'était un peu du vécu, surtout le passage où le beau roi puma l'a sauvée.

— C'est bien ce que je pensais, ricana Cara.

— Elle lui a autant plu que celle de Talen sur la princesse vampire ?

— Elle lui voue une admiration sans borne. À ta place, je n'essaierais même pas de rivaliser.

De son côté, elle passait des nuits inoubliables dans les bras de son mari, au point qu'elle en venait parfois à penser qu'elle avait vraiment trouvé sa place à son côté. Il lui faisait découvrir une facette de sa personnalité dont elle n'avait jamais soupçonné l'existence, mais elle avait peur que son cœur se laisse enivrer par la passion de cette parenthèse enchantée. Une petite voix ne cessait de lui répéter qu'elle avait peut-être enfin trouvé l'amour, mais elle refusait de l'écouter.

— C'est compréhensible.

Katie se précipita sur elle et la renversa, mais Cara, d'une roulade, se retourna et l'immobilisa au sol. Katie tapa sur le tapis en signe de soumission.

— Bien joué ! la félicita-t-elle en se relevant. Je savais que tu en étais capable. Tu t'entraînes régulièrement et tu as une bonne musculature. (Elle s'étira, puis s'accroupit pour repartir à l'assaut.) Et maintenant que tu es en couple les résultats physiques ne devraient pas tarder. (Cara se mit en position de défense et rougit, ce qui fit rire Katie aux éclats.) Mais non, pas ce genre de résultats physiques, bien sûr !

Cara leva les yeux au ciel, encaissa l'attaque et fit tomber son amie, qui, cette fois-ci, la repoussa et se releva d'un saut périlleux arrière.

— C'est beaucoup mieux. Depuis quelques jours, tu progresses à pas de géant.

Cara se releva à son tour.

— Ouais, c'est dingue, hein ? (Elle avait l'impression que le sang de Talen coulait désormais dans ses veines et lui apportait une force ancestrale.) C'est vrai que je me sens bien plus forte. Quand j'avais seize ans, ma sœur Emma a commencé à prendre des cours de karaté. Au bout d'un mois, elle disait qu'elle avait l'impression d'être Bruce Lee.

— Et c'était le cas ?

— Non, mais ça lui a donné une sacrée confiance en elle, répondit Cara en passant les mains derrière sa tête. Si je me sens si bien, c'est peut-être uniquement parce que j'ai l'impression que Talen m'a transféré sa force. (C'était tout à fait plausible, après tout.) Et toi ? Tu as déjà la force d'un couguar, est-ce que tu deviendras encore plus puissante une fois en couple ?

Katie haussa les épaules et se baissa pour ramasser une serviette.

— Tout dépendra de l'homme avec qui je m'unirai.

Cara sourit.

— Je vois. Bon, partons du principe que ton compagnon est le chef d'une troupe de pumas. Simple hypothèse, bien sûr.

Katie lui lança la serviette au visage, agacée.

— Vu que je peux encore attendre des siècles avant que ça arrive, je pense qu'on peut écarter cette éventualité.

— D'accord, mais si ça arrivait quand même ?

— Dans ce cas, oui, je deviendrais plus forte et mon compagnon gagnerait mes propres capacités, dit-elle en s'asseyant sur le tapis pour s'étirer. Même s'il me verra toujours comme le bébé puma qu'il a tiré des griffes de ses horribles parents adoptifs.

— Ils ont pris peur quand ils t'ont vue te transformer, c'est ça ?

— Ce n'est rien de le dire. Je me suis enfuie en courant et ce bon vieux Jim Bob m'a poursuivie avec un fusil à la main. J'ai eu de la chance que Jordan ait été en train de chasser dans les environs.

Cara aurait payé cher pour voir le visage de la petite fille lorsqu'elle s'était transformée pour la première fois.

— Tu ne te doutais de rien ?

— Non. Mon père avait quitté la troupe de pumas pour s'installer en ville avec ma mère, qui était humaine. Ils sont morts dans un accident ferroviaire et j'ai été confiée à l'assistance publique. Je ne sais pas ce que je serais devenue sans Jordan.

— C'est lui qui t'a élevée ?

Si c'était le cas, cela rendait leur situation très étrange.

— Non, Dieu merci ! répondit Katie en riant. Il a offert une compensation financière à ma famille d'accueil et il m'a trouvé une nouvelle mère. C'était une veuve sans enfants, une femme très douce qui a fini par m'adopter. (Elle sourit en disant cela et Cara sentit la fierté et l'amour dans chacun de ses mots.) Mais Jordan n'était jamais loin, surtout quand j'avais des ennuis.

— J'imagine. Où est ta maman en ce moment ?

— Elle est partie faire une croisière thématique avec son club de mah-jong. Et toi ? Comment était ton premier mari ?

Cara s'assit à son tour et étendit les jambes.

— Simon et moi n'étions pas mariés.

— Oh ! Il était comment ?

— Très gentil. C'était avant tout un ami. On travaillait ensemble au labo sur les virus des végétaux. (Il était grand, sérieux, maladroit comme tout, avec un cœur en or.) Un jour, il m'a proposé qu'on sorte ensemble, se remémora-t-elle en souriant. Je me suis dit que c'était une proposition raisonnable et intéressante.

Elle s'était engagée sans passion, mais aussi sans la peur que lui inspirait généralement la compagnie des hommes. Aujourd'hui encore, elle devait faire un effort pour se dire que, contrairement à son père, la plupart des hommes n'étaient pas violents.

— Je vois, ricana Katie. Il avait l'air très différent de Talen.

— Ça oui, aucun doute ! (Avec Simon, son cœur n'avait jamais été en danger.) Il est mort dans un accident de voiture. Il n'a jamais su que j'étais enceinte.

S'il avait vécu, ils n'auraient eu aucun mal à se mettre d'accord sur le mode de garde de leur fille.

— Tu l'aurais épousé ?

Bonne question...

— Non, je n'avais pas l'intention de me marier.

— Et Talen t'a fait changer d'avis ?

— Oui, on peut dire ça comme ça.

Elle sourit à son amie et, au même instant, sa marque se mit à chauffer, juste avant que Talen passe la tête par la porte.

— Alors, les deux pipelettes, on a bien papoté ? demanda-t-il.

Il avait un magnifique coquard violet sous l'œil gauche. Cara s'étira le dos en grognant.

— Si on veut... Je me suis encore fait botter le cul, plutôt.

Talen l'attira contre lui et passa les dents sur la peau trempée de sueur de son cou.

— Pourquoi tu ne veux pas que je t'entraîne ?

L'entrejambe en feu, Cara le repoussa des deux mains, mais sans parvenir à le faire bouger d'un centimètre.

— Parce que je veux apprendre à me battre, pas à...

Elle se tut et rougit en se rappelant que Katie était toujours dans la pièce. Cette dernière, gênée, fila droit vers la porte.

— Euh... je vais voir Jordan. À tout à l'heure.

Talen ricana.

— Très bonne idée, dit-il en posant les dents sur l'omoplate de Cara. Tu disais ?

La jeune femme leva la tête et inspecta son coquard, qui commençait à prendre une teinte vert et jaune.

— Tu t'es fait ça comment ? Je croyais que vous prépariez le repas.

— On n'était pas d'accord sur la composition de la sauce pour le chili et on a décidé de régler ça dehors.

Cara éclata de rire.

— Vous vous êtes battus à cause d'une sauce ?

— Tu n'as qu'à voir ça comme une séance d'entraînement... sans les tapis.

— Et qui a gagné ?

— C'était plutôt serré, mais Baye a fini par crier par la fenêtre qu'il avait ajouté des piments.

Baye était l'un des hommes de Jordan. Cara lui trouvait une allure d'assassin.

— Ah ! il a fait ça pour vous réconcilier ?

— Non, il aime les piments, c'est tout, répondit Talen avec un sourire avant de poser les mains sur ses fesses. Alors, tu as appris des trucs ?

D'instinct, le corps de Cara se colla contre celui du vampire.

— Oui. Que je ne suis pas douée pour le corps à corps, dit-elle en promenant le doigt sur son torse. Et que je suis heureuse d'avoir Katie comme amie.

Talen promena sa langue sur l'oreille de sa compagne et baissa la voix.

— Tu as beaucoup d'amis ?

— Non. Je n'ai jamais été très sociable. (Talen prit le lobe de son oreille entre ses lèvres et elle gémit.) J'ai des collègues de travail, mais pas de véritable ami comme Katie.

Son enfance solitaire tenait beaucoup à la méchanceté de son père. Elle avait honte de lui et ne voulait pas le présenter à d'autres enfants, mais l'heure n'était pas à ces souvenirs douloureux, surtout pas avec les lèvres brûlantes de Talen sur sa peau. Il leva la tête, ses yeux dorés tachés de vert.

— Tu as vérifié si tu avais un message d'Emma ?

— Oui, elle n'a toujours pas répondu. (Sa sœur refusait d'utiliser son ordinateur dans sa planque et ne l'allumait que dans des endroits publics.) Remarque, elle ne m'a contacté que deux fois. Et toi, tu as des nouvelles ?

— Non. Selon nos contacts, les Kurjans sont à sa recherche, mais ils ne l'ont toujours pas trouvée.

Cela rassura Cara. Jamais ils ne la localiseraient.

— Ma sœur est très futée, Talen, répondit-elle en levant fièrement la tête, oubliant momentanément le désir qui montait en elle. Et à ce qu'elle m'a dit elle est encore très loin de faire confiance aux vampires.

— Je crois que tu surestimes un peu ta superhéroïne de sœur.

Ce n'était pas impossible. Sans Emma, jamais elle n'aurait survécu à l'enfance et elle le savait pertinemment.

— Peut-être. D'un autre côté, qui d'autre qu'un superhéros pourrait échapper aux Kurjans depuis trois semaines ?

Talen hocha la tête.

— Ça ne me surprend pas vraiment. Par contre, ce qui m'inquiète, c'est que nos éclaireurs tournent à ce point en rond.

Cara se retint de sourire.

— Vous manquez peut-être d'entraînement. Après trois siècles de paix, vous avez perdu la main.

Si Emma ne voulait pas qu'on la trouve, personne ne mettrait la main sur elle. Talen lui adressa un sourire lumineux.

— Tu crois ? Hmm.

Il passa les lèvres sur son menton et poussa la main entre ses cuisses. S'il ne l'avait pas maintenue fermement par la taille, elle se serait écroulée sur le tapis.

— Talen…

N'étaient-ils pas censés faire quelque chose ? Submergée par la passion, elle ne parvenait plus à réfléchir.

— À table ! cria alors Katie du haut de l'escalier.

Ah oui ! le repas. Avec un soupir de regret, Cara recula d'un pas.

— Sauvée par le gong.

— Tu ne perds rien pour attendre, compagne. Fais-moi confiance.

Il la prit par la main et l'entraîna en direction de la porte. Sur son visage, le coquard avait déjà disparu.

Chapitre 15

Plus tard dans la soirée, Cara s'étira contre le corps musclé de Talen et rejeta la lourde couette.

— Tu es chaud comme un radiateur, murmura-t-elle.

Son mari venait de passer plusieurs heures à lui montrer de quoi il était capable et son corps n'était plus qu'une masse informe. Il l'attira tout contre lui et passa le menton sur son front.

— Cara, je crois qu'il est temps que tu arrêtes de fuir.

— De fuir quoi ? demanda-t-elle dans un bâillement.

— De te fuir toi-même.

Elle se figea, le cœur battant.

— Je ne vois pas ce que tu veux dire.

— Bien sûr que si.

— Je suis fatiguée, Talen, déclara-t-elle en fermant les yeux.

— Tant mieux. C'est le moment idéal pour mobiliser ton esprit. Dis-moi ce que je ressens en ce moment.

— Du contentement.

— N'importe qui aurait pu le deviner, compagne. Maintenant, dis-moi ce que Katie ressent.

— Je ne sais même pas où elle est, Talen.

Ce petit jeu n'avait rien de rassurant.

— Mais si. Dis-le-moi.

— Non.

Sa respiration se faisait de plus en plus hachée et elle tenta de se dégager de son étreinte.

— Pourquoi paniques-tu ? demanda-t-il, à la fois inquiet et résolu.

— Je ne sais pas.

— Ne me mens pas, compagne, dit-il, inflexible.

— Je ne te mens pas.

Elle tenta une nouvelle fois de reculer, mais Talen, sans le moindre effort, la poussa sur le dos et la coinça sous son poids en l'enfonçant dans le matelas, les yeux dans les yeux, les mains de chaque côté de la tête. La marque de sa paume lui râpait la peau et, malgré sa peur, Cara était excitée.

— Dis-moi ce que ressent Katie, ordonna-t-il en articulant chaque mot.

— Elle doit probablement dormir, Talen.

Son insistance l'exaspérait, ce qui avait au moins pour avantage d'étouffer son désir.

— Nous savons l'un comme l'autre qu'elle est éveillée.

— Comment ça ?

— Parce que ceux d'entre nous qui acceptent leurs capacités naturelles perçoivent sa frustration et son envie de taper sur quelque chose.

— Les hommes font souvent cet effet aux femmes, grommela-t-elle.

Elle se colla contre lui et sentit avec satisfaction son sexe durcir. Elle recommença et il fronça les sourcils.

— N'essaie pas de me distraire, compagne.

Elle se cambra une nouvelle fois, lui mordilla l'épaule et enroula les jambes autour de ses hanches.

— Qu'est-ce que tu veux dire… compagnon ?

Il rougit et regarda la bouche de Cara. Cette dernière se passa la langue sur les lèvres.

— Tu ne sais pas que ce que tu es en train de déclencher, Cara.

— Vraiment ? le provoqua-t-elle, les yeux pleins de défi.

Talen poussa un grognement rauque qui vibra contre elle et sa chaleur corporelle se mit à irradier. Avec un sourire diabolique, il lui emprisonna les poignets d'une seule main et lui étendit les bras au-dessus de la tête. Cara était coincée, sans défense. Il lui écrasa les seins avec le torse et la souleva du matelas par les fesses.

— Euh… Talen ? balbutia-t-elle.

Sans répondre, il s'enfonça brutalement en elle. Cara se pensait prête, mais elle poussa cependant un cri de surprise. Il l'emplissait au-delà de ce qu'elle aurait cru possible, la privant de toute faculté de penser. Il entama un lent va-et-vient et baissa la tête pour lui suçoter les tétons.

Cara gémit. Il alternait entre ses seins tout en continuant à glisser en elle, puis remonta la tête pour lui embrasser les yeux, les joues et enfin la bouche. Le corps de la jeune femme était en feu, mais elle n'était pas rassasiée.

— Je me noie dans l'odeur de ta passion, murmura Talen. Le goût de ta peau enflammée est ce qu'il y a de plus beau au monde. Enflammée pour moi. (Avec un grognement primaire, il se retira, puis replongea en elle.) Je veux que tu me donnes tout, compagne. Et je l'obtiendrai.

Cette revendication, à la menace sous-jacente, faisait tourner la tête de Cara. Pendant plusieurs secondes, ou une éternité, il bougea en elle, autour d'elle. Un baiser tendre, une petite pression sur le téton qui lui faisait voir des étoiles, puis une accélération du rythme jusqu'à ce qu'elle frôle l'extase… avant de ralentir, au grand dam de la jeune femme.

Elle perdit la notion de temps. Depuis quand la pilonnait-elle sans relâche ? Ses mouvements étaient trop lents, trop contrôlés. Enfin, à bout de nerfs, Cara poussa un soupir de frustration et serra les cuisses autour des hanches de Talen.

— Plus vite, ordonna-t-elle d'une voix méconnaissable.

— Non.

Il continua à prendre son temps et Cara crut qu'elle allait devenir folle. Il plaqua un baiser brutal sur ses lèvres, qui lui fit l'effet d'une électrocution. Il accéléra aussitôt ses coups de reins, puis ralentit dès que Cara sentit ses muscles internes se contracter.

— Talen ! gémit-elle en le comprimant avec une force qui les étonna l'un comme l'autre.

— Quoi ? demanda-t-il avec un petit rire.

— Arrête de jouer avec moi.

Il leva la tête et observa, avec une mâle satisfaction, son expression frustrée et sa peau rougie.

— C'est donnant-donnant, compagne.

— Pardon ? Mais qu'est-ce que tu veux ?

Au point où elle en était, Cara était prête à lui accorder tout ce qu'il désirait.

— Ouvre-toi, Cara.

— Talen, je suis aussi ouverte que je peux l'être, répondit-elle en tentant de se libérer les mains.

— Ce n'est pas ce que je veux dire. On va commencer doucement. Oublie le reste du monde et concentre-toi uniquement sur moi.

— Mais c'est ce que je fais ! protesta-t-elle.

Il lui mordilla la lèvre supérieure, puis passa la langue dessus.

— Cale-toi sur mes sensations.

— Tu crois que je fais quoi depuis un quart d'heure ?

Il secoua la tête et elle remarqua une petite lisière de sueur sous ses cheveux, prix du contrôle qu'il s'imposait.

— Écoute-moi. Tu restes piégée dans ta propre peau. Tu n'auras ce que tu veux que lorsque tu ressentiras ce que je ressens dans ma peau à moi. (Il se pencha pour l'embrasser.) Je te promets que tu ne le regretteras pas.

— Je ne peux pas, gémit-elle en remuant en dessous de lui.

Talen se figea pour l'immobiliser.

— Si, insista-t-il en la regardant dans les yeux. Et tu vas y arriver.

Cara était à l'agonie. Elle ressentait un besoin presque animal de jouir, bien plus fort que son anxiété. Plus rien d'autre ne comptait au monde que ce désir de soulager son corps. Elle frissonna et céda à la volonté de Talen, ouvrant son esprit pour chercher le lien qui l'unissait déjà à lui. Une vague de puissance brute la submergea aussitôt, mêlée à un désir impérieux. Enfin, il recommença à bouger en elle.

Cara, les yeux dans le vague, laissait son corps s'envoler, incapable de discerner ses propres sensations de celles de son amant. Jamais elle n'aurait pu imaginer l'intensité du feu qui brûlait en lui, ce besoin irrésistible de la posséder, la pulsion primale qui le poussait à asseoir sa domination, à lui imposer la suprématie de son âme. Jusqu'ici, elle ne s'était pas doutée de la force qu'il avait dû exercer pour se contrôler.

Mais, maintenant qu'elle avait cédé, ce contrôle se brisait en mille morceaux.

Il la mordit à la nuque et la pilonna de plus en plus fort. Il se mit à boire son sang et elle en sentit le goût cuivré sur ses papilles. Elle perçut également la force que Talen gagnait en se gorgeant de son liquide vital.

Avec un grognement de bête, il tortilla les hanches et la propulsa à une hauteur qu'elle n'avait jamais encore visitée, qu'elle n'aurait jamais pu imaginer. Elle explosa en un million de fragments, sans même essayer de se raccrocher à son univers. Il n'y avait plus que lui. Il jouit à son tour en poussant un cri rauque et Cara, épuisée, se laissa sombrer dans les bras de Morphée.

Mais elle n'eut pas droit au confort d'un sommeil réparateur. Son esprit, ou son âme, peut-être, ne la laissait pas en paix. Quelque chose avait changé en elle. Cara avait fini par accepter une partie d'elle-même et sa conscience devait en payer le prix, un peu comme un parieur doit régler ses dettes.

Son rêve commença dans la brume, comme un matin d'été dans le Sud où elle avait passé son enfance. Elle était vêtue d'une jolie robe à fleurs bleue et tenait sa petite bible entre les mains. Derrière elle, la moustiquaire grillagée battait contre la porte. L'air sentait l'oranger en fleur.

— Tout va bien, maman. Ne t'en fais pas, dit-elle en sautillant jusqu'au bas des marches.

— Je ne m'en fais pas, répondit sa mère, dont les yeux meurtris étaient pourtant plissés d'inquiétude.

— Si, je le sens, répliqua Cara avec certitude.

Elle ne l'avait pas vu, caché au coin de la maison. Sans cela, elle n'aurait rien dit. La gifle la prit par surprise et elle poussa un cri de douleur en tombant à la renverse.

— Tu es possédée par le démon, comme ta sœur, cria son père, les joues rouges d'indignation. J'ai réussi à chasser Satan de son corps et je recommencerai avec toi.

Il s'approcha d'elle et son ombre gigantesque lui cacha le soleil.

Avec un cri de terreur, Cara s'éveilla en sursaut et vit avec surprise qu'elle était collée à un torse ferme et chaud au parfum épicé. Ses muscles, ses os, son cœur étaient un baume pour son âme.

— Je suis désolé, murmura Talen, qui avait parcouru ce rêve avec elle. Libère-toi de ce fardeau, ma jolie.

Elle secoua la tête et se mit à pleurer. Talen la serrait contre elle, lui murmurant des mots de réconfort en des langues qu'elle n'avait jamais entendues mais qui pénétraient jusqu'au fond de son âme. Lorsqu'elle fut calmée, il écarta les cheveux de son front.

— S'il n'était pas déjà mort, je le tuerais de mes propres mains, déclara-t-il d'une voix douce aux antipodes de la rage qui vibrait en lui.

Cara se cala contre sa chaleur, contre la sécurité qu'il lui apportait.

— La mort de mon père ne m'a rien fait, mais j'aurais vraiment aimé que maman survive et qu'elle connaisse enfin le bonheur.

— Je sais, ma puce, dit-il en l'emmitouflant dans la couette. Endors-toi, Cara. Désormais, je peux te protéger dans tes rêves. Fais-moi confiance.

Malgré ses doutes, elle obtempéra. Cette fois-ci, le sommeil lui apporta le repos.

Chapitre 16

Cara plaça le saladier de pop-corn sur la table basse et bâilla.

— Je n'avais jamais vu de film de loups-garous aussi débile.

Vu l'heure tardive, elle avait envie de murmurer, même si Katie et elles étaient seules dans la maison. Son amie rangea le DVD en riant.

— Je sais. Je force Jordan à le regarder quand il m'énerve trop.

Cara leva les yeux au ciel.

— Dire que je pensais les avoir convaincus de nous laisser les accompagner pour leur raid…

Cela faisait maintenant cinq semaines qu'elle vivait au ranch et elle avait des envies de départ. Son amitié avec Katie lui apportait beaucoup de joie mais sa fille avait besoin d'elle. Elle en parlerait à Talen dès qu'il rentrerait.

— C'est pénible, hein ? Je crois que je vais devenir folle à force de tourner en rond.

Cara sourit et céda à la curiosité.

— Depuis combien de temps tu vis avec Jordan ?

— Je ne vis pas avec lui, soupira-t-elle. J'ai un appart à moi. Il m'héberge temporairement, le temps qu'on en sache un peu plus sur les intentions des Kurjans.

— Oh ! Je peux te demander ton âge, si ça ne t'ennuie pas ?

— J'ai pile vingt-quatre ans, répondit Katie en souriant.

— Ah bon ?

— Oui. Je suis le seul membre du clan sous les cent ans. Et ce n'est pas marrant tous les jours, crois-moi.

— Waouh ! Tu vas encore vieillir ?

— Non, j'ai à peu près mon aspect définitif.

— Pourquoi n'êtes-vous pas plus nombreux ?

— La plupart des créatures du Royaume ont du mal à se reproduire. Les bébés sont plutôt rares, même chez les couples formés depuis des siècles. J'imagine que c'est la manière que le destin a trouvée pour s'assurer qu'on ne conquière pas le monde.

— Les humains ont de la veine, en somme.

— Ouais. Vous êtes si nombreux que ça équilibre les choses.

Cara allait poser une nouvelle question lorsque le téléphone sonna. Katie décrocha.

— Allô ? ... Une seconde. Une seconde. Calmez-vous, docteur Bigsby, je ne comprends rien ! Où ça ? ... Quand ? ... Non, il n'est pas là. (Elle se tourna vers Cara, inquiète.) ... Non, je ne sais pas quand il reviendra ... Vous êtes sûr ? Combien ? demanda-t-elle en se décomposant de plus en plus. Des échantillons ? Mais où êtes-vous, là ? ... Oui. Restez à l'abri avec les autres. On arrive aussi vite que possible. (Elle raccrocha.) Bigsby est en fuite. Il se cache dans un restaurant routier à côté de Martzaville.

— Tu as un moyen de contacter Jordan ?

Katie se passa la main dans les cheveux et poussa un soupir agacé.

— Non, et il risque de ne pas rentrer avant demain. Bigsby dit que des Kurjans l'attendent devant le restaurant.

— Il a aussi parlé d'échantillons ?

— Oui. Il en a emporté dans sa fuite, ainsi que la plupart de ses dossiers.

— Tu crois qu'il ment ?

— Non, ça fait trop longtemps qu'il travaille avec nous. Je peux toujours deviner quand quelqu'un ment. Ça altère le timbre de la voix. Il était terrifié et il disait la vérité.

Cara se leva d'un bond :

— Il faut qu'on aille à son secours.

— Euh… Cara, tu te rends bien compte que c'est un piège, j'espère ?

— Tu disais qu'il ne mentait pas !

— Non, mais, ce qui est sûr, c'est qu'il n'est pas très doué pour jouer les James Bond. S'il a pu se réfugier dans le restaurant et nous appeler, c'est que les Kurjans l'ont laissé faire. C'est un piège, je te dis.

— Oh… (Cara réfléchit un instant.) Mais ils s'attendent à voir débarquer Jordan, non ?

— Oui, fit Katie avec une moue, je vois où tu veux en venir.

— Et j'imagine que, s'il ne vient pas, ils finiront par se lasser et par attaquer Bigsby ?

Katie se mordit la lèvre inférieure sans répondre et regarda longuement son amie avant de hocher la tête.

— Tu as raison, allons-y.

Elles se rendirent au bureau. Katie appuya sur un bouton et ouvrit la porte secrète de la cache d'armes. Elle y prit des armes à feu et des couteaux, puis tendit deux pistolets à Cara, qui glissa le premier dans son dos et garda le second à la main. Ils ressemblaient à celui que Talen lui avait mis entre les mains le jour de l'embuscade.

— Pourquoi ils sont verts, au fait ?

Son amie se baissa pour sortir un portable d'une boîte avant de refermer la porte.

— Ils tirent des balles spécialement conçues pour les Kurjans. Et aussi les vampires et les métamorphes, donc essaie de ne pas le pointer sur moi, d'accord ?

— Je ferai de mon mieux.

Cara avait du mal à se convaincre qu'elle allait partir à la rescousse d'un scientifique armée de deux pistolets. Heureusement pour elle, ils étaient faciles d'emploi, car elle n'avait tiré qu'une fois dans sa vie, le jour où elle avait protégé Katie du soldat kurjan. Si Emma pouvait la voir…

— Et ce téléphone ?

— Il est jetable. C'est juste au cas où on aurait à appeler Bigsby ou le ranch.

Elles partirent au volant de la Dodge Ram SRT-10 survitaminée de Jordan, à une allure plus qu'imprudente.

— À ton avis, s'inquiéta Cara, qu'est-ce qu'ils vont faire quand ils trouveront notre mot ?

— Ils nous suivront.

— Et ils seront en colère ?

— Je préfère ne pas y penser.

Cara hocha la tête.

— Excellente tactique.

Katie accéléra encore sous le quartier de lune qui illuminait les arbres au bord de la route.

— Sans compter qu'on a à peine une heure pour trouver un plan digne de ce nom.

— Il sera minuit quand on arrivera, ce qui veut dire qu'il n'y aura pas beaucoup de clients. Tu vas te transformer en puma ?

— Uniquement en derniers recours. Les Kurjans ne connaissent pas mon existence et on m'a ordonné de rester discrète. Mais, si jamais tu vois que je me transforme, éloigne-toi de moi. L'énergie que cela génère pourrait te tuer.

Cara espérait qu'elles n'auraient pas à en arriver là.

— Je me dis que plus il y aura de monde au restaurant, mieux ça vaudra.

Katie hocha la tête et elle continua :

— Quand tu dis que le téléphone est jetable, c'est au sens propre ? Une fois qu'on s'en est servi, on le bazarde ?

— Oui.

— Utilisons-le, alors.

— Comment ça ?

— On n'a qu'à lancer une alerte à la bombe ou à l'anthrax, ou un truc du même genre. Comme ça, la police ou l'armée débarqueront.

Katie réfléchit un instant.

— Très bonne idée, mais on devra ôter la batterie et détruire l'appareil dès qu'on aura terminé pour qu'on ne puisse pas nous localiser. Et on se retrouvera sans téléphone.

Cara haussa les épaules, car elle ne voyait aucune autre possibilité.

— Si on le fait, ils mettront combien de temps à débarquer ?

— Dix ou quinze minutes.

— OK. Préviens-moi dix minutes avant l'arrivée.

Cela ne prit pas très longtemps. Katie se gara et les deux femmes sortirent dans la nuit sèche, dans un concert de grillons. Cara composa le 911 et déclara avoir aperçu une bombe sur le plateau d'un pick-up garé devant le restaurant. Elles avaient renoncé à la menace biologique pour ne pas trop affoler les autorités. Cara raccrocha dès sa phrase terminée et tendit le téléphone à Katie, qui en arracha la batterie avant de le réduire en miettes et de disperser les morceaux dans la forêt. Elles remontèrent en voiture et reprirent la route du restaurant.

Seul havre de vie dans la nuit le long de la route 35, le restaurant routier était si illuminé qu'on le voyait à des kilomètres. Mais alors que Katie entrait sur le parking une voix masculine éclata dans le crâne de Cara.

— *Stop ! Rentrez au ranch !*

Elle pâlit et se prit la tête à deux mains.

— Aïe !

— Quoi ? demanda Katie, inquiète.

— Je jurerais que Talen vient de crier un truc dans ma tête, expliqua-t-elle, le cœur battant à tout rompre.

— Ah, zut ! Bon, on dirait qu'ils savent où on est.

— Pardon ?

— Je vois. Il ne t'a pas expliqué tous les détails de votre union, hein ?

Katie se gara le long des vitres illuminées du bâtiment.

— Non. Attends, tu n'es pas en train de me dire qu'il peut lire dans mes pensées, j'espère ?

— Non, pas du tout, mais il peut te localiser, et aussi te faire connaître son opinion, à ce qu'on dirait. (Katie observa les alentours, puis se tourna vers son amie.) Je pense que tu peux faire de même. Ferme les yeux et essaie de voir s'ils sont au ranch ou encore en mission.

Incrédule, Cara secoua la tête, mais ferma tout de même les yeux et se concentra sur Talen. Rien ne lui apparut. Elle fit le vide et recommença. L'image floue d'une grande bâtisse blanche se forma dans son esprit et elle rouvrit les yeux, surprise.

— Ils ne sont pas au ranch.

Katie pianota sur le volant.

— C'est bien ce que je pensais. On n'a pas le temps de les attendre. Est-ce qu'il avait l'air en colère ?

— Ça, oui !

— Merde ! Bon, maintenant qu'on est là… Je vais me garer devant la porte. Dès que je m'arrêterai, entre en courant.

Cara cacha les armes sous son tee-shirt et hocha la tête. Katie arrêta la voiture et les deux jeunes femmes se précipitèrent vers la porte. Cara poussa un soupir de soulagement en la voyant se refermer derrière elles. L'intérieur était clair, meublé de tables en formica orange et d'alcôves bleues le long des fenêtres. L'air empestait la cuisine graisseuse. Quelques hommes les regardèrent passer, étonnés de voir deux femmes seules dans un tel endroit à cette heure tardive. Elles s'assirent à une table où les attendait un homme d'une cinquantaine d'années vêtu d'un gilet marron. Dans ses mains tremblantes, il serrait un carnet.

— Katie, où est Jordan ? demanda-t-il, inquiet derrière ses grosses lunettes.

— Au labo. Docteur Bigsby, je vous présente Cara.

— Vous avez les échantillons ? demanda cette dernière.

Bigsby tapota une mallette en cuir posée à côté de lui.

— Oui, et toutes mes recherches, mais j'ai vu au moins un Kurjan dehors tout à l'heure. (Il affaissa ses épaules, comme découragé.) Je ne sais pas comment ils ont fait pour me retrouver.

Katie regarda Cara. Cela confirmait ce qu'elle avait dit plus tôt : les Kurjans avaient poussé Bigsby à se réfugier dans ce coin désert.

— Docteur Bigsby, nous pensons qu'il s'agit d'un piège. Préparez-vous à courir, d'accord ?

— Un piège ? Courir ? Pour aller où ? demanda-t-il, affolé.

— Dans le 4x4 noir garé devant la porte, répondit Cara en lui tapotant la main.

Au même instant, plusieurs voitures de police arrivèrent en trombe. Dans la lueur rouge et bleu des gyrophares, des agents en sortirent pour se diriger vers le parking. Quelques secondes plus tard, deux camions de pompiers, une ambulance et une camionnette noire sur laquelle on lisait « Brigade de déminage » s'arrêtèrent sur le parking.

Une femme corpulente aux cheveux noirs coupés court, vêtue d'un uniforme de shérif, entra dans le restaurant et leva la main.

— Mesdames et messieurs, je vais vous demander de vous rendre dans le calme jusqu'à la sortie la plus proche, s'il vous plaît.

Dans un bruit de chaises et de cliquetis de couverts, les clients se levèrent. Cara murmura à Bigsby de les suivre. Ils emboîtèrent le pas à plusieurs routiers en chemise à carreaux et sortirent. Bigsby prit place sur la banquette arrière et Katie, sans se presser, démarra et sortit du parking.

— Vous ne sentez aucun Kurjan dans les environs ? murmura-t-il.

Katie fit un signe négatif de la tête.

— Ils ont dû se sauver quand les flics sont arrivés, dit-elle avant de se tourner vers Cara avec un sourire soulagé. Excellent, ton plan.

La voiture fonçait dans la nuit, sous la douce lueur de la lune. Ils n'étaient pas encore au ranch, où la plus grosse menace de la soirée attendait Cara.

— Mouais, acquiesça-t-elle sombrement.

— J'espérais qu'on serait rentrées avant eux, mais j'avais oublié que Talen pouvait te localiser. Remarque, ils n'auront pas trop de raisons de se fâcher. On a récupéré Bigsby sans même tirer un coup de feu.

— Qui est-ce que tu essaies de convaincre, toi ou moi ?

— Les deux, je crois.

Ils gardèrent le silence pendant plusieurs minutes, tous perdus dans leurs pensées. Mais, alors que la voiture quittait la voie rapide pour s'engager sur la petite route de campagne menant au ranch, Katie se crispa.

— Qu'est-ce qu'il y a ? demanda Cara en regardant dehors.

Katie, concentrée, ne répondit pas sur le coup.

— Rien. C'est juste mon imagination.

Cara se détendit.

— C'est vrai que la nuit a été dingue.

Katie hocha la tête, mais, soudain, une explosion fit vaciller la voiture. Katie parvint à redresser, mais trois nouveaux coups de feu éclatèrent, chacun touchant un pneu. La voiture se mit à zigzaguer, puis percuta un gros pin.

Cara se sentit projetée en avant. Par chance, l'airbag se déclencha et la plaqua de nouveau contre son siège en lui coupant le souffle avant de se dégonfler dans un nuage de poussière. Les yeux écarquillés, elle se tourna vers Katie, dont la bouche formait un « O » parfait.

— Le piège n'était pas au restaurant.

Chapitre 17

Un silence inquiétant régnait dans la voiture. Le souffle court, Cara scruta la pénombre environnante, mais ne vit aucun signe de mouvement sur la route déserte.

— Je les sens, dit alors Katie en arrachant sa ceinture. Ils sont au moins cinq.

— Eh merde !

Cara l'imita, sortit ses deux armes et se retourna vers Bigsby.

— Je vais bien, la rassura le docteur.

Cara hésita un instant, puis lui tendit l'un des deux pistolets. Il la remercia d'un hochement de tête et se tourna vers la vitre. Elle percevait sa terreur et sa détermination, et se concentra pour les bloquer.

— On n'a pas été si futées que ça, hein ? constata-t-elle.

— Non, répondit Katie, dont les yeux commençaient à changer de couleur. Je serai plus forte si je me transforme.

— Mais tu dois garder le secret, protesta Cara, qui avait du mal à canaliser ses pensées. Tirons-leur dessus. Si c'est vraiment nécessaire, tu te transformeras, et…

Une silhouette apparut à côté du véhicule et arracha sa portière. Cara poussa un cri et voulut s'agripper à Katie, mais des mains rugueuses la tirèrent de son siège. Paralysée par la peur, elle regarda les yeux violets et démoniaques braqués sur elle. Le Kurjan suintait d'une rage sombre et elle se hâta de dresser ses boucliers. Il la tira jusqu'à la route, puis se pencha pour lui renifler le cou.

— Elle est accouplée, grogna-t-il à ses deux collègues, qui venaient d'extirper Katie et le docteur de la voiture.

Cara tenta de se débattre. Elle avait lâché son arme lorsqu'il l'avait attrapée et elle cherchait désespérément un moyen de lui échapper.

— Arrête tout de suite, l'avertit le Kurjan en la secouant.

Cara regarda Katie et Bigsby, eux aussi immobilisés. Au milieu de ce paysage féerique baigné de rayons de lune, les Kurjans, dans leur tenue commando, avec leurs armes et leur chevelure rouge, étaient une vision de cauchemar.

Un quatrième Kurjan émergea des arbres et s'arrêta devant Cara. Il était plus grand et plus trapu que les autres, avec deux barres métalliques rouges sur ses épaulettes. Il lui saisit le menton de ses mains griffues et lui leva la tête de force.

— Je suis Lorcan, dit-il d'une voix sonore qui fit frissonner la jeune femme. Tu devais être ma compagne, Cara.

Elle le dévisagea un instant, surprise qu'il connaisse son nom, mais la colère prit vite le dessus.

— Faut croire que tu arrives trop tard, connard.

Il lui entailla le menton de son ongle acéré. Cara ressentit une douleur vive, suivie aussitôt d'une vague de terreur pure. Il la força à lever encore plus la tête et elle se mordit la lèvre supérieure pour ne pas pleurer.

— Pas nécessairement, humaine. Nos chercheurs travaillent à d'autres choses que notre aversion pour le soleil, tu sais. (Il recula d'un pas et porta son doigt à sa bouche.) Délicieux.

Cara sentit son estomac se retourner et la bile lui monter à la gorge. Une faim insatiable, sombre et maléfique percutait ses boucliers.

— Où est ta fille ?

Il passa de nouveau son doigt ensanglanté le long de sa joue. Cara, immobilisée par le soldat, le fusilla du regard. Au même moment, Bigsby tenta de se débattre, mais le Kurjan lui assena un coup de coude sur la nuque et il s'écroula, inconscient. Cara se figea, mais vit qu'il respirait encore.

— Tu ne la trouveras jamais.

Du coin de l'œil, elle vit Katie pivoter pour se placer entre deux gardes. Lorcan lui adressa un sourire effrayant de ses dents jaunes et pointues.

— C'est ce que nous verrons. Nos oracles savent que leur vie dépend de leur capacité à prédire correctement l'avenir. Et ils ne se trompent jamais.

Soudain, Katie lui lança un pistolet et l'air se mit à onduler autour d'elle.

— Eh merde ! jura le Kurjan le plus proche d'elle.

Un souffle le projeta plusieurs mètres en arrière et il retomba lourdement sur l'asphalte. Ses collègues se mirent tous à quatre pattes pour faire face au puma qui venait de déchirer les vêtements de Katie et qui sautait à la gorge de sa victime.

Cara attrapa l'arme au vol et tira en plein dans le torse de Lorcan, puis tenta de s'enfuir, mais le soldat qui se trouvait derrière elle l'entoura de ses bras pour l'immobiliser. Lorcan se releva bien plus vite qu'elle l'aurait souhaité. Avec un rugissement sauvage qui fit se dresser les cheveux sur la nuque de Katie, il se précipita sur elle et commença à l'étrangler. Privée d'oxygène, les yeux embués par les larmes, Cara sentit ses poumons se bloquer.

— Occupe-toi de la métamorphe, ordonna Lorcan à son soldat.

Les bras de Cara retombèrent, sans vie. La vision de plus en plus floue, elle vacillait sur place. Lorcan se pencha vers elle et elle sentit son haleine fétide lui fouetter le visage.

— Je prendrai beaucoup de plaisir à te dresser.

Soudain, un rugissement félin se fit entendre au loin et Cara se rappela qu'elle tenait encore son pistolet. Elle le leva et tira. Déséquilibré par l'impact, Lorcan la lâcha et recula de deux pas. Libérée, Cara aspira à grandes bouffées l'air qui s'engouffrait dans sa gorge brûlante. Elle avait encore un voile devant les yeux, mais cela ne l'empêchait pas de tirer sur le monstre, encore et encore.

Lorcan battit en retraite, furieux, puis fit un écart pour soulever le corps de Bigsby et s'en faire un bouclier. Cara, dépitée, cessa de le canarder et chercha par où s'échapper. Katie, inconsciente, gisait sur le sol sous sa forme humaine à côté d'un Kurjan décapité. Le soldat que le souffle avait projeté au loin retrouvait petit à petit ses esprits et il se mit à quatre pattes pour approcher. Un troisième se trouvait au-dessus de Katie et lui enfonçait le visage dans le goudron avec le pied.

— Lâche ton arme ou je lui dis de lui briser la nuque, ordonna Lorcan, qui se cachait toujours derrière Bigsby. Même un métamorphe mâle ne s'en remettrait pas, Cara.

Cara scruta une dernière fois les alentours, puis obéit.

— Pousse-la vers moi.

Frissonnant de froid, elle donna un coup de pied dans le pistolet et Lorcan lui sourit, montrant ses dents acérées qui brillaient sous la lune.

— Regarde bien ce qui arrive quand tu me provoques, Cara, dit-il d'une voix doucereuse.

Il planta les dents dans le cou de Bigsby et se mit à boire à longues gorgées. Ses yeux s'assombrirent, puis commencèrent à tourbillonner de rouge.

— Non !

Cara se précipita vers lui, mais un Kurjan la saisit par les cheveux et la tira en arrière. Bigsby pâlissait à vue d'œil. Lorsqu'il fut vidé de son sang, Lorcan, d'un geste de mépris, le laissa retomber, puis se lécha les lèvres jusqu'à la dernière goutte et fit un pas vers elle.

— Tu as meilleur goût.

Ses jambes se dérobèrent sous elle. Au même moment, elle entendit un rugissement et le Kurjan la lâcha brusquement. Avant de sombrer dans l'inconscience, elle vit Talen se dresser devant elle, les yeux d'un vert perçant, le visage un masque de sauvagerie, les dents dégoulinantes de sang.

C'était la première fois depuis des siècles que Talen ressentait de la peur et il devait bien admettre qu'il n'aimait pas ça. Il arracha la tête du Kurjan qui avait osé poser les mains sur sa compagne, puis se jeta sur Lorcan et le renversa violemment. Le sang jaillit mais deux soldats s'emparèrent de lui et l'arrachèrent à leur chef. Il les écarta à grands coups de coude et se retourna. Ils se jetèrent de nouveau sur lui et il immobilisa le premier par la pensée, mais laissa le second le renverser. Il avait envie de sentir le sang chaud de son ennemi. Il entendit vaguement le rugissement de Jordan dans la clairière.

Il sortit son couteau, dont la lame acérée brillait d'un éclat menaçant, et trancha d'un coup sec la tête du Kurjan, maculant la route de sang. Talen se redressa et se tourna vers Lorcan. Ses canines s'allongeaient tandis que l'animal qui était en lui prenait le dessus.

Le soldat qu'il avait paralysé se remit en mouvement et lui bondit dessus avec un cri de colère. Ils tombèrent si violemment sur la route qu'ils creusèrent une dépression dans le goudron. Talen propulsa son coude dans la gorge de son adversaire et se retourna pour le chevaucher. D'un coup de couteau, il mit fin au combat.

Il se releva et constata avec fureur que Lorcan s'était enfui. Il hésita un instant : devait-il le prendre en chasse ou emmener Cara en sécurité ? Comme ce serait toujours le cas, sa compagne passa avant tout le reste.

Chapitre 18

La dernière femme avait résisté avant de mourir. Kalin, sans savoir pourquoi, appréciait cette ténacité. Elle n'avait pourtant rien eu de spécial, aucune capacité qui l'aurait motivé à la ramener au QG, mais elle s'était dressée face à la mort comme un animal acculé.

Pourtant, elle avait fini par devoir abdiquer. Même son dieu n'avait pu la sauver, preuve ultime de la damnation de cette proie aussi facile que stupide. La forêt, épaisse et profonde, était déserte. Aucun prédateur ne lui arrivait à la cheville.

Il se demandait quand il retrouverait la passion de ce sport. Pas avant des années, probablement, pas avant qu'il *la* rencontre enfin. Janie. Ce moment était à la fois si loin et si proche.

En cette nuit d'automne dans le Minnesota, la température était très agréable. Il enterra sa pelle au côté de sa proie et termina de combler la tombe avec le pied, puis regarda autour de lui pour s'assurer qu'il n'avait laissé aucune trace. Enfin, après un coup d'œil à la lune décroissante, il repartit au pas de course en pensant à sa future compagne. Il essayait d'entrer dans les rêves de Janie mais, chaque fois, il était repoussé par une force inconnue. Quelqu'un d'autre l'en empêchait, une personne qui n'était probablement même pas consciente de ce qu'elle faisait.

Kalin n'éprouvait pour l'instant que peu d'intérêt pour Janie, qui était encore trop jeune, mais l'autre présence l'obnubilait. Elle était dangereuse, encore en développement. Perdu dans ses pensées, il escalada la paroi et se glissa dans l'entrée de la grotte. D'une pression de la paume, il déclencha l'ouverture de l'ascenseur et descendit. Lorsque les portes de la cabine se rouvrirent, il passa sans un regard devant les sentinelles et se dirigea vers les quartiers de son père.

Lorsqu'il arriva devant la porte, trois humaines en sortaient. Pâles, tremblantes, puant la peur, elles passèrent devant lui, les yeux baissés. Il inspira à fond et porta les yeux sur le filet de sang qui coulait sur la nuque de l'une d'entre elles. Son père venait de se nourrir et le parfum de l'hémoglobine lui donnait envie d'en faire autant.

Avec un large sourire, il franchit la porte et entra dans la pièce luxueuse. Sur les murs en chêne, des peintures dominées par le noir, le blanc et le rouge montraient des scènes sanguinaires et des morts cruelles. Malgré tous ses défauts, Lorcan avait un goût excellent en matière d'art.

— Père ? appela-t-il en se dirigeant vers la petite cuisine.

— Je suis là, grogna Lorcan.

Il était couché sur la table, ensanglanté, et appuyait un torchon imbibé de sang contre son cou.

— J'en conclus que ça ne s'est pas bien passé ?

Ils auraient dû le laisser les accompagner.

— Non. Cet enfoiré a failli me déchirer la jugulaire et le vol de retour a duré une éternité. Et je mets aussi une éternité à guérir. (Il fixa son regard d'un violet rougeâtre sur son fils.) On peut savoir où tu étais ?

Kalin haussa les épaules et ouvrit le placard pour prendre un paquet de biscuits qu'ils faisaient venir spécialement de Londres.

— Dehors.

Lorcan jeta la serviette dans l'évier et arracha les derniers lambeaux de sa manche pour mettre à nu son bras cassé en plusieurs endroits.

— J'ai hâte que tu sortes enfin de la puberté. Je commence à me lasser.

Il ferma les yeux et inspira à fond. Les os se remirent en place dans un craquement glaçant. Lorsqu'il rouvrit les paupières, le rouge de ses pupilles était troublé de tourbillons violets.

— Tu as bien effacé les traces de ton passage ?

— Bien sûr que oui. (L'échec de son père l'irritait. Il attendait avec impatience de rencontrer la mère de Janie, voire de la posséder.) J'imagine que l'un des Kayrs s'en est mêlé ?

– Oui, Talen, avec un clan de métamorphes, répondit Lorcan en se frottant le menton. Pourvu que ce désastre n'arrive pas jusqu'aux oreilles de mon cousin Franco.

— Tu penses qu'il te disputera le trône ?

Kalin croqua dans un cookie en se demandant si Franco irait jusqu'à assassiner son père.

— Oui. J'espérais pouvoir établir ma dynastie avant qu'il soit trop tenté. Ça m'embêterait de devoir tuer l'un de nos meilleurs guerriers à la veille d'une nouvelle guerre contre les vampires.

— On devrait l'éliminer dès maintenant.

Son père soupira.

— Kalin, c'est une question de stratégie. Nous avons besoin de Franco et de ses hommes pour vaincre le Royaume. Dans les circonstances actuelles, un conflit interne serait désastreux et il est impératif que ta future union est lieu.

— Tu sais pourquoi ? demanda Kalin en refermant la lourde porte du placard. Qu'est-ce qu'elle a de si spécial, cette petite humaine ?

Son père le regarda avec attention.

— Non. Je pensais que tu le savais, vu les capacités psychiques de ta mère.

Kalin haussa un sourcil et mentit avec assurance.

— Non, aucune idée. Je n'ai pas dû hériter de suffisamment de ses gènes. (Les informations étaient synonymes de pouvoir et il comptait bien en amasser le plus possible.) Bon, père, je vais te laisser te reposer. À demain.

Il tourna les talons. Allait-il enfin parvenir à s'immiscer dans les rêves de Janie ? Quelque chose lui disait que son plus grand adversaire, quelle que soit son identité, l'y attendrait.

Ses dents s'allongèrent, son cœur s'accéléra et il sourit.

Chapitre 19

Cara se réveilla en pleine forme et s'étira, heureuse d'être en vie. Talen et Jordan s'étaient débarrassés des soldats, mais Lorcan avait pris la fuite. Cette pensée la fit frissonner dans la chaleur du lit. Katie n'avait été qu'assommée et elle avait repris connaissance dans la voiture, conduite par l'un des hommes de Jordan. Bigsby avait été enterré sur place. Pendant la nuit, les hommes avaient attaqué un autre labo dont les coordonnées figuraient dans les dossiers récupérés lors du premier raid. Talen lui avait ordonné de ne pas bouger et avait posté des gardes en faction sur le périmètre du ranch.

Le bruit de la douche la fit bondir hors du lit. Talen était de retour. Avant de repartir, il lui avait dit qu'ils discuteraient des événements de la veille à son retour, lorsqu'elle serait reposée.

Avec une grimace, elle enfila ses vêtements et sortit en hâte de leur chambre pour se rendre à la cuisine. Elle était déserte, ce qui était normal vu l'heure. Ses yeux se posèrent sur une corbeille de pommes, mais son estomac protesta. Elle n'avait pas faim.

— Bonjour, compagne. On essaie de m'éviter ? grogna une voix grave.

Elle sursauta et renversa la corbeille.

— Talen, tu m'as fichu une de ces trouilles ! siffla-t-elle.

— Il me semblait t'avoir dit de rentrer directement au ranch hier soir.

Il parlait d'une voix doucereuse qui lui retourna l'estomac. Cara regarda attentivement l'homme qui se tenait devant elle. Sur le visage de ce mâle alpha, elle lisait la colère et la domination. La tension autour d'eux était palpable.

— Euh… on ne pouvait pas laisser Bigsby comme ça, tu le sais bien.

Comprenant à quel point cette réponse la rendait vulnérable, surtout face à un tel homme, elle releva le menton.

Il haussa les sourcils devant ce geste de défi. Les cheveux mouillés qui bouclaient sur sa nuque ne faisaient rien pour adoucir ses traits et ses muscles roulaient sous sa peau, à la manière d'un doberman prêt à attaquer.

— Vraiment ? Alors que tu savais très bien que les Kurjans te cherchaient ? dit-il toujours aussi calmement avant d'avancer d'un pas.

Cara frissonna malgré elle. La tension devenait insoutenable. Elle se rendit compte que son entrejambe s'humidifiait. *Pourquoi est-ce que le danger m'excite tant ?* se demanda-t-elle, les yeux écarquillés devant la menace qui se dressait face à elle.

Talen était tout de noir vêtu. Son tee-shirt moulait à la perfection son torse musclé et les biceps d'acier de ses bras croisés. Un nerf palpitait sur son menton tandis qu'il l'étudiait de la tête aux pieds, comme un prédateur face à une proie.

Elle frissonna de nouveau. Qu'est-ce qu'il avait l'air en colère ! Pendant ce temps, sa culotte se mouillait de plus en plus. Elle essaya de camoufler cette réaction si révélatrice, mais il lui adressa un sourire amusé. Il savait l'effet qu'il avait sur elle. Cela fit naître en elle une colère bienvenue, car elle venait remplacer l'autre sensation, trop gênante. Elle fit de son mieux pour s'accrocher à son courroux. La tête haute, elle le regarda droit dans les yeux.

— Oui. C'était une simple question de décence et tu le sais très bien.

Elle rougit, tout à fait consciente du danger qu'elle courait, mais garda le regard rivé sur lui. Talen se figea et ses yeux prirent un aspect intense de prédateur. Il pencha la tête sur le côté et dit d'une voix douce et dangereuse :

— Tu veux que je te dresse, petite ?

Il fit un pas de plus vers elle et s'arrêta à quelques centimètres. Cara était de plus en plus tiraillée entre la colère et le désir. Il ne plaisantait pas, c'était évident. Elle scruta la cuisine du regard, cherchant comment échapper à ce mâle qui cherchait à l'intimider. Elle était coincée.

Elle n'avait aucun mot pour contrer l'effet qu'il avait sur ses sens. L'attaque étant la meilleure défense, elle lui adressa un petit sourire provocateur.

— Puisque tu insistes, grogna-t-elle.

Il franchit le dernier pas qui les séparait, se baissa et la souleva sur son épaule sans lui laisser le temps de réagir. Il sortit de la cuisine et elle retrouva ses esprits, se débattant et lui bourrant le dos de coups de poing.

— Arrête, dit-il en lui assenant une claque sur les fesses.

Cara poussa un cri indigné et redoubla d'efforts, mais en vain. Il entra dans leur chambre et la referma d'un coup de pied, puis la retourna pour la prendre dans ses bras.

— Je vais te dresser.

Le regard cruel, il lui arracha son jean et son string avant de la poser sur le lit, à quatre pattes. Époustouflée par sa force physique, elle se retrouva face au mur, à la merci de cet être bien plus puissant qu'un humain. Elle essaya d'avancer, mais il la retint par la taille, puis glissa la main le long de sa poitrine pour la prendre à la gorge, comme s'il voulait contrôler sa respiration à sa guise, et la redressa. Étourdie de désir, elle sentit son érection collée contre son dos.

De son autre main, il lui retira son haut et son soutien-gorge. La marque qu'elle portait à la hanche commençait à la brûler. Elle étouffa un gémissement de plaisir et tenta de reprendre le contrôle de ses sens.

— Talen, arrête, murmura-t-elle.

Il lui saisit les cheveux pour lui incliner la tête, passa une dent pointue le long de son oreille, puis au creux de sa nuque vulnérable.

— Non, ma puce, dit-il d'une voix rauque. C'est moi qui te dirai quand tu auras le droit de me supplier.

Il la mordit et elle ressentit un choc jusqu'au tréfonds de son âme, prélude à l'orgasme qu'elle sentait poindre à l'horizon. Esclave de ses sensations, elle se plaqua contre son sexe dressé pour tenter de mettre un terme à sa souffrance.

— Non, réagit-il avec dureté. Ça aussi, je le contrôle. Tu jouiras quand je t'y autoriserai.

Il la repoussa à quatre pattes. Cara, à l'agonie, ne savait plus où elle en était. Elle entendit alors Talen retirer sa ceinture dans un sifflement qui résonna dans la pièce silencieuse. Il ôta ensuite sa chemise, puis descendit sa braguette et se débarrassa de son jean.

— Et autre chose, reprit-il, la voix plus râpeuse que jamais. J'en ai assez que tu refuses d'admettre tes capacités naturelles. Un jour, elles te sauveront peut-être la vie, si tu veux bien cesser de faire l'autruche.

Elle sursauta lorsqu'il la prit par les hanches. Talen glissa une main le long de ses fesses jusqu'à son entrejambe. Enfin, il la touchait là où elle le désirait ! Cara faillit s'évanouir de plaisir.

— Putain ! maugréa-t-il avant d'insérer un doigt, puis deux, en elle. Bon Dieu, ce que tu es étroite !

Il se pencha sur son dos et déposa un baiser tendre sur la morsure de son cou. Cara poussa un gémissement et se mit à bouger au rythme de ses doigts.

— Je veux que tu jouisses pour moi, bébé, murmura-t-il tout en frottant la paume sur son clitoris. Tout de suite.

L'orgasme la submergea avec une férocité qui lui coupa le souffle. Les doigts de Talen le prolongèrent au maximum, puis elle s'écroula sur les coudes, comme vidée de toute énergie. Talen l'allongea sur le dos et elle put enfin voir le mâle excité qui se tenait au-dessus d'elle.

Cara commença à ramper sur le matelas pour s'éloigner de lui, mais il la saisit par la cheville et la tira à lui.

— Mon Dieu ! gémit-elle, hypnotisée par ses yeux dorés.

— Il est trop tard pour prier, mon cœur, plaisanta-t-il, aussi amusé qu'excité.

Il se plaça au-dessus d'elle, nez contre nez, peau contre peau. Son érection, longue et dure, palpitait contre son ventre, mais il ne bougeait plus. Il se contentait de rester contre elle, les muscles tendus, hypnotisé par sa peau pâle illuminée par la lune.

— Bon sang, ce que tu es belle ! murmura-t-il en la dévorant du regard.

Elle ouvrit les yeux, confuse, mais Talen lui sourit. Il la trouvait magnifique, certes, mais il aimait la désorienter et il exigeait un contrôle absolu de leur relation. Cara ne devait jamais l'oublier. Comme cela, elle y réfléchirait à deux fois avant de se remettre en danger.

Il traça le contour de son visage du bout des doigts, ramenant le désir dans ses beaux yeux bleus, même si la confusion y régnait toujours, car l'intensité du moment était inédite pour elle. Et pour lui aussi, d'ailleurs. Jamais il n'avait voulu posséder une femme à ce point. Elle était à lui, depuis la seconde où son gouvernement impuissant lui avait donné sa photo.

Il lui transféra tous ces sentiments, profitant de la connexion qui les unissait pour ne lui laisser aucun doute. Cara réagit aussitôt et il sentit son affolement.

— Tu ne peux pas m'échapper, murmura-t-il, emprisonnant son corps menu de sa carrure massive. Tu es à moi.

Sur ces mots, il l'embrassa avec force et inséra sa langue dans sa bouche, puis la tira par les cheveux pour lui incliner la tête à sa guise. En sentant son corps moelleux contre le sien, il contint un gémissement. Il percevait même la chaleur de sa marque, qui s'immisçait jusque dans son cœur.

Haletant presque, il rompit leur baiser et observa, avec une satisfaction mâle, le regard effaré et les lèvres enflées de la jeune femme. Il attendait ce moment depuis qu'il avait vu les éclairs de défi dans ses beaux yeux bleus.

Son air arrogant ramena Cara à la réalité. Ou en partie, tout du moins. Contre lui, ses boucliers n'avaient aucune efficacité. Elle était impuissante, excitée comme jamais et son cœur se retrouvait en grand danger, un danger contre lequel elle avait toujours cru être immunisée. Cela l'effrayait et sa peur se mua en colère. Luttant contre son désir, elle se rebella.

— Alors, demanda-t-elle d'une voix qu'elle espérait sarcastique, mais sans grand espoir, ça y est, je suis dressée ?

Contre toute attente, il éclata de rire. Cara écarquilla les yeux. Sur le visage de Talen, l'arrogance céda la place à la domination. Il lui tira les cheveux et inclina sa tête en arrière pour exposer sa jugulaire. Elle voulut résister, mais ne réussit qu'à accentuer la pression sur ses cheveux. La douleur lui fit monter les larmes aux yeux, mais Talen ne céda pas d'un pouce.

— Pas encore, mais ça ne va pas tarder.

Avec une résolution froide, il se pencha sur elle et posa les lèvres sur sa veine palpitante. Cara se figea, sentant un nouvel orgasme approcher. Talen resta un instant immobile pour mieux la laisser s'imprégner de sa force et de sa propre vulnérabilité. Il tenait sa vie entre ses mains. Ou entre ses lèvres, plutôt. Elle tenta de le repousser, mais il était bien trop fort pour lui. Talen releva la tête et la regarda dans les yeux.

— Mets les mains au-dessus de ta tête, ordonna-t-il.

Elle fouilla dans son regard, à la recherche de la moindre douceur, de la moindre pitié, mais elle n'y trouva que de la dureté. Avec un soupir, elle obéit. Il sourit à son obéissance et commença à la pénétrer.

Aussitôt, un océan de sensations submergea la jeune femme. Elle adorait cette réaction physique. Mieux encore, elle s'y accrochait de toutes ses forces. En revanche, elle ne parvenait plus à faire barrage aux exigences émotionnelles de son propre cœur et de celui de Talen. Ce dernier le savait d'ailleurs pertinemment. Sans la moindre hésitation, il lui mordilla le cou tout en s'enfonçant de plus en plus en elle.

— Détends-toi, murmura-t-il.

Cara, à sa grande surprise, obtempéra. Il conserva un rythme régulier et se retrouva bientôt enfoncé jusqu'à la garde. Cara, qui en avait presque mal, inspira à fond pour se décrisper. Aussitôt, Talen se mit à bouger.

— Oh mon Dieu ! gémit-elle alors qu'il éveillait en elle des endroits dont elle ignorait jusqu'à l'existence.

Il se retira à moitié, puis replongea à fond. Leurs désirs se mêlaient et Cara sanglotait d'extase. Jamais elle n'aurait pu imaginer un tel délice.

Talen entama un lent va-et-vient. Cara, enragée par la passion, se redressa et le mordit juste au-dessus du cœur. Elle sentit le changement qui s'effectua alors en lui avant qu'il s'en aperçoive lui-même.

Il la prit par les cuisses, lui plaqua les genoux contre la poitrine et se mit à la pilonner, la repoussant vers le mur à chaque coup de reins. Cara lui enfonça les ongles dans le dos, entraînée par la proximité d'un nouvel orgasme.

Elle le regarda dans les yeux, hypnotisée par l'intensité qu'elle découvrit dans leurs profondeurs métalliques. Il était mû par un instinct primal, focalisé sur une seule chose : son désir de se l'approprier. C'en était trop. Elle ferma les yeux et il accéléra encore la cadence au-delà de ce qu'elle aurait cru possible, lui écartant les cuisses au maximum.

— Ouvre les yeux, Cara, ordonna-t-il.

Submergée par la passion, elle obéit. Cette soumission poussa Talen à augmenter encore le rythme. Soudain, tout au fond d'elle, l'orgasme éclata avec une force qui la fit trembler de la tête aux pieds. Il jouit à son tour en rejetant la tête en arrière dans un cri rauque, puis se jeta sur son cou. Sa morsure prolongea l'orgasme de Cara, qui finit par s'écrouler, épuisée. Talen lui lâcha les jambes et elle s'endormit en quelques secondes.

Chapitre 20

Cara s'éveilla pour la deuxième fois et grimaça de douleur. Les muscles de son entrejambe protestaient, mais ce n'était rien à côté de son cœur. Elle se cacha le visage, comme pour nier sa vulnérabilité. Son cerveau, généralement si performant, n'était pas de taille à lutter contre l'alliance de son cœur et de son corps, qui étaient prêts à céder tout ce qu'elle avait, tout ce qu'elle était, à Talen.

Une petite voix pernicieuse lui soufflait d'accepter ce que lui offrait le destin, comme si cela ne présentait aucun risque. Depuis toute petite, elle ne faisait confiance à personne. Son instinct de protection prenait le pas sur tout le reste. Mais cette même petite voix lui disait que rien de tout cela ne résisterait à Talen.

Quelqu'un frappa à la porte, ce qui la tira de ses réflexions, et la tête de Katie apparut dans l'embrasure.

— Tu es réveillée ?

Cara hocha la tête et s'assit sur le grand lit.

— Entre.

Katie sourit et s'installa à son côté avant de regarder son menton.

— Ta plaie s'est vite refermée.

— On dirait que Talen m'a transmis cette capacité. C'est plutôt utile, je dois dire.

— Ça n'a pas l'air de te ravir. (Cara haussa les épaules et soupira.) Il t'aime, tu sais.

— Ça fait peur, répondit Cara, même si cette affirmation était encore loin du compte.

— Oui, je sais. Mais au moins il accepte de prendre le risque.

Katie serra la couette dans ses bras et Cara lui sourit.

— Jordan a des sentiments pour toi, Katie. C'est évident.

Une lueur d'espoir traversa les yeux de la jeune femme, mais elle grimaça aussitôt.

— Ouais, mais pas assez. À ses yeux, je serai toujours la petite morveuse qui le suivait partout où il allait.

— Montre-lui que tu as grandi.

— Comment ?

Cara réfléchit un instant.

— Aucune idée. (Elle éclata de rire, imitée par son amie.) Bon, où sont les fléaux de nos existences ?

— Dans la cuisine, en train d'éplucher les dossiers de Bigsby. Si tu te sens d'attaque, ils aimeraient un peu d'aide.

— Je me douche en vitesse et j'arrive. Au fait, Jordan était très fâché hier soir ?

Katie haussa les sourcils.

— J'ai pleurniché en prétextant une migraine pour qu'il me laisse aller me coucher. Il est furax que les Kurjans aient découvert mon existence.

— Donc ce n'est pas réglé.

— Je ne veux même pas y penser.

— Je te comprends.

Lorsqu'elle ressortit de la douche, Cara enfila un jean et un pull vert foncé, puis se rendit à la cuisine. Talen était penché sur des feuilles étalées sur la grande table en chêne. Jordan, accoudé au comptoir de granit, lisait un texte imprimé au téléphone tandis que Katie tapotait sur un ordinateur portable.

Talen leva ses yeux dorés sur elle et l'inspecta de la tête aux pieds. Elle rougit malgré elle, ce qui le fit sourire.

— J'ai vérifié tes mails et j'ai imprimé le dernier message en date de ta sœur, la grande fugitive.

Sa voix trahissait l'admiration qu'il éprouvait malgré lui pour cette humaine fragile qui faisait tourner ses hommes en bourriques.

Cara leva les yeux au ciel et s'assit à côté de lui.

« Salut, sœurette. Je suis sur un truc, ne t'en fais pas pour moi. Ces guignols ne me trouveront jamais. Cours en plein soleil, mon chou. Em. »

Cara sourit. *« Cours en plein soleil. »* De toute évidence, sa sœur connaissait le point faible des Kurjans. Elle se tourna vers son mari et se dit que, dans son tee-shirt marron et son jean, il n'avait rien d'exceptionnel, mais la petite voix dans sa tête la corrigea aussitôt, lui ordonnant de cesser de se mentir à elle-même, car c'était malsain. Il lui tendit une liasse de feuilles.

— On va étudier tout ça ce matin et on en emportera des copies quand on rentrera chez nous, expliqua-t-il en lui caressant les cheveux avant de se replonger dans sa lecture.

— On va rentrer ? Bientôt ?

Cara se demandait s'il se rendait compte qu'à tout moment il lui tapotait la main, lui caressait les cheveux ou le dos. Jamais il ne l'admettrait, mais son compagnon était très câlin. Elle se détendit. La nouvelle qu'il venait de lui annoncer l'emplissait de joie. Elle allait revoir son bébé. Mais, lorsqu'elle posa les yeux sur la première feuille, elle en oublia tout le reste.

— Waouh !

Talen hocha la tête.

— Comme tu dis. Ils se sont inspirés des résultats du projet Génome humain pour leurs propres travaux sur

…génierie génétique et la thérapie génique appliquées aux Kurjans.

— Hmm. Contrairement aux humains, qui en ont vingt-trois, les Kurjans ont trente paires de chromosomes. (Elle continua sa lecture.) Comme les vampires, tiens. Et on dirait qu'ils ont réussi à isoler la paire liée à l'intolérance au soleil.

Talen lui tendit une autre feuille.

— Tu peux me déchiffrer ça ?

Cara lut le texte en question.

— Alors, ce sont des essais d'ingénierie génétique germinale sur des ovules, du sperme et des embryons très précoces. (Jordan raccrocha et s'assit en face d'eux.) En gros, ils essaient de manipuler les cellules germinales, ou plutôt les ovules et le sperme, ce qui se traduit par une altération de l'ovule fertilisé. (Elle se pencha vers Talen, passionnée par son sujet.) La première cellule d'un embryon est l'ovule fertilisé. Si on le modifie, les altérations seront reproduites dans toutes les autres cellules. Et, le plus intéressant dans ce genre de manipulation, c'est que toutes les générations suivantes en héritent.

— Et ils en sont à quel stade ? demanda Jordan, inquiet.

— Ils ont commencé par de l'ADN de vampires et ils ont inséré les différents virus dans ce qu'ils pensaient être les cellules kurjans correspondantes, mais, jusqu'ici, ils n'ont essuyé que des échecs. (Elle chercha une feuille dans la liasse et la plaça devant elle.) Ils ont aussi essayé de créer un chromosome artificiel et de l'ajouter aux trente déjà existants. Leurs données sont impressionnantes, mais, là encore, le succès n'est pas au rendez-vous.

— Et d'après ce que j'ai lu, intervint Katie, on dirait qu'ils cherchent encore à vaincre « l'allergie d'accouplement », faute de terme plus précis.

Cara acquiesça d'un signe de tête.

— Ce n'est qu'une question de temps avant qu'on parvienne à manipuler les gènes, mais, vu qu'on ne sait toujours pas quelles sont leurs fonctions individuelles, le risque est encore bien trop élevé par rapport à ce qu'on pourrait y gagner. Ils ont étudié tous les domaines possibles, de la photosynthèse aux thérapies d'aversion à la lumière en passant par la manipulation des virus.

Elle prit la pile de feuilles suivante et, au même moment, le téléphone sonna.

— Pride à l'appareil, dit Jordan. Ah ! bonjour, inspecteur. … Oui, la Dodge est bien à moi. J'étais au restaurant routier hier soir. (Talen leva les yeux et fronça les sourcils. Katie, elle, se leva d'un bond, mais Jordan lui fit signe de ne pas faire de bruit.) … Non, je venais d'arriver. Un shérif, une femme, si je me rappelle bien, nous a demandé d'évacuer le bâtiment, donc je suis rentré chez moi. … Non, j'aimerais pouvoir vous aider, mais, comme je vous l'ai dit, je venais à peine d'entrer et je ne pourrais identifier aucune des personnes qui s'y trouvaient. … Oui, Bien sûr. Si vous pensez que je peux vous être utile, rappelez-moi.

Il raccrocha et se tourna vers Talen.

— Je crois qu'on ferait mieux de partir, déclara ce dernier.

Jordan hocha la tête.

— Ils ne devraient pouvoir identifier ni Cara ni Bigsby, et Katie va rester cachée ici pendant quelques semaines. Mes hommes préparent déjà le Black Hawk. On décolle dans une heure.

— « Le Black Hawk » ? C'est un hélicoptère militaire, non ? demanda Cara en rassemblant ses papiers.

— Oui. Enfin, il l'était avant que je le fasse modifier. Le vol ne durera pas longtemps.

Une heure plus tard, Cara faisait des adieux larmoyants à Katie, lui promettant de garder le contact. Elle espérait qu'elle pourrait très bientôt venir la voir dans le Colorado. Jordan, qui pilotait, s'envola vers l'ouest. Au bout de quelques heures, les montagnes Rocheuses se dressèrent à l'horizon. Le paysage sauvage qui s'étalait sous le regard de Cara collait parfaitement à la personnalité de son mari. Il avait la même beauté rugueuse, donnait la même impression de force indestructible.

Les sommets blancs de neige se détachaient dans le ciel bleu. Ils survolèrent la ville de Boulder. Jordan la dépassa pour se poser dans une petite clairière balayée par le vent. Talen sauta de l'appareil et aida Cara à en descendre pour la guider jusqu'à la lisière de la forêt, d'où ils regardèrent Jordan redécoller en lui faisant de grands signes d'adieu. Il les salua de la tête, puis disparut à l'horizon.

Une fois l'hélicoptère parti, Cara entendit des oiseaux qui chantaient dans les branches. L'air frais sentait bon le sapin, dont l'odeur était mêlée au parfum des fleurs sauvages multicolores. Au loin, un cheval hennit. La clairière était entourée d'arbres gigantesques. À leurs pieds et dans leurs branches, elle entendait une nuée de petits animaux vaquer à leurs occupations.

— Bienvenue chez toi, compagne, dit Talen avec un grand sourire.

Cara se tourna vers lui, confuse.

— Chez moi ? Mais on est en pleine cambrousse !

Il lui prit la main.

— Suis-moi.

Il l'entraîna dans la forêt. Cara faisait de son mieux pour enjamber les branches mortes et pour éviter la végétation envahissante du sous-bois. L'épaisse canopée empêchait la lumière de filtrer et Talen ne lui lâchait pas la main dans la pénombre. Ils finirent par arriver devant une paroi rocheuse.

Talen posa la paume droite sur la roche, qui s'écarta pour révéler l'entrée d'une petite pièce carrée. Cara se figea.

— Mon Dieu ! c'est vrai que tu vis sous terre !

Il éclata de rire.

— Mais non, j'habite dans la banlieue de Boulder, au bord du lac. Ici, c'est notre quartier général, qui nous sert aussi de planque en cas de problème. (Il l'attira à l'intérieur.) Et c'est aussi ici que t'attend ta fille.

La paroi se referma, les laissant dans le noir complet, et Cara serra ses doigts froids sur sa main chaude. Soudain, une voix grave parla et elle sursauta.

— Identification.

— Kayrs 23416.

— Content de te revoir, frérot, répondit gaiement la voix tandis que l'ascenseur commençait à descendre.

Cara se tourna vers son mari.

— Ils ne savaient pas que c'était nous ?

— Ils nous ont repérés dès que l'hélico est arrivé à portée des radars. Le code, c'est juste pour s'assurer que tout va bien, qu'il n'y a rien d'imprévu.

— Excellente idée.

— Je ne te le fais pas dire.

— Après tout, vous avez des siècles d'expérience derrière vous.

Très vite, la cabine s'arrêta et la porte s'ouvrit sur une vaste salle aux murs de granit et de roche métamorphique. Deux hommes montaient la garde devant une immense porte en pierre. Leur carrure, leur armement et leurs visages fermés n'avaient rien de rassurant et Cara se colla contre Talen, mais ce dernier l'entraîna jusqu'à eux.

— Max, Jones, je vous présente ma femme, Cara.

Le changement qui s'opéra en eux lui coupa le souffle. Avec un grand sourire, ils lui serrèrent tour à tour la main, sans toutefois trop serrer de peur de lui faire mal.

— Enchanté. Janie est si impatiente de vous revoir qu'elle ne tient plus en place, déclara Max, avant de tapoter sur le digicode pour ouvrir la porte. Dites-lui de ma part qu'elle me doit une revanche au pouilleux, d'accord ?

Ils entrèrent et la porte se referma derrière eux. Aussitôt, Cara se sentit happée par deux bras musclés et serrée contre un torse masculin.

— Bienvenue chez toi, petite sœur, tonna une grosse voix.

Il la reposa et elle leva la tête vers un visage familier.

— Merci, Conn.

Elle sourit et tenta de retrouver l'équilibre. Les deux frères étaient de la même taille, mais Conn avait des cheveux plus clairs coupés court, ainsi que des paillettes argentées dans ses yeux couleur de mousse. Son visage ressemblait à celui de Talen, à part une fossette sur le côté droit de sa bouche.

Ils se trouvaient dans ce qui semblait être une salle de conférences aux murs et à la table en granit, pourvue d'une myriade d'écrans plasma.

— C'est notre première salle de réunion. C'est ici qu'on reçoit nos alliés, expliqua Talen en la guidant jusqu'à une autre porte.

— Où est Janie ?

— Les quartiers sécurisés familiaux se situent au cœur de la montagne. On ne la laisserait jamais s'aventurer aussi près de l'entrée, répondit Conn.

Il plaça la main sur le mur, à la hauteur de sa tête, et se tourna vers un petit écran. Le scanner oculaire émit une lumière verte, puis la porte s'ouvrit.

Conn les précéda dans un large couloir. Ils passèrent devant plusieurs pièces fermées, puis s'arrêtèrent devant une porte recouverte d'une couche de roches sédimentaires. Il l'ouvrit grâce à sa paume et Talen invita Cara à entrer.

Chapitre 21

— Maman ! glapit Janie en lui sautant dans les bras. Cara la souleva très haut et éclata de rire, le nez enfoui dans le cou de sa fille, retrouvant sa douce odeur d'enfant. Enfin, son univers retrouvait l'équilibre.

Elle posa un genou à terre et la dévora du regard. Janie portait des vêtements qu'elle ne lui connaissait pas et ses tresses étaient une véritable catastrophe. Ses yeux bleus pétillaient et elle se tordait les mains de joie, montrant à sa mère ses ongles, et une bonne partie de ses doigts, peints de toutes les couleurs.

— Tu m'as manqué, murmura Cara.

Janie sourit et se pendit au cou de sa mère.

— Toi aussi. Tu sais, on est au milieu d'une montagne, près de la Terre. Elle aime bien qu'on soit là, déclara-t-elle avec un grand sourire édenté.

— Ah bon ?

— Oui. Et c'est plus facile de lui parler depuis ici.

— À la Terre ?

Janie leva les yeux au ciel.

— Ben oui.

— Et moi, j'ai pas droit à un câlin ? demanda une voix grave.

Avec un cri de joie, Janie la lâcha et bondit en direction de Talen, qui l'attrapa au vol et la fit tourner au-dessus de sa tête.

— Tu savais qu'on arrivait ?

Janie hocha la tête.

— Oui. La Terre me l'a dit.

— Je m'en doutais. Il paraît que tu dois une revanche à Max au pouilleux ?

Janie secoua la tête d'un air dépité tout en lui posant les mains sur les joues.

— Il est pas très bon aux cartes. (Elle ferma un instant les yeux.) Surveille tes arrières, papa.

— Comment ça ?

— Je sais pas, c'est la Terre qui m'a dit de te le dire. Ne l'oublie pas.

— Promis. Et qu'est-ce qu'elle t'a dit d'autre ?

Janie réfléchit, puis haussa les épaules.

— Je vais avoir un petit frère. (Cara toussa, surprise, et Janie continua avec un sourire diabolique.) Mais je sais pas quand.

Avec un petit rire, Talen reposa sa fille par terre. Cara salua les deux gardes d'un signe de tête et ils lui sourirent en retour. L'un d'entre eux posa sa paume sur le mur pour déclencher l'ouverture d'une porte. Décidément, les Kayrs semblaient obsédés par la sécurité.

— Talen, murmura Conn, Dage est de retour avec des infos et il y a un petit problème. Jase nous attend dans la salle de réunion et Kane va se joindre à nous par visioconférence. Ne traînons pas.

Talen hocha la tête, embrassa Cara et les emmena, elle et sa fille, dans le couloir.

— Ne bougez pas du quartier familial, lui ordonna-t-il. Janie te fera visiter. Je reviens aussi vite que possible.

Cara regarda autour d'elle, mal à l'aise.

— J'ai oublié ma plante chez Katie.

— Je suis sûr qu'elle en prendra bien soin, Cara.

— Je sais, mais c'est juste que les plantes nous fournissent de l'oxygène et du réconfort. Elles ne peuvent pas vivre sous terre.

Elle avait besoin d'un cadre de verdure. Jamais elle ne pourrait vivre dans une caverne. Elle avait déjà l'impression que les murs se refermaient sur elle. Talen la réconforta en lui caressant le dos.

— Tout va bien, ma puce. Notre système de ventilation est très efficace, crois-moi. Allez, Janie va te faire visiter.

Cara prit la main de Janie et la porte se referma derrière elles. La petite l'entraîna dans un couloir qu'égayaient des peintures de paysages et entra dans un salon confortable. Un gigantesque écran plasma était accroché au mur, face à deux canapés en cuir marron séparés par une table basse. L'écran montrait un paisible paysage de montagne dans l'encadrement d'une fenêtre. Sur la gauche se trouvait une kitchenette équipée d'une petite table ronde.

— C'est la salle de jeux, expliqua Janie en guidant sa mère vers un petit couloir s'ouvrant face à la cuisine. Là, c'est ta chambre. (Il s'agissait d'une vaste pièce, avec un grand lit recouvert d'un drap de soie bleu). Après, il y a la salle de bains et ma chambre.

La pièce réservée à Janie était magnifique. Elle était meublée d'un petit lit avec une couette à fleurs mauves, d'une commode en bois blanc et d'une gigantesque maison de poupée. Le sol était recouvert d'un immense tapis vert citron en forme de fleur et, sur l'écran pendu au mur, des poneys couraient le long d'une rivière. Le placard débordait de vêtements.

— Magnifique, la complimenta Cara.

— Ouais. C'est moi qui ai tout choisi sur Internet le premier jour et tout est arrivé le lendemain. T'arrives à y croire ?

— Et tu dors ici toute seule ?

— Oui, mais Jase ou Conn dorment toutes les nuits à côté, sur le canapé, ou bien ils travaillent ou ils regardent la télé. Je crois qu'ils dorment moins que nous.

— Oh ! répondit Cara, faute de mieux.

— Je leur ai dit qu'ils pouvaient dormir dans ta chambre, mais ils préfèrent le canapé.

Les vampires étaient une race effrayante, certes, mais Cara ne pouvait nier qu'ils faisaient tout pour protéger sa fille.

— Au fait, maman, tu veux bien me recoiffer ?

Cara gloussa de rire et se mit aussitôt à l'œuvre. Elles s'installèrent ensuite sur le canapé pour regarder un dessin animé de princesses et de poneys. Quelques minutes plus tard, Talen entra dans la chambre, suivi de Max.

Cara se tourna vers eux. Cela ne faisait même pas une heure qu'elle était séparée de son mari et elle avait déjà des papillons dans l'estomac en le retrouvant. Il avait noué ses longs cheveux noirs, ce qui faisait ressortir les traits anguleux de son visage. Des étincelles vertes illuminaient ses yeux dorés. Une aura de danger, voire de violence, émanait de lui. Elle vit alors ce qu'il avait dans les mains et son cœur se mit à battre la chamade. Un jeune *Pseudotsuga menziesii*, planté dans un joli seau blanc.

— Tu m'apportes un plant de sapin ? demanda-t-elle en se levant.

— Oui, répondit-il, gêné. (Le petit arbre mesurait une cinquantaine de centimètres et ses aiguilles vertes tiraient vers le brun.) Il poussait à l'ombre de ses frères, sans recevoir le moindre rayon de soleil. Je me suis dit qu'on pourrait le replanter chez nous.

Cara en avait les larmes aux yeux. Il lui offrait un arbre. Elle inspira à fond pour se régaler de la riche odeur de terre et de sève, si apaisante. Talen posa le seau sur la table.

— Ne t'en fais pas, je l'ai déterré avec ses racines pour qu'il reprenne bien.

Cara s'approcha de lui et lui prit le visage entre les mains.

— Merci.

Il sourit et la prit dans ses bras.

— Je t'en prie. J'espère qu'il t'apportera assez d'oxygène à ton goût.

Rouge d'émotion, elle l'embrassa sur la bouche. Max se racla la gorge et lui tendit une tasse, dans laquelle il avait planté un aster des montagnes.

— C'est pour vous.

Il était aussi grand que Talen, mais un peu moins large d'épaules. Il avait un visage régulier illuminé par des yeux bleu clair et encadrés d'une cascade de cheveux marron.

Cara prit la tasse et lui sourit, ce qui le fit rougir.

— Merci, Max.

— Talen m'a dit que vous aimiez les plantes et les fleurs. Je trouvais celle-ci jolie.

Il parlait d'une voix rauque, la tête rentrée dans les épaules.

— Elle est magnifique, s'extasia Cara.

Elle se retenait de rire. Ce gros dur était en fait un grand timide. Il se tourna vers Janie et sortit un paquet de cartes de sa poche.

— Je veux ma revanche, lui dit-il avec un grand sourire.

— D'accord, mais, cette fois-ci, le perdant devra se peindre les ongles en rose.

Max se figea, hésitant, puis haussa les épaules et s'approcha d'elle.

— Cara, dit alors Talen, amusé par cette scène, Kane va nous faire parvenir des données trouvées dans un laboratoire canadien. On se disait que tes connaissances pourraient nous être utiles, ça ne te dérange pas ?

Elle fronça les sourcils et regarda sa fille.

— Vas-y, maman, l'encouragea Janie avec un sourire démoniaque. Max sera mignon avec les ongles roses.

— Oh ! je ne vais pas me laisser faire, cette fois, la prévint le vampire, qui s'assit en face d'elle.

— Il serait temps.

Après un dernier regard à sa fille, Cara suivit Talen dans le couloir. Il se tourna vers elle, la coinça contre le mur et l'embrassa à pleine bouche, en un baiser sexy, brûlant, implacable. Cara poussa un gémissement et Talen recula avec un petit sourire d'aise.

— Tu m'as manqué, compagne.

La faim qui émanait de lui coupait le souffle de la jeune femme. Son bas-ventre réclamait à grands cris qu'il la soulage et elle secoua la tête pour s'éclaircir les idées. Talen lui saisit le menton et passa le pouce sur sa lèvre enflée. Les yeux plus enflammés que jamais, il la lécha au même endroit, puis recula d'un pas et la lâcha.

— Ils nous attendent, compagne. Si on continue, on va finir au lit. (Cara se serra les mains pour tenter de maîtriser ses hormones, ce qui le fit sourire.) Ce serait avec plaisir, mais mes crétins de frères viendraient nous chercher, crois-moi.

— Oh !

Cara grimaça. C'était bien la dernière chose qu'elle souhaitait.

— Allez, viens.

Il la prit par les épaules et la guida dans le dédale de couloirs, avant de s'arrêter devant une paroi nue. Il posa la main sur le mur et une porte s'ouvrit.

Cara entra dans une pièce spacieuse taillée dans la roche. Un immense écran était accroché au mur du fond. Elle aperçut aussi plusieurs ordinateurs. Sur la droite, assis devant une table, Conn étudiait des papiers avec deux autres hommes. Il la salua de la main et les deux autres se redressèrent d'un bond. Le premier mesurait un bon mètre quatre-vingt-dix, avec des yeux couleur bronze tachés de noir. Il était plus mince que Talen, mais, avec ses longs cheveux noirs et son grand sourire, la ressemblance était indéniable.

— Moi c'est Jase, le cerveau de la fratrie, se présenta-t-il en lui serrant la main.

Le deuxième était plus grand que les autres et semblait aussi un peu plus âgé. Cela se voyait non à son visage mais à ses yeux, dont la maturité traduisait une longue expérience. Il la regardait avec une intensité qui la mettait mal à l'aise.

— Dage ? l'appela Talen.

Dage toussota, puis lui serra à son tour la main.

— Désolé, dit-il d'une voix dans laquelle résonnait une puissance ancestrale. Tu me rappelles quelqu'un.

— Qui ça ?

Dage haussa les épaules.

— Je ne connais pas son nom.

Cara lui sourit et l'observa attentivement. Le chef du Royaume avait des yeux argentés et un visage dur que seule sa bouche généreuse adoucissait. Il lui fit signe de s'asseoir près de Jase. Talen s'installa de l'autre côté de la jeune femme et ils se tournèrent tous vers le grand écran. Cara avait l'impression d'être entourée de géants.

Conn tapota sur son clavier et le visage du dernier frère apparut. Il scruta la pièce de ses yeux violet métallique, puis les fixa sur elle.

— Tu dois être la compagne de Talen, dit-il avec le sourire typique des Kayrs. Tu n'as pas choisi le plus beau d'entre nous, mais bon…

— Cause toujours, frérot, rétorqua Talen. (Il passa le bras autour des épaules de Cara.) Bon, avant qu'on commence, tu penses pouvoir être de retour pour le colloque ce week-end ?

— Oui. Enfin, au moins pour le deuxième jour, mais je risque de manquer le bal.

Jase ricana.

— Tu manques *toujours* le bal.

— C'est quoi, ce colloque ? demanda Cara.

Talen lui sourit.

— Tous les dix ans, le Royaume organise ce qu'on pourrait appeler une convention qui commence par un bal. Kane réussit l'exploit d'y échapper chaque fois.

— « Un bal » ? Mais…, balbutia-t-elle.

— Ne t'en fais pas, les tenues sont fournies.

Cara leva les yeux au ciel. C'était bien la question qu'elle se posait, mais tout de même. Ce n'était pas comme si sa garde-robe débordait de robes de soirée.

Dage se racla la gorge, pressé d'entrer dans le vif du sujet.

— Kane, tu as les dernières infos ?

Son frère retrouva tout son sérieux.

— Elles sont en train d'arriver. Je vous les transmettrai et on y réfléchira ensemble. (Il baissa les yeux et Cara entendit le crépitement de ses doigts sur son clavier.) On vient de décrypter le code des dossiers qu'on a récupéré hier soir à Paris.

Dage se crispa.

— Qu'est-ce qu'il y a ? demanda Talen sans détourner les yeux de l'écran.

— J'ai un mauvais pressentiment, répondit son frère en haussant les épaules.

La tension venait de monter d'un cran et Cara s'agita sur son siège. De toute évidence, la fratrie faisait grand cas des sensations de Dage. Conn tapota quelque chose et l'écran se sépara en deux. À côté de Kane, une série d'images apparut. Cara focalisa son attention sur une spirale hélicoïdale d'acides multicolore.

— Je compte vingt-trois paires de chromosomes. C'est de l'ADN humain, pas végétal.

Talen hocha la tête et une autre image apparut à côté de la première. Cara fit le décompte, stupéfaite : il y avait trente paires de chromosomes.

— C'est de l'ADN de vampire, lui confirma Talen.

Une troisième spirale se matérialisa à l'écran. Elle compta les paires, puis les recompta une seconde fois.

— Vingt-sept paires, constata-t-elle en se tournant vers Talen. Ça correspond à quoi ?

Son mari haussa les épaules.

— Aucune idée. Les métamorphes en ont vingt-huit.

De son côté, Kane pianotait sur son clavier pour tenter de décoder de nouveaux fichiers. Cara hocha alors la tête, prise d'une illumination.

— Conn, tu peux placer l'hélice inconnue au milieu des deux autres ? (Il intervertit aussitôt les images). Bon, maintenant, superpose-la sur l'ADN humain. (Les vingt-trois paires humaines s'alignèrent à la perfection, n'en laissant que quatre sans correspondance.) Et maintenant sur l'ADN de vampire.

Le résultat fut le même : vingt-sept paires qui correspondaient et trois paires de l'ADN vampire orphelines. Un par un, les hommes se figèrent.

— Vous avez compris : l'hélice inconnue, c'est de l'ADN combiné. (Elle regarda Talen, qui se tourna vers elle, crispé.) C'est un mélange d'humain et de vampire. Tu disais que tu m'avais transformée. J'en déduis que c'est probablement mon ADN.

Chapitre 22

Cara étudiait l'écran dans la tension de plus en plus irrespirable de la pièce.

— Remarque, ça peut aussi être l'ADN de n'importe quelle compagne humaine de vampire. Ça a peut-être un lien avec la réaction allergique quand vous touchez à une femme déjà en couple.

— Peut-être, acquiesça Talen, qui ne pouvait cacher sa colère.

Tous avaient le regard rivé sur l'écran.

— Eh merde! jura Kane.

Il remplaça les hélices d'ADN par de nouvelles images. Une cellule saine apparut, puis une tache bleue hérissée d'épines s'y accrocha et commença à s'immiscer en son cœur.

— C'est un virus, constata Jase.

Cara hocha la tête, terrifiée par ce spectacle.

— Ils ont créé un virus qui attaque les compagnes des vampires ? demanda-t-elle, estomaquée. Si ces cellules sont celles d'une compagne, pourquoi le virus n'attaquerait-il pas aussi les vampires ?

— Il est possible que les trois paires de chromosomes que nous ne transmettons pas nous protègent, nous et les Kurjans, suggéra Talen.

Cette explication tenait la route. Kane tourna la tête pour regarder quelque chose que la caméra ne montrait pas, puis reporta son attention sur eux.

— Talen, je te suggère d'escorter ta compagne à votre chambre.

— Non, protesta la jeune femme. Je veux tout savoir.

Talen hésita, puis fit signe à son frère. Ce dernier secoua la tête et appuya sur un bouton pour faire apparaître à l'écran une femme menue, d'environ vingt-cinq ans, en train de faire les cent pas dans une cellule. Elle avait les cheveux blond foncé, les yeux bleu clair et la peau pâle.

— Qui est-ce ? demanda Dage.

— Une ancienne concubine kurjan, expliqua Kane, plongé dans la lecture d'une feuille.

— C'est comme ça qu'ils appellent leurs compagnes ?

— Oui.

— Qui aurait envie de s'unir à un Kurjan ? s'étonna la jeune femme.

— C'est rarement de plein gré.

Cara commençait à regretter de ne pas avoir quitté la pièce.

— On lui a injecté le virus moins d'une heure avant l'enregistrement de ces images, ajouta Kane.

La femme commença à parler à voix haute. Ses propos étaient incohérents et sa voix trahissait un grand malaise. Elle frappa le mur avec la paume, puis s'acharna dessus à coups de poing. Le sang se mit à jaillir de ses doigts et elle hurla de douleur. Elle se prit alors la tête entre les mains, gémit, puis hurla de nouveau en s'arrachant de grosses touffes de cheveux. Les yeux exorbités, le corps pris de contorsions, elle finit par se taire, cédant définitivement à la folie, et se jeta sur les barreaux métalliques. Le craquement glaçant de ses os résonna dans le silence. Cara en frissonna de compassion, mais refusa de détourner les yeux. Même si ces images étaient enregistrées, elle ne pouvait pas abandonner cette malheureuse. Incrédule, elle la regarda essayer de s'ouvrir la jugulaire avec les ongles.

— Arrête ça, ordonna Talen.

Kane coupa la vidéo.

— Elle s'est tuée en se jetant une dernière fois sur les barreaux deux heures après l'injection.

Cara sentait la bile lui monter à la gorge. Tout cela n'avait aucun sens.

— Pourquoi créer un tel virus ? S'ils veulent tuer vos compagnes, pourquoi ne pas simplement leur tirer dessus ? (Mais son esprit scientifique embraya aussitôt.) Oh… ce n'est que la première étape. S'ils font évoluer le virus jusqu'à ce qu'il survive dans l'air ambiant, ils n'auront même plus besoin de localiser les compagnes des vampires. Ils n'auront qu'à le libérer dans l'atmosphère.

Talen se leva d'un bond, le corps vibrant de violence contenue.

— Mais ils ne le feront que lorsqu'ils disposeront d'un antidote ou d'un moyen d'immuniser leurs propres compagnes.

Dage se leva à son tour et se rendit jusqu'à un ordinateur.

— Peut-être, ou peut-être pas, on n'en sait rien. Les Kurjans n'ont jamais témoigné un grand respect pour la vie de leurs concubines.

— Ce qu'il nous faut, c'est un spécialiste, déclara Cara. La génétique humaine, ce n'est pas mon domaine.

De l'autre côté de l'écran, Kane acquiesça d'un signe de tête.

— On y travaille. Et on va aussi devoir accorder des fonds à la recherche scientifique. J'aurai une proposition à vous présenter dès mon retour. Je serai là à temps pour le colloque, bien sûr, ajouta-t-il avec un sourire.

Talen s'adossa au mur.

— On a passé les cent dernières années à améliorer notre armement, mais on dirait que les Kurjans, eux, ont tout misé sur la science.

Il parlait d'une voix que la colère rendait gutturale. On avait créé un virus pour tuer sa compagne et son instinct de protection prenait le dessus.

Cara songea à sa sœur Emma, scientifique de renommée mondiale dans le domaine de l'ingénierie génétique. Tout comme Janie, elle était capable de voir l'avenir. Cara ne savait que faire. Devait-elle protéger sa sœur ou faire appel à elle pour résoudre cette crise ?

— Cara ?

Dage se plaça devant elle et la jeune femme frissonna en voyant ses yeux prendre une teinte métallique. Elle sentit comme un chatouillement à la porte de son esprit, comme si des araignées marchaient sur son crâne. Elle mobilisa toutes ses forces mentales pour le repousser et, au même instant, Talen la prit par les épaules et la plaça derrière lui pour la protéger de l'intrusion de son frère.

Dage ferma les yeux, puis les rouvrit aussitôt.

— Ta sœur est plus qu'une simple généticienne, n'est-ce pas ? Elle est aussi médium.

Talen se figea et Cara, méfiante, ne répondit pas. Comment l'avait-il deviné ?

— C'est vrai ? insista Talen avant de se tourner vers son frère. C'est logique, après tout, mais ce n'était pas dans le dossier que j'ai reçu. Ah oui ! une dernière chose : sors tout de suite du cerveau de ma femme.

Cara, sous le choc, se retourna pour lui faire face.

— On t'a donné un dossier sur moi ?

— Ben oui. Je t'avais dit que Dage m'avait envoyé des infos sur mon téléphone.

— On manquait de temps, expliqua Dage en se passant la main dans les cheveux. On a dû intervenir en urgence avant que vous vous fassiez enlever et, depuis, les raids mobilisent toutes nos ressources. On n'a pas encore pu obtenir toutes les infos qu'on voulait. (Il soupira.) Désolé d'avoir envahi tes pensées.

Cara se fichait de ses excuses. Elle s'occuperait de lui plus tard, tout roi qu'il était.

— Tu sais déjà que les Kurjans veulent trouver Emma à cause de ses recherches en génétique, non ?

Talen fit effectuer un demi-tour à son fauteuil et s'accroupit devant elle.

— Tu te trompes. S'ils veulent s'emparer d'elle, c'est parce qu'elle est médium, ce qui fait d'elle une compagne potentielle.

— Oh mon Dieu ! murmura Cara, les larmes aux yeux. Emma.

— Et elle est aussi très douée pour jouer à cache-cache, ajouta Dage.

Sur l'écran de son ordinateur apparut alors une photo d'Emma, souriante dans sa blouse de laborantine. Dage se figea, son impressionnante musculature tendue à se rompre.

— Qu'est-ce que tu as ? demanda-t-elle, inquiète.

Il tourna la tête vers elle comme au ralenti.

— Elle te ressemble beaucoup, Cara.

Des points bleus se mêlaient à la teinte argentée de ses yeux, le tout tourbillonnant en une couleur qui n'avait plus rien d'humaine. Quant à ses émotions, elles étaient trop fortes pour que la jeune femme puisse les bloquer. Colère, détermination, impatience… elle était submergée de sensations.

— Et alors ?

— Alors on doit la retrouver avant les Kurjans. Elle ne pourra pas leur échapper éternellement. J'envoie tous nos hommes à sa recherche et je les rejoindrai dès demain.

Talen ouvrit la boîte mail secrète de Cara. Un message de fannyenfuite@yaddah.com l'y attendait.

« Salut sœurette, j'ai dû bouger. Je suis en sécurité, ne t'inquiète pas. Bisous à la petite miss. E »

Cara soupira. Emma disait qu'elle était en sécurité et elle n'avait d'autre choix que de la croire.

— Je n'y comprends rien, dit-elle à Talen. En quoi est-ce que les femmes qui ont des capacités spéciales sont si intéressantes ?

Jase toussa, comme s'il était surpris, et tous les yeux se tournèrent vers Talen. Ce dernier ouvrait la bouche pour répondre lorsque Kane réapparut à l'écran.

— Désolé de vous interrompre, mais on vient de décoder dix nouveaux fichiers, chacun avec un nom de femme. Il faut que vous voyiez ça.

Les genoux tremblants, Cara retourna à son siège.

— OK, je suis prête.

Les données récupérées dans les labos ennemis constituaient leur meilleure chance de mettre un terme à tout cela et de protéger sa sœur. Soudain, Talen la souleva de sa chaise.

— Tu retournes avec Janie, Cara, décida-t-il en se dirigeant vers la porte, le visage fermé.

— Pas question ! protesta-t-elle. Je peux vous être utile.

— Inutile que tu vois ces vidéos. Si on y trouve des infos sur ta sœur ou de nouvelles données génétiques, je te promets que je viendrai te chercher.

Ils étaient déjà dans le couloir et Cara tenta de se débattre, mais elle était impuissante face à la musculature de Talen.

— Ne discute pas, compagne, assena-t-il d'une voix sans appel.

Cara poussa un soupir irrité.

— Et si jamais les Kurjans la trouvent avant vous ? s'inquiéta-t-elle.

— Dans ce cas, on s'en occupera, répondit-il en l'embrassant sur le front. Mais, vu qu'elle a réussi à échapper à tout le monde depuis le début, elle n'a rien à craindre, à mon avis.

Si quelqu'un pouvait s'en sortir seule, en effet, c'était bien sa grande sœur. Elle réfléchit un instant dans le silence du couloir, troublé uniquement par l'écho des pas de Talen sur le sol.

— Talen, est-ce que Dage peut lire dans les pensées ?

Son mari soupira.

— Oui, mais il nous a promis de ne pas le faire avec nous. La plupart du temps, il tient parole.

— Mouais. (Elle allait devoir apprendre à le bloquer. Une autre pensée lui vint.) Combien y a-t-il de compagnes de vampires ?

— Aucune idée. Nous sommes répartis sur toute la surface du globe et je n'ai jamais tenu ce genre de compte.

— Il ne doit quand même pas y en avoir tant que ça, s'entêta-t-elle. Je ne vois pas pourquoi les Kurjans feraient tant d'efforts sur leur virus rien que pour nous éliminer.

— Leurs motivations sont toujours incompréhensibles. (Il la posa devant la porte de leur chambre, qu'il ouvrit avec la paume.) Mais ils savent que nos compagnes sont tout pour nous. Si elles meurent, ça nous détruit.

Dans le salon, Janie, aux anges, était en train de terminer de peindre les ongles de Max en rose.

— Joli timing, dit le soldat en grimaçant.

— Tu peux disposer, si jamais tu veux aller te poudrer le nez.

— Très drôle.

Max se leva, tordit le nez de Janie et sortit. Talen lui emboîta le pas après avoir embrassé Cara sur la joue.

— Je reviens dès que possible.

Avec un soupir, la jeune femme se laissa tomber sur le canapé à côté de sa fille, qui la regardait de ses yeux bien trop adultes pour son âge.

— Tout va bien se passer, maman.

Cara se redressa et la regarda dans les yeux.

— Tu en es sûre ?

— Je te le promets, l'assura la petite en s'emparant de la télécommande. On va regarder mon dessin animé de poneys. Tu vas adorer.

Lorsque Talen revint, plusieurs heures plus tard, Cara était en train de mettre la dernière main à un plat de macaroni au gratin. La cuisine était minuscule, mais très bien équipée.

— Ça sent bon, déclara-t-il.

Elle se retourna et le regarda. Il avait le visage crispé et le regard dur. Une veine palpitait à son menton. La tension qu'elle sentait dans ses épaules la mettait mal à l'aise. Qu'avait-il bien pu voir sur ces vidéos ?

— C'était insoutenable ? demanda-t-elle en lui caressant la joue.

Il ferma un instant les paupières.

— Oui. Où est Janie ?

— Elle fait la sieste.

Il l'attira contre lui, lui effleura les lèvres, puis l'embrassa à pleine bouche en poussant un grognement. Cara réagit comme si elle ne l'avait pas vu depuis des jours. Elle passa les doigts dans ses cheveux tandis qu'il l'attrapait par les fesses pour la coller contre son érection. Lorsqu'il rompit enfin le baiser, ils étaient l'un comme l'autre à bout de souffle et la marque qu'elle portait sur la hanche la lançait. Elle le regarda dans les yeux et recula d'un pas, effrayée par la colère qui y transparaissait toujours, puis lui tourna le dos pour remuer ses pâtes.

— Qu'est-ce qu'il y a ?

— Le virus n'est pas conçu pour tuer.

— Ah bon ? Comment ça ?

— Sept des onze femmes se sont donné la mort pour échapper aux souffrances qu'il leur infligeait, expliqua-t-il en se laissant tomber sur une chaise. Les quatre autres ont survécu.

Cara s'installa en face de lui.

— Elles ont survécu à l'infection ? Je ne comprends pas.

— Le but du virus n'est pas de tuer nos compagnes, mais de transformer leur ADN pour qu'elles redeviennent humaines.

— Pourquoi ?

— Pour qu'elles puissent s'unir à un Kurjan.

Cara fronça les sourcils.

— Ils ont créé un virus de toutes pièces dans le seul but de vous voler vos compagnes ? s'exclama-t-elle avec un rire incrédule. Il n'y a pas assez de femmes sur Terre à leur goût ?

Talen ne répondit pas et attendit qu'elle comprenne.

— Mais oui, c'est bien, ça, murmura-t-elle, ébahie. Laisse-moi deviner. Seules celles qui possèdent ces capacités à la noix peuvent s'accoupler avec vous.

— Et porter nos enfants, précisa-t-il.

— Mon Dieu… nous sommes donc si rares que ça ?

La peur que Cara éprouvait pour Janie lui faisait oublier tout le reste.

— Encore plus que tu le penses.

Elle se leva et s'éloigna de la table.

— Tu le savais. Tu le savais quand tu t'es lié à moi.

— Je savais que tu étais *ma compagne.*

Une petite voix les fit sursauter.

— Maman ? demanda Janie en se frottant les yeux. J'ai faim.

Cara fusilla Talen du regard, puis la prit dans ses bras.

— Je t'ai préparé ton plat préféré, ma puce. Viens manger, dit-elle en l'installant à sa place.

— Cette discussion n'est pas terminée, femme, grogna Talen en sortant son téléphone pour lire le texto qui venait d'arriver. Il faut que j'y aille. On vient de trouver l'adresse d'un autre labo dans le sud de la Californie et on doit l'attaquer cette nuit.

Il passa la main dans ses cheveux et baissa la tête pour un baiser éclair.

— Et Emma ?

Il fit « non » de la tête.

— Le labo n'est qu'un centre de recherche, mais on devrait y trouver de nouvelles infos. J'ouvre l'œil, Cara.

— Il faut vraiment que tu y ailles ?

Elle se sentait plus en sécurité lorsqu'il était là, sans compter qu'elle voulait aller au terme de cette dispute, pour voir où cela les mènerait.

— Oui. Je suis le chef de la sécurité du Royaume.

Elle le regarda, surprise.

— On sait si peu de choses l'un sur l'autre, Talen.

— Nous avons des siècles devant nous pour faire connaissance.

Il déposa un baiser d'adieu sur le front de Janie et sortit. Cara et elles passèrent le reste de la soirée à jouer aux cartes, mais, une fois au lit, la jeune femme eut beaucoup de mal à s'endormir. Lorsqu'elle céda enfin au sommeil, ce fut pour plonger dans des cauchemars peuplés de monstres pâles aux dents rouge sang, riant aux éclats tout en l'enterrant dans un cercueil de granit.

Chapitre 23

Elle s'éveilla en sursaut et sentit le bras musclé de Talen l'attirer contre lui.

— Rendors-toi, il est encore très tôt, lui murmura-t-il.

Elle se fondit dans sa chaleur et son rythme cardiaque redescendit peu à peu.

— Vous avez attaqué le labo ?

— Oui, on épluchera les données tout à l'heure, mais, en gros, c'était les mêmes informations qu'au labo de Virginie-Occidentale.

— Aucune femme ?

— Non.

Talen expira à fond et elle sentit son corps se détendre pour entrer dans le sommeil. Bien au chaud contre lui, elle se rendormit dans des rêves, agréables cette fois-ci.

Au matin, elle se réveilla seule dans l'immense lit bleu et aperçut un grand panier rempli de vêtements. Ses vêtements. Elle était touchée que Talen ait pris la peine de les faire venir, mais ses doutes se ravivèrent aussitôt. Elle se disait que, sans l'étrange gène dont elle avait hérité, jamais il ne l'aurait épousée. C'était ce gène qui lui procurait ses dons, mais aussi la possibilité de donner naissance à un petit vampire. Il était tout à fait envisageable qu'il ne se soit uni à elle que par devoir envers les siens.

Elle prit une douche pour se changer les idées, s'habilla et sortit dans le couloir. Guidée par un bruit de conversation, elle se rendit à la cuisine, où Talen et Janie étaient attablés devant des œufs brouillés, en pleine discussion sur les couleurs de l'arc-en-ciel.

— Mais non, protesta Talen avec un grand sourire. Le jaune doré, il n'y a rien de mieux.

Janie secoua la tête, dépitée.

— Les grands, ça voit rien.

Cara remarqua alors que ses cheveux étaient parfaitement tressés.

— Qui t'a coiffé ?

Janie adressa un sourire d'extase à Talen, qui se rengorgea.

— Lui. (Elle se mit à bondir sur sa chaise.) Tu sais quoi ? On va aller visiter notre nouvelle maison !

Cara fronça les sourcils.

— Il n'y a aucun risque ?

— Non, répondit Talen. Je fais surveiller les alentours et même si les Kurjans connaissaient son emplacement, ce qui n'est pas le cas, ils n'auraient pas le temps d'organiser une attaque. On leur a fait trop mal ces derniers jours et, pour l'instant, ils se focalisent sur leur défense.

Cara passa la main dans les cheveux de Janie et s'assit.

— Et mes affaires ? demanda la petite entre deux bouchées.

— Tu peux prendre tes vêtements et tes poupées, Janie. J'ai déjà tout le reste en double à la maison.

— Double de quoi ?

— De tout. Tu auras le même lit, la même maison de poupée et le même tapis que dans ta chambre.

— Chouette !

Le téléphone de Talen vibra et il le sortit pour lire le texto qui venait d'arriver.

— Nos alliés ont attaqué un labo en Europe de l'Est. Ils n'ont trouvé aucune compagne, mais plein de données.

(Il se tourna vers Cara.) Je passe voir Dage pendant que tu aides Janie à préparer ses affaires. On part dans une heure.

L'expression de son visage disait clairement qu'il n'avait pas oublié leur discussion de la veille. Cara grimaça en prévision de ce qui l'attendait. Renonçant à son petit déjeuner, elle emmena Janie dans sa chambre pour qu'elles commencent à tout empiler dans la myriade de paniers à linge que Max leur avait apportée. Elles venaient juste de terminer lorsque Talen revint, accompagné de plusieurs soldats chargés du déménagement. Mais, alors qu'ils passaient devant la salle de contrôle, Janie s'arrêta net.

— Attends, j'ai oublié le dessin de tonton Dage.

— On a pris tous les dessins qui étaient dans ta chambre, ma puce, répondit Cara.

— Mais il est dans la sienne, maman. Il me l'a promis. Il a dessiné un poney rose et il a dit que je pouvais l'emmener. Allez, s'il te plaît!

Cara, exaspérée, se tourna vers Talen, mais ce dernier, avec un petit rire, les entraîna un peu plus loin et ouvrit une imposante porte en granit. Ils entrèrent dans une pièce similaire à leur chambre. La table était encombrée de papiers et de deux ordinateurs portables, mais aussi de canettes de boisson énergétique vides.

Janie se précipita sur un bloc à dessin noyé dans le fouillis. Sur la première feuille, un mignon poney rose leur souriait. Janie le souleva par un coin, révélant la feuille suivante, puis s'arrêta en voyant l'expression de sa mère. Cara lui prit le bloc des mains et tourna la page pour découvrir un portrait au fusain d'un visage qu'elle connaissait presque aussi bien que le sien. Elle fit défiler les pages, chacune comportant sa sœur avec une expression différente. Dage avait rendu à la perfection les yeux en amande d'Emma, son nez retroussé, jusqu'à la minuscule fossette à droite de sa bouche généreuse.

Sur le dernier portrait, ses cheveux étaient relevés et dans ses yeux noirs brillait une expression que Cara ne lui avait jamais vue.

Elle sursauta en entendant Dage entrer. Il avait les yeux braqués sur elle et Talen se plaça à son côté.

— Je ne comprends pas. Qu'est-ce que tu fais avec tous ces portraits de ma sœur ? Pourquoi, Dage ? insista-t-elle, de plus en plus agacée en voyant qu'il ne répondait pas, prête à tout pour protéger Emma.

— Je rêve de cette femme depuis deux cents ans, Cara, expliqua-t-il avec un sourire.

Cela la laissa sans voix.

— Oh… Euh… Dage, Emma n'est pas, enfin, je veux dire, elle n'est pas vraiment…

Elle ne savait pas encore grand-chose sur lui mais elle connaissait sa grande sœur par cœur. Jamais elle n'accepterait de se soumettre à un mâle alpha, dont Dage semblait être l'archétype.

— Ne t'en fais pas pour ça, petite Cara, répondit-il avec suffisance. Le destin sait ce qu'il fait. Je ne ferai aucun mal à ta sœur.

— Ce n'est pas pour elle que je m'inquiétais.

— Humph, grogna-t-il avant de les congédier d'un geste majestueux.

Après deux heures de route à bord d'un Hummer noir blindé, ils arrivèrent à l'immense ranch, au bord du Great Bear Lake. Ils franchirent le portail et Cara remarqua les innombrables caméras de surveillance installées dans les branches des pins, le long de l'allée menant à une vaste maison en bois entourée d'un porche. La porte verte était en acier et, malgré son aspect champêtre, semblait capable de résister à une explosion nucléaire.

Elle sortit de la voiture, frappée par le calme et le silence que seul troublait le chant des oiseaux. Pour la première fois de sa vie, elle se sentait chez elle. Elle poussa un cri de surprise lorsque Talen la souleva du sol. Il monta sur le porche, ouvrit la porte d'un coup de pied et lui fit franchir le seuil. L'entrée était dallée de granit et il l'emmena droit au salon, où il la déposa avant d'aller chercher Janie, qui arriva bientôt en gloussant de rire dans ses bras.

— Waouh ! s'extasia Cara, émerveillée par la gigantesque baie vitrée qui donnait sur le lac, encadré par la forêt et les montagnes.

Sans se soucier de la magnifique cheminée en pierre, des canapés noirs ou des superbes tableaux qui ornaient les murs, elle s'approcha de la fenêtre pour s'enivrer du paysage. Lorsqu'elle se retourna enfin, Talen la regardait, impénétrable.

— C'est magnifique, murmura-t-elle, comme si elle avait peur de briser le silence.

— Je sais, acquiesça-t-il, le sapin en pot dans les mains.

— Où est ma chambre ? demanda Janie, rompant cette ambiance romantique.

Talen posa la plante à côté de la porte et lui tendit la main. Janie courut à lui et Cara les suivit dans le couloir menant à une jolie chambre toute rose. Le lit, la commode et la maison de poupée étaient bien les mêmes qu'au repaire souterrain. Talen y avait ajouté un bureau de bois blanc. Une porte menait au dressing et une autre à la salle de bains.

— Génial, souffla Janie avant de se précipiter sur le lit et de bondir comme sur un trampoline.

Des photos de Cara, d'Emma et de Janie étaient posées sur la commode. La jeune femme, émue, se tourna vers Talen.

— Ce sont les photos de notre maison du Massachusetts.

— Et le garage déborde de cartons qui ne demandent qu'à être déballés.

— Tu as tout fait venir ?

— Tu me remercieras comme il se doit plus tard, dit-il en souriant.

Ouais, on verra, pensa-t-elle. Talen leur fit visiter le reste de la maison. La cuisine, immense, avait des plans de travail en granit noir, des placards en merisier et un équipement de grand luxe. L'îlot central était un véritable rêve pour un cordon-bleu comme elle.

Tandis que Talen disparaissait dans son bureau, appelé par le devoir, Cara et Janie défirent leurs cartons. La jeune femme ne savait sur quel pied danser. D'un côté, elle mourait d'envie d'avoir un enfant avec son époux, mais, de l'autre, elle ne pouvait s'empêcher de penser que son mariage était arrangé. Elle avait le gène qu'il recherchait et elle s'était trouvée au bon endroit au bon moment. Ou au mauvais, selon le point de vue. Ce n'était pas comme s'il lui avait déclaré un amour éternel. Au contraire, jusqu'ici, il ne l'avait traitée que comme un objet. Un objet précieux, certes, mais le rêve de Cara avait toujours été de mener une vie paisible, douce et solitaire.

Talen n'avait rien de doux ou de paisible et les sentiments qu'il lui inspirait n'étaient pas vraiment compatibles avec la solitude.

Après le dîner, Talen mit Janie au lit pendant que Cara rangeait son placard. Elle venait juste de mettre de l'ordre dans ses chaussures lorsque Talen tira son pistolet de calibre neuf millimètres du tiroir ouvert de sa table de nuit.

— Tu sais tirer ? demanda-t-il en vérifiant que le chargeur était bien vide.

— Euh... non. C'est Emma qui me l'a donné à l'époque où il y avait des cambriolages dans mon quartier.

— Il n'est pas chargé.

— Non, les balles me mettaient mal à l'aise, mais j'ai promis à Emma de le garder, donc…

— Je t'apprendrai à t'en servir, Cara.

Il rangea l'arme à sa place et sortit un livre écorné du tiroir, à la grande gêne de Cara.

— Lora Leigh ? dit-il en parcourant le résumé des yeux avant de poser son regard brûlant sur elle. Eh bien, Cara… saine lecture.

— Ce n'est qu'un livre. Rien de bien important, et rien qui te regarde, d'ailleurs, déclara-t-elle, les joues toujours aussi rouges.

Tout le monde lisait des ouvrages érotiques de temps en temps, non ? Elle s'en voulait toutefois de ne pas avoir mis le livre à la poubelle après l'avoir sorti du carton.

— C'est toi qui le dis, répliqua-t-il d'une voix de plus en plus rauque. Tu as déjà été fessée, mon ange ?

Estomaquée par cette proposition, elle sentit ses fesses se crisper.

— Euh… non, balbutia-t-elle. Ce n'est qu'un livre, Talen. Rien de plus.

— Je ne crois pas, insista le vampire, dont la voix ne cessait de gagner en puissance masculine. À mon avis, ça te plairait.

Sans la lâcher des yeux, il reposa le livre et ferma le tiroir. Cara recula d'un pas, mais se retint de battre davantage en retraite pour ne pas donner l'impression de céder à la peur. Dans un silence de plus en plus lourd, ils se regardèrent, chacun d'un côté du lit. Cara se sentait comme hypnotisée par son mari.

— File.

Cara poussa un petit cri et obéit. Elle s'enfuit dans le couloir, traversa le salon et entra dans la salle à manger.

Elle devinait plus qu'elle ne l'entendait le prédateur sur ses talons et s'arrêta au bout de la table en merisier.

— Arrête, Talen, dit-elle, à bout de souffle, la main levée devant elle. (Il haussa un sourcil, immobile, d'un calme trompeur.) On risque de casser quelque chose. (Avec un rire nerveux, elle chercha désespérément un moyen de s'échapper, mais elle était coincée.) Allez, on arrête ce jeu idiot et on va regarder un film, d'accord ?

— Mais, Cara, dit-il d'une voix douce en se rapprochant d'elle par la gauche, j'ai envie de jouer.

Il s'arrêta et elle se déplaça pour garder la table entre eux. Même lorsqu'il était joueur, Talen faisait peur.

— C'est ça, comme un lion qui joue avec une gazelle.

Un lent sourire se dessina sur le visage du vampire et Cara comprit qu'elle aurait mieux fait de se taire. Son cœur commença à tambouriner à l'idée de ce qu'il lui ferait s'il l'attrapait.

— On dirait que tu es coincée, petite gazelle, continua-t-il en faisant un nouveau pas sur la gauche. Et maintenant je vais te manger.

Il effectua un bond prodigieux. Cara poussa un cri de panique et se précipita dans la direction opposée, n'évitant que de très peu son bras tendu. Elle sortit en trombe de la salle à manger, mais le petit rire de Talen lui disait que, si elle était encore libre, c'était uniquement parce qu'il le voulait bien. Seule la peur de réveiller Janie la retenait de crier.

Elle traversa le hall, dont les dalles étaient glaciales sous ses pieds nus, et se réfugia dans la cuisine. Elle fit le tour de l'îlot central et recula jusqu'au plan de travail, les yeux braqués sur la porte. Dans son affolement, elle renversa d'un coup de coude un panier rempli de pommes rouges et en lança une sur Talen. Elle le toucha en plein milieu du torse et il intercepta la deuxième à quelques centimètres de son nez.

— Si j'étais toi, j'arrêterais tout de suite.

Cara, qui s'apprêtait déjà à lui lancer un troisième projectile, arrêta son geste, haletante. Il s'approcha d'elle à la manière d'un prédateur, comme il l'avait fait dans la cuisine de Jordan, et elle ne put retenir un petit gémissement apeuré.

Avec un petit sourire cruel, il fit le tour de l'îlot. Cara, figée, éprouvait un curieux mélange de peur, de désir et de joie enfantine. Une fois devant elle, Talen lui prit la pomme des mains et, d'un doigt, la força à lever le menton.

— Quelle tentation. (Sa voix rocailleuse était à elle seule un appel au péché.) Adam n'avait aucune chance.

Il lui caressa la joue avec la pomme, puis se pencha jusqu'à ses lèvres. Cara se laissa fondre en son baiser, le corps tendu par le désir. Il la souleva pour la poser sur le plan de travail en granit, releva sa jupe et lui écarta les cuisses. Elle se sentait frêle et féminine face à ce mâle si puissant. Et très excitée, elle devait bien l'admettre.

Il lui avait dit de s'enfuir, l'avait pourchassée dans toute la maison pendant qu'elle gloussait comme une collégienne. Sans réfléchir, elle plongea les doigts entre ses côtes.

— Hé, arrête ça! protesta-t-il en lui attrapant les bras.

Hein? J'y crois pas! Elle insista et appuya encore plus fort.

— Arrête! répéta-t-il, hilare, avant de lui immobiliser les mains.

Elle sourit.

— Je ne me serais jamais douté que les vampires étaient chatouilleux, Talen. Surtout pas un gros dur comme toi.

C'était vraiment trop mignon. Le sourire qu'il lui adressa acheva de la faire chavirer.

— Hmm, voyons ça.

Il la lâcha et commença à lui chatouiller la taille. Cara poussa un cri à réveiller les morts. Par chance, Janie avait le sommeil très lourd.

— Non, non, noooon ! supplia-t-elle.

Riant aux éclats, elle se débattit et lui rendit la pareille. Talen lui passa la main dans les cheveux et lui inclina rudement la tête sur le côté avant de poser la bouche sur son cou exposé. Ses lèvres glissèrent jusqu'à son oreille, bifurquèrent vers sa joue puis redescendirent le long de son cou jusqu'au creux de son épaule, qu'il mordilla. La marque sur la hanche de la jeune femme brûlait de désir.

— Et si on faisait une trêve ? suggéra-t-il.

Cette proposition était très tentante. Elle se soucierait de son cœur plus tard. Désirer cet homme était une chose, mais développer une véritable affection pour lui en était une autre. Malgré le danger qu'il représentait, la bouffée d'air frais qu'il apportait à son existence était irrésistible. Il la mordilla une nouvelle fois, comme pour lui rappeler qu'avec lui le plaisir n'était jamais sans risque.

Cara serra les genoux contre ses hanches et colla son entrejambe en feu à son érection. Talen l'attira encore plus contre lui et continua d'explorer son corps. Avec un murmure de satisfaction, il arriva à son décolleté, dans lequel il inséra un doigt pour exposer au grand air un téton durci qu'il se mit aussitôt à suçoter, les yeux fermés.

Le plaisir de Talen alimentait celui de Cara. Elle s'ouvrit aux sensations qui bouillonnaient en lui. Être une empathe avait peut-être des bons côtés, après tout. Elle ferma les yeux et s'adossa au placard tandis qu'il s'acharnait sur son sein, puis gémit et le prit par les cheveux pour l'attirer contre elle. Son corps réclamait à grands cris qu'il lui accorde ce qu'il désirait. Son cœur, sourd à la raison, avait momentanément pris le dessus.

Talen leva la tête, l'embrassa à pleine bouche, puis déchira son tee-shirt en deux.

— Je t'en achèterai un autre, promit-il avant de se jeter sur son autre sein.

Entre la force de sa succion et la pression de son érection sur sa culotte trempée, Cara se laissa entraîner dans la spirale d'un premier orgasme. Elle enfouit la tête dans son cou pour ne pas crier. Les vagues se succédaient en elle et elle devait mobiliser tous ses muscles pour ne pas faire de bruit. Talen la laissa se calmer avec des petits baisers sous les seins. Elle avait laissé les doigts dans ses cheveux, mais ils n'avaient plus aucune force. Elle finit par cesser de trembler et Talen repartit à l'assaut de sa bouche, les mains jointes autour de sa taille. Instinctivement, elle enroula les jambes autour de ses hanches et s'agrippa à son cou, et Talen la souleva pour l'emporter hors de la cuisine.

Ils traversèrent la maison vide et Talen l'emporta jusqu'à leur chambre, où il la déposa sur le lit avant de se dévêtir en hâte. Dominée par le désir, Cara se régalait de son corps nu de guerrier, des muscles saillants et de la force écrasante de ce mâle non humain. Il posa la main entre ses seins et la poussa sur le dos.

— À mon tour de manger, petite gazelle, murmura-t-il, fasciné par la dentelle de sa petite culotte.

Il s'agenouilla et la rapprocha du rebord du lit. Cara sentait son souffle chaud à travers le tissu humide. Il saisit l'élastique avec les dents et tira, mais, voyant que cela ne fonctionnait pas, il poussa un grognement de bête et arracha le sous-vêtement avec les doigts.

— Je t'en achèterai une autre, répéta-t-il avant de baisser la tête vers sa nudité.

Cara se cambra et poussa un petit cri. Elle perdit pied avec la réalité, noyée dans les sensations.

— Tu as un délicieux petit goût d'épice, déclara Talen.

Elle crispa les cuisses, frissonnant sous la vibration de sa voix. Talen la lécha d'un bout à l'autre et inséra un doigt en elle, puis deux, lui écartant encore davantage les jambes.

— Tu es vraiment succulente, Cara.

Il poussa un petit grognement et se mit à la mordiller. Elle ne tarda pas à succomber à un nouvel orgasme. Les doigts crispés sur les draps, elle le laissa la ravager, ce qui prolongeait les vagues successives de plaisir, jusqu'à ce qu'elle s'écroule avec un soupir de soulagement.

Mais aussitôt elle explosa de nouveau. Il venait de lui percer la cuisse avec les dents.

Talen embrassa la morsure, puis rampa le long de son corps pour porter son érection au niveau du vagin de la jeune femme. Il l'embrassa avec autorité, en un long baiser, sombre et dominateur. Cara sentit son propre goût sur la langue de Talen. D'un vigoureux coup de reins, il la pénétra à fond, étouffant son cri avec ses lèvres.

Il entama un mouvement puissant, la main dans ses cheveux. Même si elle l'avait voulu, elle n'aurait pas pu lutter contre les réactions qu'il faisait naître en elle. Pourquoi l'aurait-elle souhaité, d'ailleurs ? Mais toutes ces questions seraient pour plus tard. Elle gémit en le sentant accélérer la cadence. La friction créait de merveilleuses explosions en elle. Elle lui ouvrait son esprit et son cœur autant qu'elle le pouvait. L'énergie puissante qu'il générait l'enveloppa, prenant le contrôle de ses nerfs, révélant des émotions inédites. Cara n'était pas sûre qu'il s'agissait des siennes, d'ailleurs. Peut-être était-ce celles de Talen.

Ils explosèrent en même temps. Laquelle des deux jouissances lui fit-elle voir des étoiles ? Probablement la combinaison des deux.

Chapitre 24

Talen, réveillé par la sonnerie stridente du téléphone se dressa en sursaut. Le soleil commençait à peine à se lever. Il décrocha et alluma la lumière.

— Quoi ? Quand ça ? (Il attira Cara contre lui et la jeune femme écarquilla les yeux.) Elle ne peut pas venir, Jordan. … Je sais… bon, d'accord. On se retrouve dans une demi-heure.

— C'est à propos d'Emma ? murmura Cara, terrorisée.

— Non. Les Kurjans ont enlevé Katie.

— Katie ? Non ! Pourquoi ?

Talen haussa les épaules et se leva.

— J'en sais rien. Il y a plein de raisons possibles. Jordan a suivi leurs traces jusque dans l'est de l'Oregon. Il pense savoir où ils l'enferment, dit-il en commençant à s'habiller.

— Mais pourquoi il veut que je vienne ?

— Peu importe.

— Je ne suis pas d'accord, répliqua-t-elle en se levant à son tour.

Elle enfilait ses vêtements, déterminée, et Talen la regarda attentivement.

— Elle se trouve dans une grande clinique privée, mais Jordan ne sait pas où exactement. Il pense que, si tu t'en approches suffisamment, tu pourras la localiser.

— C'est probable.

— Pas question.

— Talen, il faudrait savoir. Tu me pousses à accepter mes capacités mais, pour une fois que je peux m'en servir, tu refuses. Et là, en plus, c'est pour aider une amie, argumenta-t-elle d'une voix dont le calme l'épatait elle-même. Tu ne l'as pas vue se battre pour me protéger quand Lorcan m'a attaquée, ou se transformer en puma lors de la tentative d'enlèvement, alors qu'elle savait très bien qu'en faisant cela elle mettrait les Kurjans au courant de son existence. Je lui dois bien ça.

Talen poussa un grognement et sortit de la chambre. Cara avait raison et cela lui déplaisait. En effet, comment pouvait-il refuser, même si son instinct lui ordonnait de l'enfermer dans le placard jusqu'à son retour ? Jamais il n'avait envisagé ce genre de problème avant de se mettre en couple.

Il soupira. Elle était bien plus qu'une simple compagne. Elle lui appartenait. Cette petite scientifique à la langue bien pendue tenait son cœur entre ses mains. Il entra dans son bureau et décrocha son téléphone pour distribuer ses ordres. Sa compagne lui résistait peut-être encore, mais le reste du Royaume avait intérêt à lui obéir au doigt et à l'œil.

Au moment où il raccrochait, Cara entra, vêtue d'un jean délavé et d'un pull bleu marine qui soulignait ses seins fermes et ses épaules menues. Ses joues étaient pâles, mais son visage arborait un masque déterminé. Ses yeux bleus comme un ciel de fin d'après-midi lui envoyaient des étincelles et sans Janie, qui trottinait derrière elle, Talen l'aurait prise à même le tapis. Le ventre noué, il comprit que, s'il était en colère, ce n'était que contre lui-même. Il l'aimait.

Janie, les cheveux noués par de mignons rubans roses, lui sourit, et son cœur chavira. Bon sang ! elles étaient toute sa vie. Il n'avait qu'un désir : les protéger. La marque sur sa main irradiait de chaleur. Cara ouvrit la bouche. Pour protester, probablement. Il leva la main pour l'interrompre.

— Jordan passe nous prendre dans un quart d'heure. On déposera Janie au QG et on prendra des renforts au passage avant de partir pour l'Oregon.

— « On » ? répéta Cara, pleine d'espoir.

Talen inspira à fond pour contenir son instinct de protection.

— Oui. Tu avais raison. Puisque tu as des capacités, autant les utiliser. (Il continua d'une voix plus grave et lui envoya une vague émotionnelle, la mettant au défi de la bloquer.) Mais mets-toi bien ça dans la tête, compagne : tu m'obéis. Tu restes à l'abri tant que la clinique n'est pas sécurisée et si je te donne un ordre tu obtempères sans discuter.

Si elle faisait seulement mine de rechigner, elle resterait là.

— Promis, répondit-elle d'une voix plus sexy que jamais.

Talen secoua la tête, de plus en plus mal à l'aise. Son instinct lui disait de tenir sa compagne à l'écart des raids contre les Kurjans, et même à l'écart du moindre danger tout court. Le bruit d'un hélicoptère au loin le tira de ses réflexions.

— Voilà Jordan.

Cara prit la main de Janie et ils sortirent sur le porche pour voir l'appareil se poser.

— Baissez la tête ! cria Talen.

Ils traversèrent la pelouse en courant et montèrent dans la cabine. Jordan les salua d'un signe de tête et redécolla aussitôt.

La salle informatique au matériel ultramoderne, cachée dans les entrailles du QG des Kayrs, laissait Cara sans voix.

Les données ne cessaient de défiler sur les écrans en textes multicolores. La scène lui rappelait un film de science-fiction qu'elle avait vu dans son adolescence.

Les frères Kayrs et les quatre gigantesques métamorphes étaient en train d'étudier un hologramme de la clinique, située dans le centre de Portland.

— L'objectif principal est simple : libérer Katie et tout autre prisonnier éventuel, en accord avec la directive opérationnelle numéro vingt-cinq.

— Vous pensez qu'on en trouvera d'autres ? demanda Jordan en glissant un couteau dans son gilet pare-balles.

— C'est possible, répondit Talen. Objectif secondaire : récupérer tous les dossiers et les ordinateurs que vous trouverez. Et, enfin, tuer le plus de Kurjans possible. (Il secoua la tête.) Ils ne se cachent plus vraiment et ça m'inquiète. Un hôpital, vous vous rendez compte ? On va devoir modifier nos stratégies et nos modes d'entraînement.

Cara se figea, frappée par une suspicion impromptue. Comment Jordan avait-il réussi à localiser Katie ? *Oh non… il n'a quand même pas osé ?*

— Quand est-ce que tu as posé la balise sur Katie, Jordan ?

Il la regarda, l'air innocent.

— Quelle balise ?

Jase ricana et Talen se racla la gorge avant de revenir au sujet principal.

— Selon nos infos, le bâtiment est assez récent, ce qui veut dire qu'il ne doit pas encore être entièrement sécurisé. Mais, comme ils se doutent de notre arrivée, inutile de finasser : on va y aller en force. On arrive avec les deux Black Hawk en même temps et on frappe vite et fort.

Une fois le briefing terminé, ils entrèrent dans une pièce sécurisée où étaient stockées toutes les armes imaginables : fusils, pistolets, épées, couteaux, canons, bazookas…

— Waouh ! murmura Cara devant cet arsenal.

Mais Talen n'était pas d'humeur à plaisanter. Il l'équipa d'un gilet pare-balles noir.

— Il est efficace ? demanda-t-elle.

Le visage de Janie lui apparut alors et elle ressentit un mélange de peur et de culpabilité. La petite avait besoin de sa mère.

— Oui. Il te protégera de tous les projectiles, même des nôtres, répondit-il en en enfilant une semblable. Tu es bien sûre de vouloir y aller ?

Elle l'était moins que jamais, mais Katie avait besoin d'elle.

— Oui.

Résigné, Talen s'éloigna pour les derniers préparatifs. En tant que chef de la sécurité du Royaume, il était ici chez lui. Le gilet pare-balles mettait en valeur son large torse et ses bras musclés. Il avait rassemblé ses cheveux en une queue-de-cheval et, le visage concentré, il vérifiait le bon fonctionnement de chaque arme avant de la tendre à l'un de ses hommes. L'éclat de ses yeux dorés avait de quoi faire peur. Ils exhalaient le danger, mais aussi l'intelligence et la puissance brute. Cara avait été impressionnée par le brio avec lequel il avait planifié l'opération. Et excitée, également, à son grand dam.

Elle s'adossa au mur et se réfugia dans ses pensées. Dage, Conn et Jase se préparaient dans le calme, s'aidant mutuellement. Elle reconnaissait les trois hommes qui accompagnaient Jordan, car elle les avait rencontrés lors de son séjour au ranch. Les trois frères, Mac, Noah et Baye, étaient ses meilleurs hommes de main. Ils avaient d'ailleurs le physique de l'emploi : grands et musclés, avec des tignasses blondes rayées d'une myriade de couleurs plus sombres. Si elle n'avait pas su qu'ils étaient des pumas, cela l'aurait intriguée.

Mac lui décocha un clin d'œil et lui fit signe de vérifier le bon fonctionnement de son oreillette. Cara obtempéra en se disant qu'elle était la seule personne dans la pièce sous le mètre quatre-vingt-dix. Et aussi la seule femme au milieu de cette overdose de testostérone.

— Prends ça et tire sur tous ceux que tu ne reconnais pas, dit Talen. (Sa voix la sortit de sa rêverie. Il accrocha un pistolet vert à son gilet pare-balles et lui donna un pull noir à enfiler par-dessus.) Il est très facile à utiliser. Tu t'en es déjà servie, d'ailleurs.

— Ne t'en fais pas pour moi, Talen, le rassura-t-elle en lui caressant le bras. Je vais très bien m'en sortir.

— Tu as intérêt, compagne.

Il l'embrassa sur la bouche puis la prit par la main pour la guider dans le dédale de couloirs jusqu'à l'ascenseur. Une fois dehors, Jordan et ses hommes montèrent dans le premier hélicoptère et Cara dans le second avec les frères Kayrs.

— Cara, j'espère que tu n'as pas le mal de l'air, lui dit Dage, qui s'était installé aux commandes.

— Je ne crois pas, répondit-elle, inquiète.

— On va vite le savoir, plaisanta Jase.

— On va voler au ras du sol pour échapper aux radars, lui expliqua Talen. Le vol risque d'être très agité. Tu es vraiment sûre que tu ne veux pas rester là ?

Sa voix de velours lui allait droit à l'âme. Comment diable faisait-il cela ? Elle fit un signe négatif de la tête et Dage décolla à une vitesse qu'elle n'aurait jamais crue possible. Le monde se mit à défiler sous l'hélico, dans un camaïeu flou de vert et de marron. La sensation était si exaltante que Cara avait envie de rire. De toute évidence, elle n'était pas sujette au mal de l'air. Même lorsque les patins de l'appareil accrochaient les hautes branches, elle ne ressentait aucune peur. Jase la regardait, amusé par sa réaction, mais Talen gardait les yeux rivés sur les nuages, concentré sur la bataille à venir.

L'atterrissage fut aussi rapide qu'inattendu. Dage posa le Black Hawk sur le toit de la clinique. Les Kurjans s'attendaient probablement à un assaut terrestre. Cara sauta de l'hélico, encadrée par Jase et Talen. Elle se retourna et vit leurs six camarades sauter de l'autre appareil en se laissant glisser le long de cordes. Quelques secondes plus tard, une grosse explosion retentit.

— À l'attaque ! cria Jase.

Talen tira Cara contre lui pour la protéger. Une seconde explosion fit trembler le sol et ils suivirent Jase dans le bâtiment empli de fumée, enjambant les restes de la porte métallique. Deux Kurjans apparurent et pointèrent leur arme droit sur elle. Cara poussa un cri de terreur, mais, une fraction de seconde plus tard, ils se figèrent. Ils essayaient encore d'avancer mais semblaient pris dans du béton.

Des gouttes de sueur apparurent sur la lèvre de Talen.

— Ils sont expérimentés et bien entraînés, siffla-t-il à Jase avant de rejeter la tête en arrière en grimaçant.

— Qu'est-ce que tu as ? demanda Cara.

Il ne répondit pas. Jase tira deux coups de feu, puis Talen et lui tranchèrent la tête de leurs adversaires.

— Viens, grogna le vampire en l'entraînant dans l'escalier. (Ils dévalèrent les étages jusqu'au rez-de-chaussée, puis il se tourna vers elle.) Ferme les yeux. Est-ce que tu sens où est Katie ?

Cara obéit, le cœur battant. *Mon Dieu, faites que ça marche !* Dépitée de ne rien percevoir, elle ferma les yeux et se concentra sur le visage de son amie, sur son sourire espiègle. Un petit frisson la parcourut. Elle redoubla d'efforts puis rouvrit les yeux.

— Elle est là. Elle est très en colère et elle fait de son mieux pour ne pas avoir peur.

— Elle est où ? demanda Jase dans son oreillette.

Cara se tourna vers Talen, inquiète.

— J'en sais rien. C'est très flou. (Elle ferma de nouveau les yeux.) Comme s'il y avait un gros voile entre nous.

— Elle est au sous-sol, marmonna Talen.

— Le troisième étage est sécurisé, annonça Mac. C'est bien une clinique et on vient de foutre une trouille bleue aux patients. On a coupé les communications pour qu'ils ne puissent pas appeler de renforts.

— Statut ? demanda Talen tout en posant la main sur la porte métallique, les yeux fermés.

— Deuxième étage sécurisé, répondit Conn. Des infirmières et des patients, aucun Kurjan.

Baye et Noah répondirent la même chose pour le premier étage et le rez-de-chaussée.

— On a trouvé l'entrée du sous-sol dans un placard, annonça Dage. Je descends avec Jordan.

— Attends, intervint alors Cara, qui entendait de nouveaux murmures dans sa tête. Elle n'est pas seule. Il y a quelqu'un avec elle, une autre femme. Blessée.

— Une autre prisonnière ? demanda Talen.

— Je ne sais pas. Je ne perçois rien, j'ai l'impression qu'elle n'a aucune substance, expliqua-t-elle, glacée d'effroi. Je sens aussi une ombre, comme si elle était enveloppée dans une présence maléfique.

— Je la devine aussi. Il y a cinq Kurjans en bas. (Il se tourna vers Jase.) Gardez tous vos positions. Jase, Cara et moi, nous allons nous diriger vers l'entrée du sous-sol.

Quand je donnerai le signal, tout le monde évacue les lieux par le toit. (Il hocha la tête et Jase ouvrit la porte à toute volée.) Fais comme si de rien n'était, murmura-t-il à Cara.

Ils entrèrent dans une salle d'attente standard, où ils ne virent que Noah et une blonde d'une quarantaine d'années assise à la réception, le visage rouge d'émotion.

— Mon colonel, Mme Reed et moi avons sécurisé le rez-de-chaussée, déclara Noah d'une voix solennelle. Les portes sont verrouillées et les patients sont à l'abri.

— Excellent, commandant, répondit Talen avant de se tourner vers la réceptionniste. Votre pays vous remercie, madame.

Elle écarquilla les yeux sous son maquillage criard, sans voix, et rougit encore plus en voyant Jase apparaître.

— Il s'agissait probablement d'une fausse alerte, mais nous avons une dernière vérification à effectuer, reprit Talen. Commandant, restez aux côtés de Mme Reed, je vous prie.

Sur ces mots, il s'engagea dans le couloir, suivi de Cara et de Jase, pour s'arrêter devant le placard des agents d'entretien.

— Tu ne lui as pas dit que la nation lui devait une fière chandelle ? ironisa Conn dans l'oreillette.

— Ça aurait été un peu trop, non ?

Ils entrèrent et refermèrent la porte derrière eux. Dage et Jase étaient passés par un trou béant dans le mur. Ils s'engagèrent dans un escalier en ciment et arrivèrent dans un couloir, où deux Kurjans gisaient, décapités.

— C'est bon, dit Jordan dans l'oreillette. On en a tué cinq et je n'en perçois pas d'autre.

— Moi non plus, répondit Talen en avançant. On dirait qu'ils ne nous attendaient pas.

— Mais je suis sûr qu'ils ont eu le temps d'appeler à l'aide. Dans dix minutes, on risque d'avoir toute une armée sur le dos, dit Dage.

Au loin, un bruit de pas résonnait dans le couloir. Cara prenait bien soin de ne pas toucher les murs. Ses bottes soulevaient de la poussière à chaque pas et une odeur de moisi régnait dans l'air. Ils débouchèrent dans une pièce circulaire et virent quatre couloirs, chacun menant à une direction différente.

— C'est un vrai labyrinthe, commenta Jordan. On dirait que le labo est tout neuf et qu'ils viennent de l'abandonner. Elle est où, putain ?

Soudain, Dage et lui émergèrent de l'un des tunnels. Cara ferma les yeux et essaya de se détendre, visualisant le sourire de Katie, la voyant se transformer en puma. Elle se concentra au maximum, puis poussa un cri et s'engouffra en courant dans le tunnel le plus à gauche, Talen et Jordan sur les talons. Dans la poussière soulevée par leurs pas, ils passèrent devant plusieurs portes closes puis arrivèrent dans une autre pièce circulaire s'ouvrant sur de nouveaux tunnels. Cara s'arrêta et ferma les yeux.

— Par là.

Le nouveau tunnel était plus étroit que le précédent. Le halo blafard de lampes halogènes jetait des ombres étranges sur les murs. Elle s'arrêta devant une petite porte en pierre.

— Katie ? cria-t-elle en tambourinant dessus.

Elle sentait quelque chose vibrer de l'autre côté. Son amie était toute proche, cela ne faisait aucun doute.

Talen l'écarta et les deux hommes se jetèrent sur la porte pour l'enfoncer. Elle explosa dans un vacarme assourdissant. Il s'agissait d'une chambre double d'hôpital équipée de tout le matériel habituel. Les deux lits étaient occupés.

— Katie, grogna Jordan en se précipitant sur elle pour lui détacher les poignets et les chevilles. Tu vas bien ?

Il la prit par les épaules et la serra contre lui. Cara était submergée par l'émotion, mais aussi par la fureur et par le soulagement qui se lisait sur les traits du métamorphe. Elle dressa en hâte ses boucliers.

Katie, tremblante, se passa la main dans les cheveux et ajusta sa chemise d'hôpital.

— Oui. Ils m'ont fait une piqûre, mais je pense que ce n'était qu'un sédatif. (Elle sauta du lit, mais Jordan la prit aussitôt dans ses bras en la voyant vaciller.) Allez aider Maggie, dit-elle en sanglotant.

— Pourquoi tu ne t'es pas transformée ? la gourmanda Jordan.

— Au début parce que je ne pouvais pas, et ensuite parce que je ne voulais pas blesser Maggie.

Cara s'approcha du second lit. Baignée dans une odeur d'amidon, une femme menue à l'épaisse chevelure noire la regardait, les yeux écarquillés de terreur. Cara lui parla d'une voix aussi douce que possible pour essayer de la rassurer et commença à détacher les sangles en cuir, mais Talen l'écarta doucement et les arracha pour aller plus vite.

— Je t'avais bien dit qu'il viendrait, déclara Katie presque gaiement en se nichant contre la poitrine de Jordan.

Maggie hocha la tête. Elle tenta de se lever, mais elle ne tenait pas debout. Talen l'enveloppa dans une couverture et la souleva.

— Cara, reste entre Jordan et moi, ordonna-t-il avant de sortir au petit trot.

Une fois dans la grande pièce circulaire, il confia Maggie à Jase, donna l'ordre à tout le monde d'évacuer les lieux et prit la tête du groupe dans le tunnel. Dage venait en dernier.

Ils ressortirent du sous-sol par le placard et se hâtèrent de monter vers le toit, imité par tous leurs hommes. Quelques minutes plus tard, Cara put enfin souffler. Elle était assise dans l'hélico entre Jase et Talen, tandis que le paysage défilait à toute allure sous ses pieds.

Chapitre 25

Moins de deux heures plus tard, ils étaient tous en sécurité dans un autre domaine souterrain des Kayrs. Maintenant que l'adrénaline était redescendue, Cara se sentait épuisée.

Cette caverne, située près de Seattle, était taillée dans une roche plus claire que celle du Colorado. Dage installa tout le monde dans une salle de réunion équipée de plusieurs tables, qui baignait dans une forte odeur d'antiseptique. Deux hommes en blouse blanche, les mains gantées de plastique, s'approchèrent d'eux.

— Je suis le docteur Jones, déclara le premier en leur indiquant une table recouverte de produits médicaux. L'infirmerie est encore en travaux, donc on va vous examiner ici.

Jordan posa Katie avec délicatesse.

— J'imagine que depuis la fin de la guerre, il y a trois siècles, vous avez un peu perdu l'habitude des urgences médicales.

— Non, répondit Talen. Désolé, au fait, on improvise un peu, là. (Il se tourna vers les médecins tandis que Mac asseyait Maggie à côté de Katie.) On leur a injecté un produit, mais on ne sait pas quoi.

Cara avait les larmes aux yeux. Katie semblait si frêle et si vulnérable, pieds nus dans sa chemise d'hôpital. Qu'est-ce que les Kurjans avaient bien pu lui donner ?

Le docteur Jones hocha la tête et lui piqua le bras. Son collègue fit de même avec Maggie. Talen, quant à lui, prit la main de Cara, qui sentit aussitôt sur sa peau la chaleur de la marque qu'il portait sur la paume.

— Et maintenant, Katie, si tu nous expliquais comment les Kurjans ont réussi à t'enlever ? demanda Jordan.

Il ne cherchait même pas à cacher sa colère et Cara offrit un sourire de compassion à son amie.

— Euh…, commença-t-elle avant de grimacer lorsque le docteur Jones retira l'aiguille, en fait, le shérif a appelé le ranch et m'a demandé de venir répondre à quelques questions à propos de l'histoire du restaurant routier.

— Et tu y es allée ? s'exclama Jordan, incrédule. Sans le dire à personne ?

— Tu n'étais pas là, rétorqua-t-elle, agacée, tout en balançant les jambes d'avant en arrière. J'ai pris la voiture pour m'y rendre.

— Et ce n'était pas le shérif ? devina Cara, qui commençait à crouler sous l'épuisement.

— Non, mais, au téléphone, rien n'indiquait qu'il mentait. Je ne comprends pas comment ça a pu m'échapper.

Pendant qu'elle parlait, le docteur Jones lui prenait la tension.

— Et ensuite ? demanda Talen en serrant Cara contre lui.

— Quand je suis arrivée, je suis descendue de voiture. Une camionnette blanche s'est arrêtée devant moi, deux Kurjans m'ont sauté dessus et ils m'ont endormie avant que j'aie eu le temps de réagir. Quand je me suis réveillée, j'étais dans la pièce où vous m'avez trouvée. (Elle regarda autour d'elle et se massa le bras, endolori par la prise de tension.) Ça a duré combien de temps en tout ?

— Cinq heures, grogna Jordan.

— Waouh ! comment vous avez fait pour me retrouver aussi vite ?

— Aucune importance. Estime-toi heureuse qu'on t'ait récupérée.

Katie se figea.

— C'est important au contraire. Comment, Jordan ?

Le chef des pumas haussa les épaules, l'air buté, et se tourna pour lire la fiche que le docteur Jones était en train de remplir. Katie ne mit pas longtemps à comprendre.

— Tu m'as mis une balise, c'est ça ? Où ça ?

— Dans ta chaussure, répondit Jordan. On a pu suivre ta trace jusqu'à la clinique, mais, dès ton arrivée, ils ont dû jeter tes godasses. Ensuite, c'est Cara qui t'a localisée.

Katie se mordait si fort la lèvre supérieure qu'elle blanchissait à vue d'œil.

— On en reparlera, Jordan.

— Oh que oui ! répliqua-t-il, encore plus furieux qu'elle.

Sans prêter davantage attention à lui, Katie se tourna vers son amie.

— Merci.

Cara hocha la tête. La colère de Katie était compréhensible.

— De rien. Et ensuite, que s'est-il passé ?

— Je ne sais pas trop. Je crois qu'un docteur devait venir me faire une nouvelle piqûre.

Le docteur Jones lui inséra un thermomètre dans la bouche et elle se tut, le regard noir.

— C'était le docteur Jaylin, précisa Maggie, pâle comme la mort. Il était censé revenir ce soir.

— Est-ce qu'ils ont dit quelque chose à propos d'une injection ? demanda Dage.

— Non, mais en tout cas j'en ai reçu plusieurs, répondit-elle en regardant l'intérieur de son coude, bleui par les piqûres. Je ne sais ni combien ni à quel moment, malheureusement.

— Vous ne vous en souvenez plus ?

Cara se demandait si c'était à cause de cette amnésie que l'aura de Maggie lui avait paru si ténue.

— Non. Mes premiers souvenirs remontent à hier. Le docteur Jaylin m'a dit qu'il m'expliquerait tout, mais je ne l'ai pas cru.

— Il l'appelait Maggie, mais elle ne sait même pas si c'est son vrai nom, expliqua Katie.

— Non. J'ai l'impression que « Cassandra » m'irait mieux, dit Maggie en souriant.

— Ou « Bernadette ». On a tué le temps en lui cherchant des prénoms.

— Jaylin était humain ? interrogea Talen.

— Non. Il avait le visage très blanc et les yeux noirs. Il faisait peur à voir, décrivit Maggie avec un frisson. Hier, j'en ai vu deux autres comme lui.

— Des Kurjans, murmura Cara.

Katie confirma cette intuition d'un hochement de tête. Cara ferma les yeux et se concentra sur Maggie, dont elle ne percevait que des murmures de pensées et de sensations.

— Tu arrives à sentir si elle était une compagne ? demanda Talen.

— Non, mais il y a quelque chose…

— Quoi ? demanda Maggie, les larmes aux yeux.

Cara rouvrit les paupières et haussa les épaules.

— Je ne sais pas. Il y a une énergie autour de vous, un peu comme celle de Katie, mais différente.

— C'est peut-être une métamorphe ? suggéra Jordan.

— Peut-être.

— Une métamorphe ? répéta Maggie.

— Euh... c'est une longue histoire. On en parlera quand tu seras reposée, dit Katie en lui tapotant la main. Au fait, pourquoi est-ce que les Kurjans enlèveraient des métamorphes ? Je pensais qu'ils ne s'intéressaient qu'aux compagnes de vampires.

Personne n'avait de réponse à lui donner.

Des compagnes de vampires ? La migraine de Maggie monta encore d'un cran. Mais que lui arrivait-il donc ? Des bribes de pensées tourbillonnaient dans son esprit, ainsi que des spirales de couleurs, des pointes de douleur. C'était trop pour une seule tête, pour un seul crâne.

Quelque chose coulait dans ses veines, un produit que les Kurjans lui avaient injecté. Ou bien était-il déjà en elle auparavant ? Elle essaya de se concentrer sur sa nouvelle amie, sur l'énergie, majoritairement masculine, qui emplissait la pièce. Comme elle s'était mordu la langue pour ne pas crier de douleur, elle avait un goût cuivré dans la bouche. Le sang atteignit son estomac, qui se mit à gronder. Elle avait faim.

Elle croisa les jambes et s'agita un peu sur la table froide. L'odeur doucereuse de son propre sang lui tournait la tête. Faim. Sang. Besoin.

Elle ouvrit la bouche pour parler mais n'émit qu'un grognement sonore. Tout le monde se tut et la regarda. Talen se décala pour se placer entre Cara et elle. Ah, oui ! le prédateur le plus dangereux de la pièce, celui qui avait quelque chose à protéger. Du coin de l'œil, elle aperçut Jordan avancer vers elle. Lui aussi était dangereux.

Soudain, elle secoua la tête. Que lui arrivait-il ? Ces personnes étaient ses amis, ses sauveurs. Elle se tourna vers Katie pour lui dire quelque chose, mais, soudain, un éclair explosa derrière ses yeux et elle poussa un cri suraigu, assourdissant. Pantelante, elle vit que Katie la regardait, effrayée, et se tordit de nouveau de douleur. Sa mâchoire s'ouvrait et se fermait dans un vacarme de craquements. Ces mouvements n'avaient rien d'humains, pas plus que les cris qui sortaient de sa gorge. Les os de sa tête et de son cou bougeaient, se transformaient, lui faisant ressentir une douleur insoutenable.

Talen attrapa Cara et se précipita vers la porte tandis que Dage sortait un couteau.

— C'est la pleine lune ?

— Oui, répondit Jordan en poussant Katie sous une table avant de se placer devant elle. Fais sortir tes gars.

— Attendez ! cria Cara depuis la porte, et vous ?

— On ne craint rien, répondit Jordan, qui ne quittait pas Maggie des yeux. On peut absorber son énergie. (Il poussa Katie vers le mur et remit son oreillette.) Bloquez la porte. Si on a besoin de renforts, je vous le dirai.

La porte en pierre se referma lourdement. Il ne restait plus dans la pièce que Maggie et les hommes de Jordan. Elle regarda ce dernier, désespérée. Elle voyait désormais jusqu'aux molécules dans l'air, des millions de nouvelles couleurs dont elle n'avait jamais soupçonné l'existence.

— Qu'est-ce que j'ai ? haleta-t-elle.

— Je n'en sais rien, répondit calmement Jordan, mais ça va aller, Maggie. Katie, Baye, Mac, transformez-vous. Noah et moi, on va garder notre forme humaine pour l'instant.

— Non, Jordan, protesta Katie. Je vais rester comme ça, pour la rassurer.

Maggie, dont les yeux s'emplissaient de larmes, commençait à voir flou.

— Tu te transformes ou tu sors, répliqua-t-il sans quitter Maggie des yeux.

Il n'essayait même pas de porter la main à son couteau. Maggie se dit qu'elle pouvait lui arracher le bras sans qu'il ait le temps de réagir. Cette idée la dégoûtait, mais sentir le goût du sang et de la chair sous ses dents avait un attrait indéniable.

Avec un soupir irrité, Katie obéit. Maggie la regarda et la vit disparaître dans une aura de lumière, puis...

Trois pumas avaient pris la place des humains. *Mon Dieu ! est-ce que je vais me transformer en félin moi aussi ?*

Contre sa volonté, ses doigts se tendirent et elle sentit ses os craquer. Elle avait l'impression que ce n'était plus du sang qui coulait dans ses veines, mais du verre pilé, et que tous les atomes de son corps n'étaient plus que douleur.

— Aidez-moi !

Était-ce vraiment sa voix ? Ce timbre grave, guttural, inhumain ?

— Je ne peux rien faire pour toi, dit Jordan avec compassion.

Ses doigts se recourbèrent pour se muer en longues griffes jaunes. Des poils blonds et rêches lui transperçaient la peau, ajoutant encore à ses souffrances. Ce n'était pas grand-chose par rapport au reste, mais elle n'en pouvait plus.

— Eh merde, c'est un garou ! cria Noah, qui s'était posté devant la porte.

Comment ça, un garou ? Comme un loup-garou ? Elle était un *loup-garou ?* C'était inconcevable. Ses jambes commencèrent à se transformer à leur tour. Presque aveuglée par la douleur, elle vit les poils de ses mains prendre une teinte brun foncé qui lui rappelait quelque chose.

— C'est quoi ce bordel ? s'exclama Jordan.

Une douleur fulgurante la traversa de nouveau et ses poils redevinrent rêches. Elle tomba de la table à quatre pattes et hurla à la mort. La fraîcheur des dalles en pierre avait quelque chose d'apaisant.

La tension ambiante monta encore d'un cran. Le visage de Maggie s'allongeait, multipliant ses souffrances, et les poils abrasifs lui percèrent la peau. L'effet s'inversa un instant, puis recommença de plus belle. Jordan s'agenouilla à côté d'elle.

— Résiste, Maggie. Lutte contre la douleur, cherche la louve.

Trois pumas s'approchèrent de lui pour le protéger dans une forte odeur de félin et de terre, à laquelle se mêlaient des effluves de sang, de chair, de viande. De nourriture. Étaient-ils des amis ou des ennemis ? Son dos se redressa et elle déchira sa chemise d'hôpital, se transformant sans cesse, dans un sens puis dans l'autre, en un équilibre aussi précaire que douloureux.

— Trouve la louve, Maggie, répéta Jordan en la regardant de ses étranges yeux de chat. Accroche-toi à elle. Elle a besoin de toi.

La louve. La louve avait besoin d'elle. Maggie ferma les yeux et se raidit contre la douleur. Elle refusait de l'accepter, refusait de la laisser gagner. La louve était là, quelque part. La louve avait besoin d'elle.

Elle poussa un hurlement d'agonie avec l'impression que son cœur était en train de se fendre en deux. Les métamorphes reculèrent. Où était la louve ? Un murmure lui traversa l'esprit. *Trouve la louve, ma jolie. Elle est à moi. Protège-la pour moi.*

La voix, concentre-toi sur la voix. Elle était si puissante, si déterminée… *la voix.* Avec un rugissement féroce, Maggie repoussa la douleur et trouva enfin la louve. C'était une palpitation dans son cœur, un murmure de vérité qui se glissait sous sa peau, sous la douce fourrure, dans ses muscles et ses os. Comme s'il n'y avait rien de plus naturel.

Maggie se laissa couler dans cette forme familière avec un jappement de soulagement et regarda autour d'elle. Elle était entourée de félins.

Génial!

Chapitre 26

Cara, installée confortablement dans la salle de conférences du QG de l'État de Washington, sentait tout autour d'elle le bourdonnement sourd de la Terre, vibrant d'une sagesse ancestrale. Elle venait de terminer de manger et s'offrait une petite sieste digestive. Dage, le monarque du Royaume, était aussi le roi de l'omelette. Ce petit déjeuner avait été succulent.

Ils avaient dormi sur place pour attendre les résultats des tests de Katie et de Maggie. Cara avait aussi reçu un mail de sa sœur. Emma lui disait qu'elle allait bien, qu'elle approchait du terme de ses recherches et qu'elles se reverraient bientôt. Elle avait aussi pu parler à Janie, qui lui manquait beaucoup.

De l'autre côté de la table en marbre, Maggie ne faisait aucun bruit. Les parois de roche beige mouchetées projetaient des reflets dorés sur son visage. Quinze heures s'étaient écoulées depuis sa transformation.

— Comment te sens-tu ? demanda Cara.

Maggie tourna vers elle des yeux marqués par l'épuisement.

— J'en sais rien. Je me sentais bien en louve, j'avais l'impression que c'était naturel, mais je n'ai pu reprendre ma forme humaine qu'à l'aube. C'était bizarre.

Jordan et Katie étaient assis à côté d'elle. Dage présidait et Talen rapprocha sa chaise de celle de Cara et lui prit la main.

— Résumons, dit-il. Maggie s'est transformée en loup, en garou, puis de nouveau en loup ?

— Oui, répondit Jordan, comme si les deux formes luttaient pour la suprématie.

La porte s'ouvrit et un homme aux cheveux blancs broussailleux entra, les bras chargés de paperasse, dans une odeur d'alcool à friction. Il salua d'un signe de tête et s'assit au bout de la table.

— Voici le docteur Miller, le chef de notre branche scientifique, le présenta Dage.

Tiens, les trois médecins sont humains, se dit Cara. *Intéressant.*

— Euh… bonjour tout le monde, bafouilla Miller en étalant ses papiers sur la table. C'est la première fois que je vois ça. Mlle… euh… Mlle Maggie est une métamorphe loup, avec les vingt-huit chromosomes correspondants, mais tout porte à croire qu'elle a été infectée par le virus qui s'en prend au chromosome de mutation.

— Le quoi ? demanda Maggie, qui se tordait tellement les mains que ses doigts étaient exsangues.

— Alors… euh… la vingt-septième paire de chromosomes décide du type de métamorphe : canin, félin ou multi, un peu comme le chromosome qui détermine la couleur des yeux. Nous pensons que la vingt-septième paire des compagnes de vampires détient la clé de ce qu'on appelle l'allergie d'accouplement. (Il tira un mouchoir de sa poche et se moucha bruyamment.) Certains chromosomes sont plus puissants que d'autres et, visiblement, le vingt-septième est un monstre.

Cara se sentait noyée sous les données. Si seulement Emma était là !

— Je vois. Et ceux de Maggie ?

Miller rangea son mouchoir et se tourna vers l'objet de son étude.

— Vous êtes par nature une métamorphe loup, ce qui explique pourquoi votre louve est apparue hier soir.

— Ce n'est pas tout ce qui est apparu, intervint Jordan.

— Oui, c'est exact. Est-ce qu'il n'y a pas une spécialiste de la biologie végétale à cette table ?

Cara, qui était en train de se dire qu'avec ses lunettes épaisses qui grossissaient ses yeux Miller avait l'allure d'un personnage de dessin animé, hocha la tête.

— Si, moi.

— Euh... très bien. Vous savez que l'homme injecte des virus aux plantes pour améliorer le rendement des récoltes ?

— Oui.

— Eh bien, là, c'est la même chose. Le virus attaque l'ADN du métamorphe et le fait muter. En loup-garou, dans ce cas précis.

Katie, sous le choc, prit la main de Maggie.

— Tout va bien se passer, Maggie. On va trouver une solution.

— Une solution à quoi ? répliqua cette dernière, les larmes aux yeux. C'est évident, non ? J'étais une métamorphe loup et je suis en train devenir un loup-garou. Je ne sais pas pourquoi, mais ça me fait très peur.

Katie se redressa.

— Tu *es* une métamorphe loup. J'ai vu ta louve de mes propres yeux hier soir.

— C'est quoi, la différence ? demanda Cara. Entre un loup et un loup-garou, je veux dire.

Talen lui lâcha la main et lui caressa les cheveux.

— Les loups-garous sont des bêtes primaires, sans conscience ou intelligence. Ils sont soumis à un maître qui a un contrôle absolu sur eux grâce à un sort.

Cette histoire devenait de plus en plus passionnante.

— Mais personne n'a enclenché le changement hier soir.

— C'est vrai, approuva Jordan. Par contre, c'était la pleine lune et tous les garous se transforment ce jour-là, qu'ils le veuillent ou pas.

C'était incroyable.

— Et sous forme humaine ils mènent une vie normale ?

Une fois de plus, elle regretta l'absence d'Emma. Sa sœur serait comme un poisson dans l'eau dans toutes ces histoires de génétique.

— Non. L'humain est complètement perdu et après la troisième pleine lune, ou la troisième transformation, le changement devient permanent.

Cara n'en revenait pas. Cette explication démentait toutes les légendes sur ces créatures.

— Et comment est-ce qu'on devient un garou ?

— Là-dessus, Hollywood voit à peu près juste. Il suffit qu'un humain soit mordu ou griffé par un loup-garou pour en devenir un à son tour. Ensuite le sort, ou la malédiction, lie la bête au maître.

— Et les Kurjans veulent être les maîtres, conclut Cara. Donc, si je résume bien, ils cherchent à vaincre leur aversion au soleil, à vous voler vos compagnes et à réduire les métamorphes en esclavage en les transformant en garous. (Elle pianota sur la table en se mordant la lèvre inférieure.) Il y a quand même une chose qui m'échappe. S'ils veulent plein d'esclaves, pourquoi est-ce qu'ils ne se contentent pas d'infecter des humains ? Pourquoi se donner tant de peine à créer un virus aussi complexe ?

Ce fut Jordan qui répondit :

— Parce que l'espérance de vie d'un loup-garou humain est d'un an au maximum. Ils sont trop fragiles pour survivre sous forme animale.

— Donc, avec des métamorphes, la longévité des esclaves sera plus grande ?

— Exactement, acquiesça Dage. Cela leur apporte deux avantages. Premièrement, ils y gagnent une armée d'immortels pour faire leur sale boulot et, deuxièmement, ce sont autant d'alliés en moins pour nous. Mais pour cela il faut que le virus fonctionne et qu'ils parviennent à contaminer les métamorphes en masse. (Il se tourna vers le docteur Miller.) Est-ce qu'il fonctionne, d'ailleurs ? Maggie est parvenue à y résister et à retrouver sa forme de louve.

Miller hocha la tête en reniflant.

— Oui. Euh… enfin, c'est la première fois que je vois ça et on ne sait pas si les Kurjans ont pu perfectionner le processus entre-temps.

— Et maintenant, que va-t-il se passer ? demanda Maggie, découragée.

Le docteur haussa les épaules.

— Aucune idée. Selon ce que fera le virus, soit il ne vous arrivera rien, soit vous deviendrez un loup-garou.

Il pourrait être un peu plus diplomate, quand même, se dit Cara.

— Et ce sort, ou cette malédiction, comment ça marche ?

Talen lui massa les épaules.

— C'est une incantation que le maître doit prononcer face au garou, qui est immobilisé devant lui par des chaînes en argent, répondit-il.

— Donc ils doivent être dans la même pièce ?

— Oui.

C'était une bonne nouvelle. Il leur suffirait donc de mettre Maggie à l'abri jusqu'à ce que l'on trouve un antidote ou un vaccin. Cara sourit à sa nouvelle amie, qui paraissait un peu soulagée.

— Je… euh… n'en ai pas encore parlé au conseil des Fléaux.

Katie bondit de sa chaise, les joues rouges.

— Et vous ne le ferez pas, c'est clair ? Maggie n'est pas un loup-garou.

Jordan la força à se rasseoir, ce qu'elle fit en bougonnant, les yeux toujours rivés sur Miller.

— Selon les statuts, déclara Jordan, le conseil ne doit être averti qu'en cas de garou avéré. Maggie est une métamorphe loup, pas un loup-garou.

— Oui, mais… euh… vous savez aussi bien que moi qu'il faut les contacter à la moindre suspicion.

Il écarquilla les yeux derrière ses lunettes ridicules et conclut d'une voix tendue :

— Et de mon point de vue, c'est le cas.

Cara sentit Talen se crisper. Mais que se passait-il donc ?

— C'est quoi, le conseil des Fléaux ? demanda-t-elle.

Miller se tourna vers elle et arrangea son nœud papillon rouge à carreaux.

— Le conseil traque et élimine les loups-garous. La loi nous oblige à les dénoncer.

Elle se tourna vers Dage.

— Tu es bien le monarque du Royaume, non ?

Il hocha la tête et elle continua :

— Est-ce que tu peux accorder la grâce royale à un loup-garou ?

— « La grâce royale » ? Non, malheureusement. Nous cherchons à savoir si une métamorphe loup est portée disparue. Les résultats de l'enquête ne devraient pas tarder. (Il se tourna vers le docteur Miller, le regard ferme.) Comme c'était la pleine lune hier soir et que Maggie s'est changée en loup, et non en loup-garou, j'en conclus qu'elle n'est pas un loup-garou. Il n'est donc pas nécessaire d'en avertir le conseil.

Cara était admirative. Dage était un diplomate de premier ordre et faisait preuve d'une autorité indéniable. Elle le remercia d'un sourire.

— Maggie est sous la protection de ma troupe, déclara Jordan. Point final.

Un peu plus brutal, mais tout aussi efficace.

Le docteur Miller déglutit et sa pomme d'Adam monta et redescendit le long de son cou. Il se leva et se dirigea vers la porte.

— Soit. Pour l'instant.

Plusieurs heures plus tard, Cara, couchée dans l'immense lit de leur chambre, imaginait que la pièce était remplie d'arbres et que leurs feuilles se détachaient pour lui tomber dessus en cascade. L'atmosphère souterraine devenait oppressante dans cette caverne dénuée de la moindre plante. Elle se mit sur le flanc, imaginant qu'elle se gorgeait de l'oxygène des peupliers. Où pouvait bien être Talen ? Il lui avait pourtant dit qu'il ne tarderait pas.

Ils avaient passé la journée au labo à analyser les résultats, mais en vain. Épuisée, elle avait fini par abandonner pour aller se coucher. Talen était resté pour parler stratégie avec Dage, mais elle l'attendait désormais depuis plusieurs heures. Il aurait dû être là depuis longtemps.

Elle se remit sur le dos. Que lui arrivait-il donc ? Elle ne pouvait plus s'endormir sans qu'il soit à son côté ? Cela en devenait ridicule.

Mais, lorsqu'il arriva enfin, elle ne put retenir un soupir de soulagement. Il se dévêtit et se glissa sous les draps. Cara sentit sa chaleur l'envelopper lorsqu'il la prit dans ses bras.

— Pourquoi tu ne dors pas ? marmonna-t-il, le visage enfoui dans ses cheveux.

Cara haussa les épaules.

— J'en sais rien, répondit-elle en bâillant à s'en décrocher la mâchoire. Je crois que je m'inquiète pour Maggie. Et si elle recommence à se transformer en garou ce soir ?

Elle n'avait pas pensé à Maggie de la soirée. C'était un mensonge et elle n'en était pas très fière. Talen l'embrassa sur l'oreille.

— Ne t'en fais pas pour ça. Les garous ne se transforment que les nuits de pleine lune. Il ne faut pas croire toutes les légendes. (Il passa le bras autour de la taille de la jeune femme et la colla encore plus à lui.) Endors-toi. Tu as besoin de repos.

— Pourquoi on est dans un repaire souterrain ? demanda-t-elle encore, les paupières papillonnantes.

— Par sécurité.

Elle sentait son souffle lui caresser l'oreille et éveiller en elle un frisson de conscience. Ou de désir.

— Mais vos ennemis jurés ne peuvent pas sortir en plein soleil. À votre place, je vivrais en Floride, dans des maisons en verre.

Cette suggestion le fit rire.

— On y a pensé, mais beaucoup de nos ennemis ont des pouvoirs comme la téléportation, la télékinésie ou diverses capacités psychiques. Sur la surface, nous serions trop vulnérables. La Terre nous protège de tout cela.

— Mais une fois sous terre ils peuvent très bien utiliser ces pouvoirs, non ?

— Si. Dors.

Elle marmonna une protestation et s'abandonna à l'oubli. Elle était si épuisée qu'elle entra sans mal dans son rêve.

Son père la pourchassait dans la forêt à côté de chez eux. Cette fois-ci, il avait vraiment l'intention de la tuer.

Elle entendait ses pas lourds derrière elle. Il avait beau être soûl et trébucher à chaque racine, il la rattraperait s'il la repérait.

— Petite salope ! hurla-t-il.

Cara, qui n'avait que dix ans dans le rêve et dont les pieds nus étaient tout écorchés, se cacha derrière un gros mûrier et vit la silhouette massive de son père émerger des arbres, illuminée par la pleine lune. Sa chemise déchirée laissait voir son ventre bouffi de graisse. Il serrait ses énormes poings et scrutait les alentours, le regard fiévreux, le visage déformé par la fureur.

— Je savais que le démon s'était emparé de toi, comme ta garce de sœur !

Son cri résonna dans la forêt et Cara fit de son mieux pour ne pas frissonner de froid. Les arbres se dressaient autour d'elle, dans un silence sinistre, sans un bruit d'animal. Son père s'engagea sur un sentier tout en lui criant de se montrer avant qu'il rentre à la maison pour tuer sa sœur. Malgré sa terreur, Cara sourit. Elle avait donné à Emma tout le temps de se sauver de leur demeure décrépite et de se mettre à l'abri pour le reste de la nuit. Si elles parvenaient à lui échapper jusqu'à ce que l'alcool le mette hors d'état de nuire, elles seraient sauvées pour cette fois. C'était un mantra qu'elles se répétaient en permanence. Elle espérait simplement que leur mère avait accepté qu'Emma l'emmène cette fois-ci. Sinon, s'il était encore assez conscient lorsqu'il rentrerait, ce serait sur elle qu'il se défoulerait.

Cara était bien cachée par les branches et les buissons. La forêt et les plantes la protégeaient.

Elle perdait petit à petit le fil du temps qui passait sur la terre froide. Ses genoux se mirent à trembler et elle s'engourdit de plus en plus. Enfin, les oiseaux se remirent à chanter. La menace était passée, pour cette nuit tout du moins. Elle tituba jusqu'à un tronc et s'écroula sur le sol, où elle se mit à sangloter en position fœtale. Le remords, ou peut-être la honte, faisait plus mal que la peur.

Elle n'avait jamais compris pourquoi Emma le mettait toujours à ce point en colère. Elle semblait même le faire exprès. Cara avait toujours pensé que c'était pour cela que leur père les frappait, mais cette nuit, pour la première fois, du haut de ses dix ans, elle comprenait ce qu'Emma faisait, et pourquoi. Sa grande sœur se plaçait entre son père et elle pour la protéger et pour protéger leur mère. Un peu plus tôt, recroquevillée dans un coin de la cuisine, elle avait vu leur père avancer sur Emma, un couteau à la main.

— Si je te tue, petite, qui défendra les deux autres, hein ? hurla-t-il. Tu crois que je ne sais pas pourquoi tu es toujours la première à te mettre sur mon chemin ? Tu me crois débile à ce point-là ?

Une veine palpitait sur son cou. Son visage était cramoisi de boisson et de colère.

— Ça, ça ne fait aucun doute, cria Emma à son tour en essuyant la coulée de sang au coin de sa bouche tout en se redressant. Et je sais aussi que le diable viendra bientôt te chercher.

Cara était sans défense face à la vague de colère qui explosa en lui. Elle faisait de son mieux pour bloquer ses sensations, mais parfois elles étaient trop puissantes. Et s'il avait raison ? Ses capacités lui venaient peut-être du diable. Les yeux écarquillés, elle le regarda avancer sur le sol en terre battue en direction de sa sœur, qui paraissait minuscule à côté de lui. Si frêle et pourtant si courageuse.

Les boucles noires d'Emma, en bataille, faisaient ressortir la pâleur de son visage. Un hématome noir se formait déjà sur son menton et ses yeux bleus luisaient de haine et de peur.

En voyant cela, Cara se décida. Elle sauta sur son père et enfonça les dents dans son bras. Il lâcha le couteau, poussa un mugissement et, d'un revers du bras, la projeta contre le placard.

À moitié assommée par le choc, elle contint un sanglot et se releva d'un bond.

— Elle a raison, papa. J'ai eu une vision. Tu vas mourir et tu vas aller en enfer. Très bientôt.

Sur ces mots, elle s'enfuit à toutes jambes en direction de la forêt et il se lança à sa poursuite.

Adossée à l'écorce noire, elle laissa libre cours à son chagrin dans l'espoir de se purger de la colère de son père qui envahissait son âme. Ce n'était pas la sienne. Jamais elle n'aurait dû avoir à ressentir cette haine noire, ce désir morbide de tuer sa propre sœur. Ce n'était pas juste. Et jamais elle ne recommencerait. Elle resta là, couchée, ses petites épaules frissonnant de ses sanglots.

Chapitre 27

— Réveille-toi, ma chérie, murmura Talen d'une voix rassurante en la serrant contre lui. Réveille-toi, Cara.

Son rêve expliquait bien des choses. Les arbres et les plantes l'avaient sauvée lorsqu'elle était petite et, désormais, elle les sauvait à son tour.

Elle se réveilla en sursaut et se figea. Talen sentait que son cœur battait la chamade et la peur qu'elle éprouvait l'étranglait de ses doigts glacés. Il se laissa faire sans même essayer de la bloquer, permettant à Cara de se remettre petit à petit. Il fallut une bonne minute à la jeune femme pour se calmer et retrouver une respiration normale. Elle enfouit son visage dans le cou du vampire et fondit en larmes.

Même sans leur connexion intime, il aurait senti sa douleur. Talen dut mobiliser jusqu'aux dernières bribes de sa formidable volonté pour garder son calme. Il lui caressait le dos en tentant de canaliser la colère et le besoin de violence qui bouillonnaient en lui et menaçaient d'éclater à tout moment. Il sentait chaque frisson de Cara, chaque larme, qui étaient autant de poignards plantés dans son cœur, dans son âme. Il était prêt à tout affronter pour la protéger. Il était Talen Kayrs, le chef militaire des êtres les plus puissants de la création. Ce titre, il le devait à son intelligence et à ses victoires sur le champ de bataille.

Mais, face à cette situation, il était impuissant.

Il bloqua ses propres pensées pour la réconforter. Les os de Cara étaient si fragiles entre ses mains… La marque de sa paume le brûlait avec la même intensité que la tempête qui ravageait son âme. Elle était sa compagne et, à ce titre, elle tirait sa force et sa puissance de lui, mais il n'avait pas été là lorsqu'elle en aurait eu le plus besoin. Il n'avait pas pu la protéger. Cet échec l'étranglait, lui pesait plus qu'il ne l'aurait cru possible.

Cara leva ses beaux yeux bleus vers lui et passa les bras autour de ses épaules.

— Ce n'était pas ta faute. Tu ne pouvais pas savoir, Talen, dit-elle en le massant pour l'apaiser.

Surpris de la voir franchir aussi facilement ses barrières mentales, il colla le front au sien.

— Je suis désolé, compagne.

Cara secoua la tête.

— Tu es très puissant, certes, mais tu ne peux pas contrôler l'univers et tous ceux qui le peuplent. Tu n'es pas supposé le faire, d'ailleurs.

— Bien sûr que si, répliqua-t-il avec une arrogance qui la fit sourire, ce qui était son but.

— J'ai froid, Talen. Réchauffe-moi.

Elle se pressa contre lui, glissa une jambe entre ses cuisses et appuya sur son entrejambe. Comme il était nu, sa réaction fut immédiate. Sentant son érection, elle le lécha de l'épaule jusqu'au menton et se colla encore plus à lui.

De plus en plus excité, Talen ne savait que faire. Ils avaient besoin de parler, mais il savait que ni elle ni lui n'avaient pour l'instant aucun contrôle sur rien.

— Mauvaise idée, ma puce. Ton rêve nous a autant secoués l'un que l'autre.

Ses émotions avaient atteint un tel stade de volatilité qu'il lui faudrait plusieurs heures pour revenir à son état normal. Elle n'avait aucune idée de ce qu'elle lui demandait.

— S'il te plaît, Talen, lui souffla-t-elle à l'oreille en un délicieux murmure.

— Cara, écoute-moi, pour une fois. Rendors-toi et on en parlera demain.

Ses testicules étaient en feu et il songea qu'une douche froide lui ferait le plus grand bien.

— Non.

Elle lui mordilla l'oreille et Talen céda. Il s'allongea sur le dos, l'entraînant au-dessus de lui, et lui retira son tee-shirt. Ses mouvements la déséquilibrèrent et elle serra les cuisses sur ses hanches pour se redresser. Le contact de sa chair soyeuse était pour lui une tentation irrésistible. Nonchalamment, il glissa la main sous sa tête et se détendit sur le lit.

— Prends ce que tu veux, compagne, déclara-t-il sur un ton de défi.

Elle se lécha les lèvres et posa les mains sur son torse. Talen affichait un calme de façade mais craignait qu'elle soit en mesure de percevoir les émotions tumultueuses qui faisaient rage en lui.

Cara sourit. Talen faisait preuve d'un contrôle impressionnant et il la mettait au défi de le lui faire perdre. Cette provocation la mettait en joie, elle qui, quelques minutes plus tôt, était encore paralysée par la peur. Il la provoquait en lui disant de s'emparer de son incroyable puissance, de se l'accaparer. Elle lui adressa un regard brûlant et ressentit un instant de triomphe lorsqu'il remua en dessous d'elle. Il tenta de donner le change, mais elle n'était pas dupe.

— Dis-moi combien de temps tu penses pouvoir te retenir, ronronna-t-elle en lui passant les griffes sur le torse, puis sur le ventre, à la porte du paradis.

Elle sentait ses muscles se raidir sur son passage. Elle accentua la pression sur son sexe en érection. Elle avait encore sa culotte et se sentait à l'abri derrière la mince protection du coton.

— Je peux te l'enlever en un clin d'œil, déclara-t-il.

Par cette seule phrase, il avait inversé les rôles. Le tissu s'humidifia en quelques secondes et il triompha à son tour. Elle avait oublié qu'il avait libre accès à ses pensées. Talen ne se contrôlait presque plus et elle voulait achever de lui faire lâcher prise.

— Mais, dans ce cas, tu as perdu, lui rappela-t-elle, de plus en plus excitée.

— Pas du tout, répondit-il avec un sourire indéchiffrable. Mais puisque tu sembles être d'humeur joueuse, et si je te promettais de ne pas bouger les mains tant que tu ne me supplieras pas de le faire ?

Elle céda à la provocation.

— D'accord.

Elle se doutait bien qu'en acceptant elle lui donnait l'autorisation de se laisser aller à ses instincts les plus primaires, mais c'était ce qu'elle voulait.

Talen secoua la tête d'un air navré.

— Mon ange, tu devrais déjà avoir compris qu'il ne faut jamais me sous-estimer.

Sa voix était calme mais son corps commençait à vibrer d'une manière très tentante.

— Quand t'ai-je sous-estimé, « compagnon » ?

Elle ondula des hanches contre son érection puis se passa les mains sur le ventre et sur les seins avant de les enfouir dans sa chevelure. Ce spectacle faillit pousser Talen à bouger la main, mais, au prix d'un effort surhumain, il parvint à la garder sous sa tête. Les tétons roses de Cara étaient tendus, comme pour le provoquer, et le nectar coulait librement entre ses cuisses. Jamais Talen n'aurait pu imaginer créature plus féminine. Elle était la tentation à l'état pur.

Mais Cara commit alors une erreur qu'elle regretta aussitôt. Son rire éveilla en lui un instinct de domination qu'il pensait pourtant sous contrôle. Si elle avait prêté une plus grande attention à ses pensées, elle se serait montrée plus prudente, mais elle était trop occupée à jouer avec lui. La bête qui était en lui sourit, puis entama la leçon qu'elle méritait.

Cara cessa de respirer en sentant une chaleur l'envahir à la base du cou avant de se répandre dans ses seins. Il n'avait pourtant pas bougé d'un millimètre. La tension insupportable rendait ses tétons aussi durs que de l'acier. Elle ressentait un besoin aigu. Pressant. Que lui faisait-il ? Et comment ?

Elle ouvrit les paupières et vit que ses yeux dorés se tachaient de vert. Son expression était à la fois pleine de promesses et de menaces. Talen la regardait tandis que la chaleur qui lui envahissait la poitrine descendait petit à petit jusqu'à son entrejambe, mais aussi jusqu'à ses fesses.

Cara poussa un petit cri et se colla davantage contre lui. Il lui semblait que les yeux de son mari l'hypnotisaient, augmentant encore l'effet de tout ce qu'il faisait à son corps sans même bouger le petit doigt. Elle voyait l'arrogance suinter de tous ses pores. Il la caressait et l'excitait comme s'il avait pris possession de sa peau, de son cœur.

— Comment tu fais ça ? haleta-t-elle d'une voix méconnaissable.

Il ne répondit pas et continua. Cara tenta de bloquer ces sensations, mais il se contenta de ricaner, ce qui ne fit qu'accroître la colère de la jeune femme. Elle mobilisa toutes ses forces mentales, mais la chaleur se concentra alors sur un point bien précis de son entrejambe. *Mon Dieu !*

Elle étouffa un gémissement et s'écrasa contre lui, mais il l'arrêta. Pas avec ses mains, mais d'une simple pensée nonchalante. Elle rouvrit les yeux, incrédule. La peur viendrait plus tard, mais, pour l'instant, elle ne ressentait qu'un désir aveuglant, bestial, impérieux.

— Talen.

Il haussa un sourcil et la regarda droit dans les yeux.

— C'est toi qui as ouvert cette porte, ma jolie, et je suis le seul à pouvoir la refermer.

Hein ? Mais quelle porte ? Elle gémit et tenta de bouger, mais une force invisible l'immobilisait et lui chauffait le sang en même temps.

— Talen…

— Ça ne suffit pas.

Il secoua la tête et le début d'un orgasme apparut dans le ventre de Cara. Talen le laisserait-il aller à son terme ? Elle tenta de se libérer de son emprise mentale pour pouvoir enfin se frotter contre lui.

— Dis « s'il te plaît », ordonna-t-il avec un sourire satisfait. Si tu me veux tant que ça, tu n'as qu'à me supplier.

— S'il te plaît.

Ce mot était sorti tout seul, malgré elle, malgré toute sa volonté de ne pas céder.

La réaction de Talen fut immédiate. Il lui arracha sa culotte, la souleva puis la plaqua de nouveau sur le matelas tout en la saisissant vigoureusement par les hanches. Cara rejeta la tête en arrière et poussa un cri strident. Il la pénétra et elle se mit à bouger, plus vite et plus fort qu'elle l'aurait cru possible. Elle lui laboura le torse avec les ongles tout en remuant les hanches au rythme de ses coups de reins. Ils étaient déjà l'un comme l'autre en sueur.

Cara, les yeux dans le vague, se laissa entraîner dans la spirale du plaisir, puis explosa en un million de morceaux. Elle n'avait plus de volonté, plus aucune faculté de penser. Elle l'entendit vaguement pousser un rugissement d'extase et elle sentit la jouissance de Talen envahir son cœur avec la même puissance que la sienne.

Tous ses sens, les anciens comme les nouveaux, se fermèrent en même temps et son corps s'abandonna à l'oubli. Elle retomba sur le torse haletant de Talen et soupira avant de sombrer dans l'inconscience.

Talen la serra contre son cœur, rongé par le remords. Qu'avait-il donc fait ? Elle avait perdu connaissance. Au mépris de la prudence, il s'était laissé dominer par l'envie de lui démontrer la puissance de leur connexion. C'était la première fois, ailleurs que dans une bataille, qu'il prenait le contrôle d'une autre personne. Son ego lui souffla qu'il s'agissait justement d'une bataille, même si elle était d'un autre genre, mais son cœur se demandait s'il n'avait pas sacrifié la victoire finale pour cette petite satisfaction. Inquiet, il ferma les yeux et la rejoignit dans le sommeil.

Quelques minutes ou quelques heures plus tard, Cara se réveilla en sursaut. Elle ressentait le besoin de fuir mais ignorait pourquoi. Petit à petit, elle prit conscience de son environnement. Elle se trouvait dans une chambre du repaire souterrain, couché dans les bras de Talen, baignant dans sa chaleur. Méfiante, elle se retourna pour le regarder dans la faible lueur de la petite lampe allumée au coin de la pièce. Même endormi, son visage irradiait la force, la puissance, le danger et la détermination. Il ne s'adoucissait même pas au repos.

Une chose était claire : elle devait prendre ses jambes à son cou.

Elle ne se sentait pas capable de lui témoigner une confiance aveugle, nécessaire pour contrebalancer le sentiment d'impuissance qu'elle avait ressenti lorsqu'il avait pris si facilement le contrôle de son corps et de ses réactions. Elle le trouvait toujours aussi beau, pourtant, avec ses longs cils noirs, sa peau mate, ses lèvres sensuelles et sa mâchoire ferme, sur laquelle elle mourait d'envie de passer le doigt. Elle se préparait à bondir hors du lit lorsqu'il ouvrit les yeux.

— Non, dit-il d'une voix ferme qui la cloua sur place.

D'instinct, elle leva tous les boucliers de son esprit.

— Impressionnant, murmura-t-il en passant avec lenteur la main sur son ventre, puis sur ses seins toujours aussi sensibles, avant de l'arrêter sur sa gorge, au niveau de sa jugulaire palpitante.

— Lâche-moi.

Elle lui donnait cet ordre au sens propre comme au sens figuré et Talen le savait aussi bien qu'elle. Il s'apprêtait à lui répondre lorsque l'alarme retentit. Aussitôt, il prit son oreillette sur la table de nuit.

— Statut, aboya-t-il tout en indiquant à Cara de s'habiller.

Elle enfila ses vêtements de la veille et reporta son attention sur Talen. Il semblait si en colère qu'elle recula d'un pas. Il sortit un pistolet vert du tiroir de la table de nuit et le lui lança avant de ranger ses deux couteaux dans sa ceinture. Il fit l'appel des troupes, puis donna de nouveaux ordres.

— Pour l'instant, ils n'ont envahi que les deux niveaux supérieurs. Tout le monde à l'armurerie de la section trois. Jordan, tu sais où c'est ? Parfait. Vas-y.

Il enfila ses bottes et se tourna vers elle. Le visage froid et déterminé, le torse nu et musclé, il lui faisait l'effet d'un guerrier ancestral se préparant au combat.

— On est attaqués et on est en sous-effectif.

— Comment ils nous ont trouvés ?

— Aucune idée. On verra ça plus tard. Pour l'instant, le plus urgent, c'est d'arriver jusqu'à l'armurerie.

Chapitre 28

Dans le vacarme de l'alarme, Cara se colla à Talen pour sentir sa chaleur, son assurance, sa force.

— Reste derrière moi. Si je te donne un ordre, tu obéis sans discuter.

Il ouvrit la porte, regarda des deux côtés et la guida dans le dédale de couloirs. Soudain, il s'arrêta et la plaqua contre le mur. Il avait senti un danger et tout son corps était tendu, prêt à attaquer, mais il se détendit en voyant Jordan sortir de l'ombre avec Maggie, qui était encore plus pâle que la veille.

— Où est Katie ? demanda Cara.

— Pas là où elle aurait dû se trouver, se contenta de grogner Jordan.

— Elle est avec Jase. Il m'a contacté pour me dire qu'ils jouaient au billard dans la salle de repos quand l'alarme s'est déclenchée, le rassura Talen.

Les deux hommes s'immobilisèrent pour écouter leur oreillette, puis Talen reprit la parole :

— Enclenchez toutes les lumières à pleine puissance, ordonna-t-il.

Les lampes s'allumèrent aussitôt et Cara ferma les yeux pour se protéger. La lumière blanche était aveuglante au point d'en être douloureuse.

— Ça devrait les ralentir un peu, maugréa son mari en l'entraînant de nouveau dans le couloir, suivi par Jordan et Maggie.

Il s'arrêta devant une paroi nue et plaqua la paume de sa main en son centre. Une porte dérobée s'ouvrit sur sa gauche et ils s'engagèrent dans un escalier en ciment. Ils descendirent rapidement tandis que les bruits de leurs pas se réverbéraient dans le silence.

Deux étages plus bas, ils se retrouvèrent face à Dage, Conn et Noah, qui baissèrent leurs armes en les reconnaissant. Ils entrèrent dans une vaste salle de contrôle, dont les écrans montraient différentes sections de la base souterraine. Deux d'entre eux étaient noirs.

Dage leur tendit des lunettes de soleil. Cara mit les siennes avec un soupir de soulagement et examina plus attentivement la pièce. Des ordinateurs s'alignaient sur un côté. Le centre de la salle était occupé par une vaste table en pierre et des cartes étaient épinglées sur les murs. Une porte sur la droite s'ouvrait sur un arsenal. Mac et Baye en sortaient justement, armés jusqu'aux dents.

— Ils ont coupé les communications aux niveaux un et deux, expliqua Dage. Le labo est au niveau deux. On n'a aucun contact ni avec les gardes de l'entrée, ni avec ceux du premier périmètre.

Jordan prit Maggie par le bras et l'entraîna dans l'armurerie.

— Il y a qui d'autre ? demanda Conn en tapotant furieusement sur un clavier.

— C'est tout, répondit Talen. Depuis les dernières attaques, on a dû diluer nos forces.

— Sans compter le fait que ça fait des siècles que vous ne vous êtes pas reproduits, ajouta Baye, qui vérifiait le bon fonctionnement de son arme.

— Tu es mal placé pour critiquer, mon petit chat, répliqua Conn sans lever les yeux de son écran, ce qui l'empêcha de voir le sourire amusé de Baye.

— En effet, il est grand temps d'y remédier, déclara Dage.

Cara sentit un frisson lui parcourir la colonne vertébrale. Elle n'était pas sur Terre pour pondre des fournées de soldats destinés à être de la chair à canon ! Elle avait plus que jamais l'envie de fuir, mais elle savait bien que c'était impossible. Elle se tourna vers Talen, qui la regardait calmement.

— Chaque chose en son temps, compagne.

Elle acquiesça d'un hochement de tête.

— Le commando des Kurjans comptait douze hommes, continua Dage. Cinq d'entre eux sont morts pendant l'assaut des deux premiers niveaux. Ils se sont rendus au labo, puis à la salle de repos. De notre côté, nous avons au moins quatre victimes confirmées. Les caméras sont HS. (Il se tourna vers Cara.) Est-ce que tu perçois la présence de Katie, de Jase ou des médecins ?

Elle ferma les yeux et se concentra sur Jase, invoquant des images de son sourire, du plaisir qu'il avait à jouer avec Janie, de sa force. Une vague de colère et de détermination la submergea aussitôt avec une telle violence qu'elle en aurait perdu l'équilibre si Talen ne l'avait pas rattrapée.

— Il est vivant et il se prépare à combattre… (Elle se tut, touchée par une autre vague, déterminée elle aussi, mais paniquée.) Katie est là aussi. Je crois qu'elle va se transformer.

— Arrête, Cara, ordonna Talen. Tout de suite.

Elle se tourna vers lui, surprise, mais obéit néanmoins.

— Pourquoi ?

— Parce qu'elle va générer une énorme énergie que tu n'es pas encore assez forte pour supporter. (Il regarda autour de lui.) Préparez-vous. Dage, Jordan, Noah et moi allons monter au deuxième niveau. Conn et Mac, évacuez Cara et Maggie par la sortie est. On se retrouve au Colorado.

— Non, Talen, répliqua Cara en le suivant dans l'armurerie. Je veux rester ici pour t'aider à localiser Katie et Jase.

(Elle ferma les yeux pendant quelques secondes.) Les médecins, par contre, je ne les trouve pas.

Jordan et Maggie avaient fini de s'équiper. Talen lui tendit un gilet pare-balles, puis enfila le sien.

— Non. Ils sont plus nombreux que nous et tu dois te mettre à l'abri. Je te promets que je ne tarderai pas.

Une fois armé, il se fit une queue-de-cheval.

— Je reste, Talen, s'entêta Cara en prenant à son tour un couteau.

Il fit un grand pas et colla son visage au sien en fronçant les sourcils.

— Ne discute pas, compagne. Tu pars avec Conn, que tu le veuilles ou non.

— Ah bon ?

Comment pouvait-il la traiter ainsi ? Elle s'était très bien débrouillée lors du raid précédent.

— Crois-moi sur parole. Je peux t'immobiliser par la pensée. (Il se redressa, le visage fermé.) Mais je te garantis que ça ne te plairait pas et je n'ai vraiment pas de temps à perdre avec ton insubordination.

— Tu n'oserais pas.

— Oh que si !

Cara sentait qu'il ne plaisantait pas. Il la priverait de sa liberté de mouvement. C'était inacceptable.

Elle sortit de la pièce sans même le regarder. Elle avait déjà expérimenté cette sensation d'impuissance et elle refusait de revivre cela. Talen et elle vivaient désormais en symbiose. Depuis leur union, ils avaient l'un comme l'autre gagné en force et en potentiel et elle savait qu'un jour elle serait aussi puissante que lui. Elle allait donc prendre son mal en patience, sans rien oublier.

— *J'ai entendu.*

C'était la voix de son mari, qui gloussait de rire dans sa tête. Bon sang ! ils pouvaient lire dans les pensées l'un de l'autre, maintenant ? C'était le bouquet !

Elle lui répondit de la même manière, par un mot qu'elle n'aurait jamais osé prononcer à voix haute. Talen lui renvoya une image d'elle à plat ventre sur ses genoux. Cela la mit encore plus en rage, mais elle se calma vite. Ce n'était pas parce qu'il avait une capacité inédite qu'il devait s'en servir. Il n'avait aucun droit de la forcer à battre en retraite alors que ses amis avaient besoin de son aide.

— *J'en ai tous les droits, au contraire.* (Il avait retrouvé tout son sérieux et une image de son rêve apparut dans la tête de Cara avant qu'il ait eu le temps de la repousser. Elle se figea, comprenant que ce cauchemar avait eu un bien plus gros impact qu'elle l'aurait cru sur Talen.) *Eh oui ! compagne, tu as déjà été en danger et je n'étais pas là pour te protéger. Mais, désormais, je ferai tout pour que tu sois en sécurité.*

— *Mais j'ai participé au raid pour Katie !* protesta-t-elle avec véhémence.

— *Une erreur que je ne répéterai pas*, répondit-il fermement avant de soupirer. *On se disputera une autre fois, Cara. Le débat est clos pour l'instant.*

Il passa devant elle d'un pas résolu, l'air plus puissant que jamais, et elle le regarda droit dans les yeux.

— *Les autres sont au courant de cette capacité ?*

— *Non. Mes frères savent juste que je peux manipuler le mouvement, ou plutôt le désir de bouger.*

— *Je ne t'avais jamais vu t'en servir.*

— *L'occasion ne s'est pas présentée.*

— Quand vous aurez fini votre petit conciliabule, intervint Dage, j'aimerais qu'on parte récupérer notre petit frère.

Talen hocha la tête et se dirigea vers la porte.

Trois niveaux plus haut, Katie se figea. Cinq soldats kurjans entraient dans la vaste pièce. Ils souriaient de toutes leurs dents acérées, les yeux protégés par des lunettes de soleil. L'alarme se coupa, ne laissant derrière elle qu'un vague bourdonnement dans le silence.

À côté d'elle, Jase était aussi immobile qu'une statue. Ses yeux, généralement cuivrés, étaient totalement bleus depuis qu'il avait tué les deux premiers Kurjans à entrer dans la pièce. Il n'avait ensuite eu que le temps de la mettre à l'abri sous la table de billard avant qu'une bombe détruise la moitié du mur. La salle de jeux n'était plus qu'un tas de décombres, illuminée par un néon à moitié détaché qui pendait du plafond en jetant des étincelles. La lumière blanche était si éblouissante qu'elle en faisait mal aux yeux.

— Transforme-toi, murmura Jase.

— Non, je risquerais de te tuer.

— Ne t'en fais pas. Sous ta forme humaine, tu es trop fragile, Katie, et tu le sais. Si tu veux te battre, tu dois te transformer.

Il se déplaça un peu vers la gauche, prêt à charger.

Il avait raison. Sous sa forme actuelle, elle ne lui serait d'aucun secours pour affronter les cinq monstres. Elle rampa jusqu'au coin droit de la table pour mettre le plus d'espace possible entre eux, mais le Kurjan au centre du groupe leva sa grosse main osseuse.

— Ce n'est pas toi qu'on veut, métamorphe, c'est l'autre. Où est-elle ?

Katie se tourna vers Jase, qui observait attentivement les cinq soldats.

— J'imagine que vous ne voulez pas de moi non plus ?

— Au contraire. Tuer un Kayrs sera excellent pour mon avancement. Dis-moi juste où se trouve l'autre métamorphe et j'épargnerai celle-ci.

— Qu'est-ce que tu lui veux ? interrogea Katie.

Le soldat haussa les épaules.

— Ça ne te regarde pas. (Il reporta son attention sur Jase.) Alors ?

— À mon grand regret, je dois décliner ton offre, répondit Jase avec un sourire carnassier.

Il se jeta sur son interlocuteur en hurlant à Katie de se transformer. Elle mobilisa toute sa puissance pour éveiller l'animal qui dormait en elle. Sa colonne vertébrale commença à picoter, une douleur vive la traversa et ses orteils s'allongèrent. Une puissance accrue coulait dans ses veines et, en une seconde, son corps délicat se mua en puma. La transformation généra une onde de choc électrique qui propulsa les deux Kurjans les plus proches contre le mur en pierre. Jase subit le même sort mais se releva aussitôt avec un rugissement. L'impact l'avait blessé aux côtes et au visage, mais cela ne l'empêcha pas de se jeter sur un Kurjan. Il le renversa et commença à l'étrangler. Dans le même temps, Katie avait planté ses crocs dans la jugulaire d'un autre soldat.

Le leader s'attaqua à Jase tandis que les deux derniers, après s'être relevés lentement, se tournaient vers Katie. L'un d'entre eux sortit un pistolet vert de sa ceinture et tira. La balle pénétra dans le haut de l'épaule de la jeune femme. Elle poussa un hurlement de douleur et se retourna, la tête de sa première victime dans la gueule. Elle la jeta sur son nouvel adversaire. *Bon sang, qu'est-ce qu'ils récupèrent vite !* Ils étaient désormais deux contre quatre. Une odeur de sang emplissait l'air. Du sang de Kurjan, mais aussi de vampire. Sans prendre le temps de s'inquiéter de Jase, qui était un combattant aguerri, elle se jeta sur celui qui lui avait tiré dessus. Elle planta les dents dans sa cuisse et lui arracha le genou avant de le recracher. Elle s'apprêtait à repartir à l'assaut lorsqu'il lui tira une nouvelle fois dessus. Elle s'écroula sur le sol, à l'agonie. Tout son système nerveux semblait en feu. Elle tenta de se relever, mais retomba aussitôt, au bord de l'inconscience. Ses canines et sa fourrure se rétractèrent, la laissant nue, sanglante et vulnérable sur les dalles froides.

— Jordan, murmura-t-elle.

C'était le dernier mot qu'elle voulait prononcer avant de mourir. Malgré sa douleur, elle leva les yeux au ciel devant cette réaction de midinette. Avant de sombrer, elle entendit un rugissement dans les entrailles de la Terre.

Jase arracha la tête de son adversaire avec un hurlement de rage puis se tourna vers le suivant. Il avait entendu les coups de feu et savait que Katie était évanouie. Le soldat lui décocha un coup de poing en plein dans sa blessure. Il poussa un cri, puis bloqua la douleur et l'attaqua à la gorge.

Invoquant l'image de la combinaison des particules d'oxygène et d'eau dans l'air, il fit apparaître une masse tourbillonnante de débris qu'il projeta sur ses ennemis. Les éléments lui obéissaient, mais sa douleur l'empêchait de se concentrer. Il devait se porter au secours de Katie pour endiguer l'hémorragie.

Jordan bondit du trou dans le mur et Jase interrompit aussitôt l'assaut des éléments. Le visage froid comme la mort, Jordan se jeta sur le soldat qui menaçait toujours Katie de son arme. Curieusement, il ne s'était pas transformé, comme s'il ressentait un besoin impérieux de tuer à mains nues.

Il lui arracha la tête et le sang de son adversaire gicla sur son torse et son visage. Livide, il chercha Katie des yeux et la vit qui gisait dans une mare de sang. Il se précipita vers elle et s'agenouilla à son côté.

Tiens tiens, se dit Jase, *le roi des pumas aime la petite femelle.* Il se félicitait de ne pas avoir tenté sa chance avec elle, mais ce n'était pas le moment d'y penser. Il se sentait faiblir et ses mains ne parvenaient plus à serrer le cou de son adversaire. Ses oreilles commencèrent à bourdonner. Quelle quantité de sang avait-il perdue ?

Le Kurjan le griffa au visage. Il s'accrocha malgré la douleur, mais il n'avait plus la force de lui arracher la tête. Cela allait mal finir pour lui.

Par chance, il sentit un murmure dans l'air. Ses frères étaient arrivés. Il était temps. Talen le débarrassa de son ennemi tandis que Dage jetait le dernier au sol dans un bruit sinistre de craquements d'os. Le benjamin des Kayrs sombra dans l'inconscience.

L'hélicoptère vira soudain vers la droite, à la grande surprise de Cara. Comme il faisait nuit, elle ne pouvait s'appuyer sur aucun indice pour savoir où ils se dirigeaient.

— On va à un hôpital sécurisé dans l'Ontario, lui expliqua Conn dans son oreillette. (*Waouh ! le Canada, à présent ?* Elle prit la main de Maggie pour la rassurer.) Jase et Katie sont blessés, on y sera dans trente minutes.

Cara appuya la tête contre son siège et, malgré les vibrations de l'appareil, se vida l'esprit pour chercher Talen.

— *C'est grave ?*

— *Jase s'en sortira avec quelques points de suture et il va falloir extraire deux balles à Katie. Mais ne t'en fais pas, ils sont aussi solides l'un que l'autre.*

— *Et toi, tu vas bien ?* demanda-t-elle, car une douleur soudaine aux côtes lui avait mis la puce à l'oreille.

— *Super.*

Elle leva les yeux au ciel et poussa un petit ricanement incrédule.

— *Qu'est-ce que tu as aux côtes?*

Elle perçut sa surprise, car il ne s'était même pas rendu compte qu'il était blessé.

— *Tiens… trois côtes cassées, je pense. Elles seront remises quand on se verra.*

Elle sentit alors une piqûre au poignet et il jura.

— *Qu'est-ce qu'il y a?*

— *Rien, c'est juste Jase qui boit à mon poignet. Il a la finesse d'un bulldozer,* maugréa-t-il. (Elle n'était pas dupe: l'inquiétude qu'il éprouvait pour son frère perçait dans sa voix bougonne.) *Pas étonnant que personne ne veuille sortir avec lui.*

— *Il a perdu beaucoup de sang?*

— *Pas assez pour me chiper tout le mien, en tout cas. Ne t'en fais pas, on ira très bien quand on arrivera,* la rassura-t-il avec suffisance.

— *Il y a d'autres blessés?*

— *Non, mais Jordan est furax, comme je le serais si ma compagne se retrouvait en danger au lieu de s'être mise à l'abri comme je le lui avais demandé.*

Cara saisit sans mal cet avertissement voilé puis, se remémorant sa première réaction instinctive, elle dressa ses boucliers autour de son esprit. Le silence l'envahit et elle sourit, les yeux fixés sur les nuages.

Chapitre 29

Cara ne connaissait pas le Canada mais elle s'y sentit immédiatement à l'aise. Le terrain privé de quatre-vingts hectares était recouvert d'érables qui illuminaient le paysage d'un canevas orange, or et rouge. Seules les créatures du Royaume étaient au courant de l'existence de cet hôpital. Une route en terre battue menait à un vaste bâtiment aux allures d'hôtel et des petits sentiers serpentaient dans la forêt jusqu'à des chalets rustiques. En apparence, en tout cas.

Ils étaient arrivés pendant la nuit et le sommeil de Cara, pourtant blottie dans les bras de Talen, avait été peuplé de cauchemars. Dès l'aube, après leur petit déjeuner, ils étaient allés rendre visite à Katie et à Jase, logés dans des chambres qui n'avaient rien de médical. Comme ils dormaient encore, Talen avait guidé Cara jusqu'à la salle de sport, au sous-sol.

— Je reviens dans une heure, dit-il en l'embrassant.

Cara, émoustillée, se colla contre lui et Talen intensifia leur baiser. Un ronronnement fit vibrer son torse et il releva la tête pour la regarder de ses yeux dorés.

— Ou bien on peut retourner dans notre chalet.

Cara sourit jusqu'aux oreilles.

— Je croyais que tu avais une réunion avec Conn et Jordan.

En effet, ils avaient trouvé un minuscule transmetteur sous la peau du coude de Katie. C'était comme cela que les Kurjans avaient pu localiser le repaire et l'attaquer. Les médecins l'avaient détruit sur-le-champ.

— Non, seulement Conn. Jordan refuse de quitter le chevet de Katie tant que les médecins ne seront pas passés.

En effet, il le leur avait dit.

— Hmm. Allez, va comploter, j'ai besoin de me défouler un peu.

En effet, elle n'avait pas mis les pieds dans une salle de sport depuis sa rencontre avec Talen.

Un bruit sourd la fit sursauter. Dans un coin de la salle, Dage bourrait de coups de poing un sac de frappe. Il était torse nu et les muscles de son dos roulaient sous un impressionnant tatouage noir. Le motif lui enveloppait l'épaule gauche, redescendait le long de son bras et se terminait sur son dos. Il grogna et frappa le sac avec violence. Talen regardait son frère, le sourcil dressé.

— Tiens tiens... le roi est en colère.

— Hé ! ce n'est pas le même dessin que sur ta main ? s'exclama Cara.

— Si, c'est la marque des Kayrs.

— Super. Ta main, son dos et mon cul. Sacré trio.

Talen sourit et lui donna un autre baiser avant de s'éloigner.

— Attends, Talen, dit Cara en lui tendant son poignet. Si Dage est là, je n'ai rien à craindre. Enlève le bracelet au cas où je voudrais soulever de la fonte.

Talen fronça les sourcils.

— Très bien, mais reste avec lui jusqu'à mon retour. (Il posa la main sur le bracelet et l'ôta sans mal avant de le mettre à son propre poignet.) Assure-toi qu'il t'a bien vu.

Avec un dernier sourire, il sortit de la salle.

Qu'est-ce qu'il peut être arrogant ! Cara secoua la tête et sauta sur l'un des trois tapis de course, dont elle augmenta l'inclinaison pour travailler ses fessiers. Elle se mit à courir et observa Dage, qui s'acharnait sur le sac de frappe, le dos dégoulinant de sueur.

Pieds nus, il dansait sur le tapis, les cuisses et les fesses moulées dans un pantalon gris. Cara avait un peu honte de s'extasier devant le postérieur de son beau-frère, mais elle ne pouvait nier que le spectacle valait le détour. De plus, tout le monde savait que Talen était le plus beau de la fratrie.

La salle était remplie de tout le matériel standard et, à part Dage et elle, il n'y avait personne. Cara laissa son esprit divaguer pendant que ses muscles chauffaient. Elle s'inquiétait pour ses expériences au labo ; l'un de ses collègues avait-il eu la présence d'esprit de prendre le relais ? Avaient-ils réussi à créer un virus capable d'améliorer le rendement des récoltes de maïs ? En pensant à toutes les personnes à qui ce progrès bénéficierait, elle sentait son cœur se gonfler d'espoir.

Le programme se termina et le tapis commença à ralentir pour qu'elle reprenne son souffle. Elle marcha pendant cinq minutes, puis descendit du tapis et s'essuya le visage. Elle monta des poids de douze kilos sur une barre et s'installa pour une séance de développés-couchés.

Le visage de Dage apparut au-dessus d'elle. Cara sursauta, car elle ne l'avait pas vu arriver.

— Le développé-couché, ça se fait à deux, petite sœur.

Il embaumait le cuir, l'ambre et le bois de santal. Ce mélange créait un parfum unique entre tous, l'odeur du pouvoir.

— Je ne voulais pas interrompre ton combat imaginaire, dit-elle en soulevant la barre.

Dage sourit tout en surveillant ce qu'elle faisait.

— Ce n'était qu'un petit exercice.

Il comptait vraiment lui faire gober cela ?

— Si tu le dis…

Bon sang, ce qu'elle est lourde, cette barre! Elle appuya la tête contre le banc molletonné et descendit lentement le poids jusqu'à sa poitrine en comptant jusqu'à cinq. Dage prit la serviette dont elle s'était servie et s'essuya à son tour le visage sans la lâcher des yeux.

— Parle-moi d'Emma.

Cara, surprise par cette demande, lâcha à moitié la barre. Dage la rattrapa d'une seule main et la regarda, inquiet.

— C'est bon, je l'ai, le rassura-t-elle en se reprenant. *(Lui parler d'Emma? OK…)* Euh… alors, c'est la personne la plus intelligente que je connaisse, et aussi la plus courageuse.

Une chose était sûre: jamais sa sœur n'accepterait de se plier aux règles du royaume de Dage. Cara se concentra sur son exercice. Une fois le huitième développé terminé, elle poussa un soupir de soulagement.

Dage hocha la tête, lui prit la barre des mains et la reposa sur son stand.

— Souffle entre deux séquences.

Il avait raison, mais il était un peu trop autoritaire à son goût.

— Ah! oui, et jamais elle n'acceptera de se soumettre à aucun homme, même à un roi.

— Comment ça? demanda-t-il avec un grand sourire.

Cara se rassit.

— Tu n'arrêtes pas de donner des ordres à tout le monde. C'est lié à ta fonction, j'imagine, mais ce ne serait pas du tout du goût d'Emma.

Avec un petit rire, Dage lui tendit deux petits haltères bleus et en prit deux plus gros pour lui, puis s'assit en face d'elle.

— On travaille les biceps?

— Les tiens sont plus gros, dit Cara en se mettant en position.

— À peine, minauda-t-il en pliant le bras pour lever le premier poids.

— Par contre, ajouta-t-elle pour le consoler, cette histoire de traité pour mettre fin à des siècles de guerre, ça lui plairait beaucoup.

Dage soupira et passa à son autre bras.

— Ce traité, ce n'est pas moi qui en suis à l'origine. C'est Talen. (Il prit les deux énormes poids dans la même main et continua comme si de rien n'était.) C'est ton compagnon qui a mis un terme à ce bain de sang, Cara, pas moi.

Cara, ravie de cette nouvelle, tenta de l'imiter avec ses poids plus petits.

— C'est vrai ? Waouh ! Pourquoi ?

Il la regarda droit dans les yeux.

— À cause de toi, petite sœur. Si la paix est arrivée, c'est en fait grâce à toi.

Cara reposa ses poids pour se reposer.

— Je ne comprends pas.

Dage fit de même avec ses propres poids et étendit les jambes.

— Pendant les cinq années qui ont suivi la disparition de nos parents, ça a été un véritable bain de sang. Mes frères et moi avons semé la mort. (Il baissa la voix, emporté par ses souvenirs.) Nos alliés, nos ennemis, tout le monde mourait autour de nous, et surtout beaucoup trop d'humains. Mais ça ne me suffisait pas. Je voulais plus de mort. Plus de sang.

Cara frissonna face à la douleur qu'elle devinait dans ses yeux et dans sa voix.

— Je suis désolée, dit-elle, consciente que ces quelques mots étaient dérisoires.

Dage entama une nouvelle séquence et lui fit signe de faire de même.

— Un jour, Talen est venu me voir et a posé deux piles de papiers sur mon bureau. Sur la première, il a placé son épée. Elle dégoulinait encore de sang et dégageait une odeur de mort. Il m'a dit que ces papiers contenaient le plan de bataille pour terrasser nos ennemis, mais qu'en le mettant en œuvre nous condamnerions aussi la plus grande partie de l'humanité. Je l'ai corrigé en remplaçant « humanité » par « race humaine » et il m'a répondu, plus sérieux que jamais : « Oui, ça aussi. »

Cara débordait de compassion pour ce qu'avaient vécu les deux frères.

— Et l'autre pile ?

— Sur celle-là, il a posé le stylo en or de notre père, continua Dage en s'essuyant le front. C'était le traité, qui offrait une solution pour que nous vivions tous en paix, temporairement tout du moins. Je lui ai demandé pourquoi il s'inquiétait tant du sort des humains.

Il parlait d'une voix si dégoûtée que Cara avait envie de lui prendre la main pour le réconforter.

— Qu'est-ce qu'il a dit ?

— « Parce qu'elle est là, quelque part. Ma compagne. Chaque décès augmente les risques qu'elle ne voie pas le jour. » Talen s'est fait le héraut de la paix pour que tu viennes au monde, Cara.

Vraiment ? Chaque vampire n'avait-il donc qu'une seule compagne potentielle ? Cela l'emplissait d'espoir, mais aussi de doute.

— Et tu as choisi le traité ?

— Oui, répondit-il en lui tendant la main pour l'aider à se relever. Les négociations ont pris deux ans, mais nous avons enfin pu aboutir à la paix. J'étais si épuisé que j'ai suggéré à Talen de me succéder sur le trône. Je me sentais lessivé, fini.

Cara, qui se dirigeait vers la porte, s'arrêta à ces mots et se retourna vers lui, estomaquée.

— C'est vrai ? Tu lui as proposé la couronne ? Qu'est-ce qu'il a dit ?

Dage sourit à pleines dents.

— Rien du tout. Il m'a défoncé la mâchoire, répondit-il en se frottant le menton. Mon frangin a un sacré crochet du gauche.

— Et ensuite ?

— J'ai dit « je vois », il a hoché la tête et ça a mis un terme à la discussion. Viens, Cara, allons le retrouver.

Les cuisses endolories, elle le suivit dans le couloir, consciente du fait qu'elle venait d'être admise dans un club très fermé.

— Tu n'es pas du genre à faire des confidences, n'est-ce pas, Dage ?

— Non. Quand on est roi d'un monde au bord de l'explosion, on apprend à prendre sur soi. (Voyant qu'elle souriait à cette réponse, il s'étonna.) Quoi ?

— Quand j'étais petite, on croisait une famille à l'église. Ils avaient au moins dix enfants, toujours à se chamailler et à faire un boucan pas possible, mais ils se serraient toujours les coudes, surtout lorsque l'un d'entre eux avait des problèmes. J'aurais voulu être leur sœur.

Le roi lui prit le bras.

— Bienvenue dans la famille Kayrs, petite sœur. Tu y as toute ta place et on ne laissera personne te faire du mal.

Une famille pour veiller sur Janie. Que pouvait-elle demander de plus ?

— Emma ne fait pas confiance aux hommes, Dage.

Elle avait un peu honte de parler ainsi de sa sœur, mais il fallait qu'il sache qui elle était vraiment. Emma, sous ses allures de teigne, avait un cœur d'or.

— Et pourquoi ? demanda-t-il en raccourcissant ses foulées pour s'adapter aux jambes plus courtes de Cara.

— Notre père buvait et il était violent.

— Il vous a fait du mal ? grogna Dage.

— Oui, répondit-elle d'une voix faible. Surtout à Emma.

— Il est encore en vie ?

Elle le sentait raidir ses muscles, comme s'il avait envie de frapper quelque chose. Très fort. Elle lui tapota le bras pour qu'il se détende.

— Non. Emma se mettait en première ligne dès qu'elle le pouvait pour qu'il s'en prenne à elle plutôt qu'à moi ou à notre mère. Elle a fait preuve d'un courage incroyable, Dage.

— C'est elle qui l'a tué ?

Cara regarda dans le vide, les doigts crispés sur son avant-bras.

— Non. Nos parents sont morts dans un accident de voiture.

Il se détendit.

— Très bien. (Une fois devant la porte, il la regarda dans les yeux.) Je veillerai sur le cœur de ta sœur, Cara. Je t'en fais le serment. (Il salua d'un signe de tête Talen, assis dans un gros fauteuil orange, puis se tourna vers Katie.) Salut, Kate, comment tu te sens ?

La jeune femme, assise dans un lit douillet d'hôpital, leva les yeux au ciel.

— Très bien, Dage, merci. Tu veux bien aller parler à Jordan ?

— Volontiers, mais de quoi ?

— Il est temps que je rentre chez moi, mais il essaie de se la jouer grand chef de meute.

— C'est ce qu'il est, non ?

— Oui, mais, toi, tu es le roi. Il est ton vassal.

— Pas exactement. Je suis sur le trône du Royaume mais chaque espèce a son propre chef indépendant. Nous avons simplement tous signé un accord pour faire partie du Royaume.

— C'est un peu comme les Nations unies, en quelque sorte ? demanda Cara en s'installant sur les genoux de son mari.

— Avec un peu plus de… mordant, si je puis dire.

Riant de sa plaisanterie, il sortit pour aller rendre visite à Jase. Katie s'était fait une queue-de-cheval, ce qui mettait en valeur ses étranges yeux topaze et sa peau immaculée.

— Comment vas-tu ?

— Très bien, je te dis, mais j'ai vraiment hâte de partir. Il faut encore que je trouve une robe pour ce fichu bal.

Tout à coup, Talen plaça le bracelet en or sur le poignet de Cara.

— Hé !

— C'est soit là, soit à ta cheville, compagne, répliqua-t-il en se levant avant de la reposer dans le fauteuil. Je vais voir Jase. Ne bouge pas d'ici jusqu'à mon retour. Katie, Jordan a dit qu'il n'en avait pas pour longtemps, donc, à ta place, je ne sortirais pas de mon lit.

Il sortit de la chambre en sifflotant l'hymne national du Canada. Cara joua un instant avec le bracelet et regarda son amie.

— Les hommes…

— … tous des crétins.

Chapitre 30

Ils repartirent tous ensemble pour le Colorado, où ils passèrent une nuit. La rencontre avec les métamorphes mit Janie en joie. Elle était très intriguée par le fait que ses nouveaux amis puissent se transformer en félins et elle savait déjà que ses futurs dessins représenteraient des pumas et non plus des poneys.

Lorsque l'heure du coucher sonna, elle protesta avec véhémence jusqu'à ce que Katie déclare qu'elle partait elle aussi au lit. Janie se dit alors que, si un puma se couchait à 20 heures, elle pouvait le faire elle aussi sans rechigner.

Dans sa chambre blanc et rose, illuminée par une veilleuse en forme de papillon, elle serra Mr Mullet contre elle. Ses cheveux bleus lui chatouillaient les narines. Elle ferma les yeux, respira à fond l'odeur de talc qui l'entourait et se retrouva bientôt au milieu d'une forêt enneigée.

— Zane ?

Elle fit apparaître de grosses bottes fourrées et un manteau bleu. Même si elle ne ressentait pas le froid, elle avait envie de faire semblant. Son ami sortit de derrière un arbre.

— Coucou. On dirait que c'est toi qui viens dans mes rêves, maintenant.

— C'est ici que tu vis ? dit-elle en formant une boule de neige.

— Pas très loin. À partir de maintenant, on ferait mieux de se voir ailleurs que chez toi, d'accord ?

— Mais je veux que tu voies ma nouvelle maison !

Janie tapota sur sa boule pour en perfectionner la forme et un gros manteau gris apparut par-dessus le tee-shirt noir de Zane.

— Non. Soit ici, soit dans un endroit qu'on invente, Janie.

— Pourquoi ? insista-t-elle en se préparant à lancer sa boule.

— Parce que je ne veux pas que celui qui cherche à envahir tes rêves sache où tu te trouves.

Sur ces mots, il se baissa pour faire sa propre boule de neige.

— Tu n'oseras pas me tirer dessus ! dit-elle

Elle lança sa boule, qui atterrit en plein dans la poitrine de Zane. Il se tourna vers elle, les cheveux pleins de neige, les yeux verts pétillants.

— Pourquoi ? demanda-t-il en armant son bras.

— Parce que tu es trop fort.

— Tu te trompes.

Il tira et Janie, avec un petit cri de joie, vit la boule passer au large de son épaule gauche pour s'écraser sur un arbre, faisant dévaler une pluie de flocons des branches.

— Zut ! loupé, dit-il avec un grand sourire.

Janie leva les yeux au ciel. Elle n'avait peut-être que quatre ans, mais elle n'était pas idiote.

— Si tu le dis.

Il s'approcha d'elle.

— Est-ce que tu sens une présence qui cherche à entrer dans ton rêve ?

La petite fille cessa de sourire.

— Oui.

Zane fronça les sourcils et remonta le col de Janie jusqu'à ses oreilles.

— Tu arrives à l'identifier ? (Elle secoua la tête.) Tu sais quelque chose sur cette personne ? (Il avait les yeux de la même couleur que le lac de Talen. C'était troublant.) Janie ?

Elle revint à la réalité et haussa les épaules.

— Non. On pourrait le laisser entrer pour voir qui c'est.

Si elle lui disait son nom, Zane partirait pour régler le problème sans elle. Ils devaient collaborer.

— Non, surtout pas, c'est clair ?

— D'accord.

Elle se baissa pour faire une nouvelle boule de neige.

Une semaine plus tard, Cara était dans le grand lit de sa chambre donnant sur le lac. Les métamorphes étaient restés au QG souterrain, car ils auraient dû y revenir de toute façon pour le colloque, qui approchait à grands pas. Pour convaincre Katie de rester, Dage avait promis de lui faire livrer une quantité astronomique de robes à essayer.

C'était bien le cadet des soucis de Cara. Elle se morfondait d'inquiétude pour Emma. Elle avait tenté de se concentrer au maximum pour la localiser, mais sans succès. Elle se tourna sur le flanc et repensa à sa dernière visite au QG. Elle avait préparé les affaires de Janie, heureuse à l'idée de passer quelques jours à l'air libre. Mais, juste avant de partir, elle s'était rendu compte qu'elle avait oublié le carnet à dessins de Janie et elle avait couru jusqu'à leur appartement pour le récupérer. En revenant, elle avait surpris une conversation animée entre Max et Brack, qui jouaient au billard dans la salle de repos.

— Conn devrait se remuer un peu et aller revendiquer sa compagne, disait Max. Tu sais qu'on a tous reçu l'ordre de le faire.

— Ce n'est pas vrai, rétorqua Brack, allongé sur le billard pour un coup acrobatique.

— Bien sûr que si ! Le conseil législatif est aussi puissant que la famille Kayrs. Ce sont les prophètes qui proclament les lois.

— Peut-être.

— Il n'y a même pas à hésiter. On ne peut pas attendre plus longtemps, continua Max en jouant à son tour. Pour nous, remarque, ce n'est pas forcément très urgent, mais ça concerne surtout la famille royale. Regarde Talen.

Cara se sentait de plus en plus mal à l'aise.

— Ils vont bien ensemble, Max.

— C'est vrai, mais tu sais aussi bien que moi qu'elle n'aurait pas eu le choix.

— J'en suis pas si sûr.

Étouffant un sanglot, elle s'était enfuie vers l'ascenseur. Était-ce la vérité ? Talen ne l'avait-il épousé que pour obéir aux ordres ? Elle commençait à tomber amoureuse de lui, mais si jamais il ne l'avait épousé que par sens du devoir ? Sans prêter attention aux regards inquiets qu'il lui avait jetés pendant le trajet, elle était allée se coucher directement après avoir mis Janie au lit.

Elle était assise dans le noir, incapable de se rendormir dans ce lit qui sentait le musc et l'homme. Au moins, les oiseaux chantaient de l'autre côté de la vitre et des pommes de pin tombaient régulièrement, comme pour lui rappeler que la nature veillait sur elle et sur tous ses proches. Elle tenta une nouvelle fois de se concentrer sur Emma.

— Cara, demanda Talen en se glissant sous la couette, pourquoi tu ne dors pas ? (Il leva la tête, comme s'il reniflait quelque chose.) Et pourquoi est-ce que tu pleures ?

Elle se passa les mains sur le visage pour essuyer ses larmes.

— On n'a toujours pas trouvé Emma, Talen. Et si jamais les Kurjans mettent la main sur elle les premiers ?

Talen soupira et l'attira contre lui. Aussitôt, elle se sentit en sécurité, au chaud contre lui.

— Elle est coriace, ma puce. Tous nos alliés sont à sa recherche, l'un d'entre eux finira bien par tomber sur un indice. Mais c'est vrai que, jusqu'ici, elle nous fait tourner en bourriques.

Il la serra encore plus fort et elle renifla.

— Je sais bien, mais il est plus que temps qu'on la mette en sécurité. Ça fait trop longtemps qu'elle se cache.

C'était Emma tout craché : elle pensait pouvoir sauver le monde à elle seule. Talen passa la main sur le bras de Cara et immobilisa les doigts sur le bracelet en or.

— On a épluché toutes les données des raids et on a mis tous nos alliés en branle. Ne t'en fais pas, ça ne durera plus très longtemps. Je crois que Dage n'a pas fermé l'œil depuis qu'il a enfin trouvé sa compagne.

Cara refusait de s'inquiéter de la manière dont Emma réagirait à Dage. Pour l'heure, elle remerciait le ciel que son beau-frère mette toute sa détermination à la retrouver.

— Merci d'avoir apporté mes plantes, dit-elle en regardant les pots de lys, d'impatiens et d'iris alignés sur la commode.

— De rien, répondit-il en lui caressant la hanche. Ah oui ! au fait : ta maison a été vendue la semaine dernière. Le gouvernement t'enverra bientôt un chèque.

« Un chèque » ? C'était la première fois depuis leur rencontre qu'elle pensait à l'argent.

— Oh… euh… ben, dépose-le sur notre compte. On en a besoin ?

Cela le fit rire.

— Non, ma belle, on n'a aucun souci de ce côté. Au fil des siècles, j'ai fait quelques investissements.

Des siècles ? C'était si bizarre ! Sa phrase réveilla sa curiosité de scientifique.

— Quelle est la meilleure invention depuis ta naissance ? *L'avion ? L'électricité ? ou Internet, peut-être ?*

Il se frotta le menton sur le sommet de son crâne et y déposa un petit baiser.

— La pizza surgelée.

— Sérieux ?

— Oui. De la pâte, du fromage et de la viande, tu sors ça du congélateur, tu le fais cuire dix minutes et c'est le paradis.

Son ventre en profita pour se manifester et elle poussa un grognement. Avait-elle attrapé un petit virus ?

— Tu te sens bien ? demanda aussitôt Talen.

Cara secoua la tête et respira à fond pour surmonter sa nausée. Ce n'était pas le moment idéal pour parler de pizza.

— Pas trop. En fait, je suis crevée, Talen. La semaine a été éprouvante. Bref, à part te gaver de pizzas, qu'est-ce que tu as fait pendant tous ces siècles ?

Il l'installa plus confortablement contre lui.

— Je sais que c'est dur à croire, mais diriger le Royaume est un boulot à plein-temps. Rien qu'essayer de satisfaire tous nos alliés c'est une sacrée paire de manches. Tu t'en rendras vite compte demain soir, pendant le bal.

À ce sujet, il était peut-être temps qu'elle songe à sa robe.

— Je ne peux pas aller à un bal avec ma sœur dans la nature.

— Bien sûr que si. Tu n'as pas le choix, mon cœur. (Il lui souleva les cheveux et l'embrassa sur la nuque.) La royauté a un prix, mais, si tu ne t'en sens vraiment pas le courage, on n'ira pas. Allez, au dodo.

Avec un soupir, Cara ferma les yeux dans la chaleur douillette de son mari et s'enfonça presque aussitôt dans de mauvais rêves.

Elle avait l'impression de n'avoir somnolé que dix minutes lorsque quelqu'un la secoua.

— Maman, réveille-toi, dit Janie. Tu dors depuis des heures. Réveille-toi. (Cara ouvrit les yeux en sursaut et poussa un grognement. La chambre semblait vaciller autour d'elle.) Tu vas bien ?

— Oui, ma puce, je suis fatiguée, c'est tout.

Elle écarta les cheveux de son visage et aperçut de jolies fleurs sur la commode. Les larmes lui montèrent aux yeux mais elle les essuya, agacée.

— J'ai rêvé de tata Emma cette nuit, expliqua Janie.

Cara s'assit dans le lit et feignit la nonchalance.

— Ah bon ?

— Oui. Elle donnait un coup sur le nez de tonton Dage.

Janie semblait embêtée par ce rêve qu'elle ne comprenait pas. Malheureusement, ce scénario était plus qu'envisageable si Dage tentait de dompter le caractère explosif de sa grande sœur. D'un autre côté, cela signifiait peut-être que les Kurjans n'avaient toujours pas réussi à la capturer.

— Je suis sûre que c'était pour rire, mon poussin.

Tu parles…

Janie semblait dubitative, mais elle finit par hausser les épaules. Elle se tourna pour sortir de la pièce. Au même moment, Talen entra. Cara le regarda, étonnée. Il était en tenue de combat. Avec ses vêtements noirs et ses cheveux noués sur la nuque, il avait l'air d'un ange de la mort.

— Tu vas quelque part ?

— On a découvert deux nouveaux labos qu'on veut attaquer avant que les Kurjans repassent à l'offensive, expliqua-t-il en s'asseyant sur le lit. Janie, ma puce, Max a besoin de ton aide dans la cuisine. Il n'arrive pas à trouver les bagels. (Janie sortit en sautillant et Talen se passa la main sur son menton mal rasé.) Bon, promets-moi de rester calme.

Le cœur de Cara s'accéléra.

— Vous avez localisé Emma ?

Les yeux sombres, il posa la paume sur son bras.

— On a trouvé l'endroit où elle se cachait, dans le Dakota du Nord, mais elle n'y est plus.

« Le Dakota du Nord » ? se répéta Cara, glacée par la peur. Elle se redressa, prête à bondir.

— Ah bon ?

— Elle avait loué un chalet, mais il est vide.

Il la tenait par les épaules pour l'immobiliser, mais Cara se débattit de son mieux.

— Mon Dieu, il faut qu'on y aille !

Talen secoua la tête.

— Non. Janie et toi allez rester ici avec Max.

— Mais je ne peux pas…

— Oh que si ! On ne sait pas si les Kurjans l'ont enlevée ou pas. On va retrouver ta sœur, Cara, je te le promets.

Épuisée, elle cessa de lutter.

— Mais tu auras besoin de moi pour la localiser.

— Non. On envoie une équipe attaquer un labo dans l'ouest du Nevada. Mes frères et moi partons pour un hôpital dans l'Utah. S'ils l'ont attrapée, c'est là qu'elle sera. Fais-moi confiance, Cara.

Elle fit appel à tous ses sens, les ouvrant en grand, comme elle ne l'avait encore jamais fait. Elle écouta, mais en vain. Emma ne semblait être nulle part.

— Je ne peux pas rester les bras croisés, Talen.

Il se leva.

— Tu n'as pas le choix. Reste ici avec Max, protège Janie et fais-moi confiance. D'ailleurs, on est en train de recevoir de nouvelles données sur l'ordinateur. Tu peux les déchiffrer pour moi si tu veux t'occuper.

Elle soupira. Il avait raison. Vu son état, elle ne ferait que le ralentir. Elle lui tendit toutefois son bras droit.

— Je ferai peut-être un peu de yoga, ou j'irai courir. Tu peux m'enlever ce truc ?

Elle commençait à se lasser de devoir demander la permission d'ôter le bracelet. S'ils restaient ensemble, c'était un sujet dont ils allaient devoir discuter.

Talen fronça les sourcils et Cara prit la mouche.

— Je ne suis ni un chien ni un animal sauvage qu'il faut marquer, c'est clair ? Enlève-le.

Il sourit.

— Ce n'est pas pour te marquer, mon cœur, c'est pour te localiser s'il t'arrivait quelque chose. Du genre un enlèvement par un gang new-yorkais, par exemple.

Cara leva les yeux au ciel.

— Je crois que je n'ai plus rien à craindre de ce côté-là, Talen.

Elle lui tendit de nouveau son poignet, déterminée, et il obtempéra avec un soupir.

— Voilà. Mais, si tu veux mon avis, oublie le jogging et repose-toi. (Il posa la main sur son front et grimaça.) Tu n'as pas de fièvre mais tu es très pâle. Max comptait emmener Janie pêcher. Je crois que je vais leur demander de rester à la maison.

— Non, Janie adore la pêche. Je n'ai rien, j'ai juste besoin de repos.

— Très bien, je t'appelle dès que je sais quelque chose.

Il lui jeta un dernier regard inquiet et s'en alla. Quelques minutes plus tard, Janie passa la tête par la porte pour lui annoncer que Max et elle partaient pêcher et qu'ils rapporteraient un poisson pour midi. Cara lui répondit d'un signe de la main.

Elle resta au lit pendant plusieurs minutes, profitant du calme de la grande maison. Elle espérait que sa sœur allait bien. Avec un grognement, elle sortit du lit et entra dans la salle de bains, où elle prit une bonne douche. Elle prit ensuite un petit déjeuner léger. Comme elle se sentait un peu mieux, elle se rendit dans le bureau de Talen pour lire les données dont il lui avait parlé. En allumant l'ordinateur, elle se dit qu'elle pouvait au moins regarder sa messagerie, mais l'écran lui apprit qu'une mise à jour venait de commencer.

Prenant son mal en patience, elle aperçut un graphique intéressant sur une feuille et elle se mit à la recherche d'un surligneur, mais, en ouvrant le tiroir du bas, elle tomba sur un dossier dont le titre la fit frémir. « Directives ». Elle le sortit et l'ouvrit. La première feuille était une lettre du conseil des Prophètes ordonnant aux frères Kayrs de chercher des compagnes aux capacités hors du commun. Selon le Conseil, la guerre était imminente et il était plus que temps de prendre des précautions.

Plus Cara avançait dans sa lecture et plus elle avait la nausée. Apparemment, la marque sur la paume de la main pouvait être imposée de force, comme cela se faisait depuis des siècles. Les unions arrangées étaient courantes, voire encouragées. Face à une femelle éligible, le vampire pouvait faire apparaître la marque en mobilisant son énergie mentale.

Cara se redressa pour contenir la bile qui lui montait à la gorge. Talen avait des dons psychiques extraordinaires. Il lui avait dit que la marque était apparue d'elle-même sur sa main, mais était-ce la vérité ? Il avait toujours eu l'intention de la marquer. Il le lui avait même dit.

Elle passa à la page suivante et son cœur cessa de battre. C'était une copie de la réponse de Talen, par laquelle il affirmait être d'accord sur le fait que le temps était venu pour eux de trouver des compagnes. Sa signature s'étalait sur le bas de la page. Il était *d'accord*.

Cara referma violemment le dossier et se redressa, sous le choc. Talen l'avait épousée pour qu'elle lui donne des fils dont il ferait des guerriers. À ses yeux, elle n'était rien de plus qu'une jument poulinière. Elle pensa au motif qu'elle portait sur la hanche. Cet enfoiré l'avait même marquée comme du bétail.

Dire qu'elle commençait à croire qu'il y avait peut-être de l'amour entre eux. Leur passion résonnait dans sa tête et alimentait sa colère. Quel salopard, tout de même! Elle était si furieuse que ses yeux commençaient à voir rouge. Elle rangea le dossier et referma le tiroir d'un geste brusque. Elle allait vraiment le tuer.

Elle se força à ravaler sa rage et tourna de nouveau son attention sur les papiers du bureau malgré la migraine qui la menaçait. Le plus important pour elle était de trouver le moyen de se protéger du virus. Elle réglerait son compte à Talen plus tard. La mise à jour se termina enfin et elle ouvrit sa messagerie, espérant qu'Emma avait pu prendre la fuite et lui donner de ses nouvelles.

Un message datant de la veille l'attendait dans sa boîte de réception. Cela devait signifier qu'Emma allait bien. Elle l'ouvrit en retenant son souffle, mais se figea en découvrant une photo de sa sœur. Elle était attachée à une chaise, le regard sombre, la joue colorée par un hématome. Un numéro de téléphone déroulant passait sous l'image. Les mains tremblantes, elle le composa. Vu la paranoïa de Talen, la ligne devait être sécurisée. Normalement.

— Bonjour, concubine, répondit une voix grave.

Eh merde!

— Je ne suis pas ta compagne, Lorcan, répondit-elle, le cœur battant.

— Ce n'est qu'une question de temps. Merci de m'appeler, au fait.

— Où est ma sœur ?

— Ah ! ta sœur... Entre nous, après notre dernière rencontre, j'étais prêt à parier que tu étais la plus pénible de la famille, mais je dois t'avouer que je me trompais, dit-il avec un rire maléfique et effrayant. Je suis soulagé que le destin m'ait réservé la plus douce des deux sœurs.

— Où est-elle ? répéta Cara en serrant le téléphone entre ses doigts.

— Elle se porte à merveille, Cara. Je n'ai aucune intention de faire le moindre mal à ma future belle-sœur et je ne demande qu'à la relâcher, crois-moi. (Au ton de sa voix, Cara devinait qu'Emma lui donnait du fil à retordre.) Je serai ravi de l'échanger contre toi. Et le plus vite possible.

Cara n'avait pas besoin des capacités psychiques de Janie pour deviner qu'il mentait. Jamais les Kurjans ne laisseraient partir une femme dotée de tels dons. Si personne ne l'avait encore revendiquée comme compagne, cela ne saurait tarder.

— Très bien, Lorcan. Laisse-moi lui parler. Si je suis convaincue qu'elle va bien, je viendrai me livrer.

Il poussa un soupir de frustration.

— D'accord.

Elle entendit une conversation indistincte, puis un bruit de porte.

— Je ne parlerai à personne, c'est compris, connard ? cria alors sa sœur.

Cara bondit de sa chaise.

— Emma ?

— Eh merde ! Cara, quoi que tu fasses, n'écoute pas ce faux jeton. C'est un vrai monstre...

Sa sœur poussa un cri étouffé et une porte claqua.

— Sur les prophètes, je jure que je vais finir par l'étrangler ! hurla Lorcan d'une voix perçante.

Cara sentit des frissons lui parcourir la colonne vertébrale.

— Ne fais pas ça, je t'en supplie, murmura-t-elle, désemparée.

Jamais elle n'avait eu autant besoin de Talen. Elle était furieuse contre lui, soit, mais elle ne pouvait rien faire sans son aide.

— Tu es la seule à pouvoir m'en empêcher, concubine. Nous savons que tu es dans l'ouest des États-Unis, mais nous ne pouvons pas te localiser plus précisément. Il faut croire que les vampires ont bien amélioré leur technologie eux aussi. Où es-tu, ma chère ?

Elle ne pouvait pas le lui dire. Si les Kurjans apprenaient l'emplacement du QG des vampires, ils attaqueraient aussitôt. Même pour sa sœur, elle ne pouvait se résoudre à une telle trahison. Elle chercha frénétiquement d'autres solutions.

— Et toi, Lorcan, où es-tu ?

— Dans l'un de mes repaires temporaires, dans un état de l'Ouest. On s'y est installés en traquant tes mouvements.

Avec un peu de chance, il s'agissait de l'Utah ou du Nevada, là où les vampires devaient attaquer d'une minute à l'autre.

— Parfait. C'est moi qui vais venir. Dis-moi seulement où.

— Je préférerais venir te chercher.

— Je n'en doute pas, mais tu peux faire une croix dessus, répliqua-t-elle d'une voix calme qui était aux antipodes de son affolement. Donne-moi un point de rendez-vous, mais pas question que je te dise où je me trouve.

Il hésita pendant quelques secondes.

— Tu ne pourras pas éternellement protéger ton ancien compagnon de ma vengeance, Cara.

— Talen est assez grand pour se protéger lui-même, répondit-elle avec aigreur.

— Ah ! dit Lorcan d'un ton satisfait, je vois que tu commences à découvrir les vampires sous leur vrai jour, n'est-ce pas ?

— Je n'ai pas envie de discuter de ça avec toi, Lorcan. Alors, tu veux me voir ou pas ?

Comment allait-elle réussir à sauver Emma ? et à se sauver elle-même ?

— Très bien. Je suis à Wheatland, mais je te préviens, si jamais les vampires nous attaquent, je tuerai ta sœur et je peux t'assurer qu'elle souffrira. Et aussi que j'en profiterai à fond, Cara.

Elle le croyait. Sa voix avait un ton de vérité et il était prêt à sacrifier une compagne potentielle pour arriver à ses fins.

— C'est où, Wheatland ?

Il soupira.

— On ne t'a pas appris la géographie à l'école ? C'est dans l'est du Wyoming.

Eh merde, ce n'est pas du tout là où ils vont attaquer ! Il leur faudrait au moins trois heures pour s'y rendre.

— J'ai besoin d'un peu de temps.

— Tu as deux heures. Ensuite, je commencerai à découper ton horreur de sœur en petits morceaux.

Sa décision était prise : elle allait partir sur-le-champ pour le Dakota. Elle trouverait bien le moyen de gagner une heure supplémentaire, le temps que les frères Kayrs arrivent.

— Très bien, je rappelle au même numéro dès que je suis à Wheatland. Et j'exigerai de parler à ma sœur avant de te dire où je suis.

— Bien sûr. À très bientôt, ma chère.

Il raccrocha.

Chapitre 31

Cara resta un moment immobile, réfléchissant aux possibilités qui s'offraient à elle. Pour sauver sa sœur, elle devait abandonner Janie. Talen veillerait sur la petite quoi qu'il arrive. Cet enfoiré l'avait peut-être épousée uniquement pour l'engrosser, mais l'affection qu'il portait à Janie était sincère. Dans un coin de son cœur, elle espérait encore qu'il l'aimait vraiment elle aussi, même si les lettres qu'elle venait de lire ne lui laissaient aucun doute à ce sujet. Mais peut-être était-il temps qu'elle prenne son courage à deux mains pour revendiquer ce qu'elle désirait.

Elle chercha sur Internet la route la plus directe pour Wheatland. La petite ville se trouvait à deux cents kilomètres au nord.

Elle inspira à fond pour se calmer et étudia le bureau de Talen. Elle se souvenait de la porte dérobée dans celui de Jordan, derrière laquelle il cachait ses armes. Où Talen rangeait-il les siennes ? Dans un endroit sûr, hors de portée de Janie. Elle se mit à sonder les murs, mais aucun ne sonnait creux. Avec un soupir agacé, elle rédigea un petit mot à Max et un autre, plus long, à Janie, puis ouvrit son esprit à Talen.

— *Tu es là ?*

— *Oui, mais je suis un peu occupé. Emma n'est pas là.*

L'image d'un bâtiment en ruine lui apparut.

— *Je sais. Je pars la retrouver dans le Wyoming.*

— *Pas question*, répondit-il froidement.

Il avait l'audace de lui dire ce qu'elle devait faire ? Cela la mettait tellement en colère que ses murailles s'abaissèrent l'espace d'un instant.

— *Tu n'as pas d'ordre à me donner. Compagnon*, ajouta-t-elle d'un ton sarcastique.

— *Je peux tout t'expliquer pour ce dossier, Cara*, dit-il après quelques secondes.

— *Retrouve-moi à Wheatland. J'essaierai de faire patienter Lorcan jusqu'à ton arrivée.*

Elle releva ses boucliers mentaux avant qu'il ait eu le temps de répondre. Il allait être furax, mais ce serait bien fait pour lui. Cara se demandait si elle était capable de réussir. Elle avait toujours l'option d'attendre l'arrivée de Talen, mais les menaces de Lorcan semblaient très sérieuses. Emma l'avait mis tellement en rogne qu'il se ferait un plaisir de s'en prendre à elle.

De plus, grâce à ses capacités psychiques hors du commun, elle avait déjà dû deviner ce qu'elle avait en tête.

Cara se décida. Elle prit deux couteaux à la cuisine et en glissa un dans sa chaussette droite, puis entra dans le garage, dont elle ouvrit la porte automatique. Deux véhicules l'attendaient, l'énorme Hummer noir et une jolie petite voiture de sport. *Au point où j'en suis…*

Les clés étaient sur le contact de la petite sportive, dont le moteur rugit comme un tigre affamé. Cara fit aussitôt l'analogie avec Talen : comme lui, la voiture semblait dangereuse, déterminée et surpuissante. Et incontrôlable.

Elle prit la route en se demandant le temps qu'il faudrait à Talen pour se rendre dans le Wyoming. Le pied au plancher, elle fit de son mieux pour dominer son malaise, sans même voir le magnifique paysage forestier qui défilait sous ses yeux.

Deux heures plus tard, elle arriva à Wheatland et s'arrêta à une station-service aux abords de la ville pour rappeler Lorcan. Elle tremblait de peur à l'idée qu'on lui injecte le virus dès son arrivée.

Elle se gara à côté de la cabine téléphonique et sortit de la voiture, ragaillardie par la douceur printanière. Elle s'appuya un instant sur la carrosserie, prise d'un tournis. Une fois remise, elle se dirigea à pas lents vers la cabine. Sans se laisser le temps de changer d'avis, elle composa le numéro. Elle savait qu'ils n'auraient aucun mal à localiser l'appel et ne voyait aucune raison pour cacher sa localisation.

— Salut, Cara, répondit Lorcan d'une voix satisfaite.

— Passe-moi Emma, lui ordonna-t-elle, plus calme qu'elle l'espérait.

— Bien sûr.

— Dis-moi que tu n'es pas dans le Wyoming! explosa sa sœur quelques secondes plus tard

— Salut, Emma. Moi aussi, je suis contente de t'entendre, répondit ironiquement Cara.

— Bon sang, Cara, sauve-toi tout de suite!

Il y eut un bruit de lutte. Sa sœur jura comme un charretier, puis se tut.

— Comme tu as pu le constater, cette teigne se porte à merveille.

— Oui.

Cara avait une boule dans la gorge. Quelque chose lui disait que la santé d'Emma ne tarderait pas à se dégrader.

— Où es-tu?

— À la station-service, à l'entrée de la ville.

— Ah! parfait. J'envoie des hommes te récupérer. S'ils reviennent sans toi...

Il ne termina pas sa phrase, laissant sa menace planer dans l'air, mais, maintenant qu'elle avait fait tout ce chemin, il était trop tard pour reculer.

— Je tiendrai parole, Lorcan.

— J'ai hâte que nous entamions notre vie commune.

Sa voix étrange avait un effet presque apaisant. *Presque.*

— J'imagine que le fait que je n'ai aucune envie que nous en ayons une n'a aucune importance ?

— Pas la moindre, en effet, répondit-il avec un rire digne d'un film d'horreur. Considère-toi heureuse qu'on puisse te rendre ton humanité et te débarrasser des stigmates des vampires. Sans cela, j'aurais été forcé de te tuer.

Cara en resta estomaquée. Que répondre à cela ? Talen, même s'il ne l'avait épousée que pour son potentiel, ne serait jamais allé jusqu'à la tuer si cela n'avait pas marché entre eux. Dans cette histoire, elle n'avait aucun mal à choisir son camp.

— J'espère pour toi que ma sœur sera en un seul morceau quand j'arriverai, Lorcan.

Elle raccrocha et grimaça en voyant la jolie petite voiture de sport. Elle devait la cacher avant l'arrivée des Kurjans. Elle rangea le deuxième couteau dans son dos et s'assit sur le trottoir, la tête entre les mains. Derrière elle, le parking de la station-service était vide et cette partie de la ville semblait déserte. Soudain, une camionnette blanche se gara devant elle. Ses vitres étaient teintées mais elle savait ce qui l'attendait à l'intérieur. La porte coulissante s'ouvrit, répandant la puanteur du mal sur le parking. Elle se leva et fit un pas vers le véhicule, mais, soudain, la voix de Talen explosa dans sa tête.

— *Ne monte pas là-dedans !*

— *Je n'ai pas le choix.*

— *Sauve-toi et reste en plein soleil, Cara !*

Sa colère était palpable, mais Cara secoua la tête. Elle devait sauver sa sœur. Elle lui demanda de s'occuper de Janie si jamais elle n'en sortait pas vivante, puis fit un nouveau pas vers la camionnette. Une vague de fureur l'envahit, submergeant son esprit et son cœur, et elle perdit connaissance.

— Eh merde ! je lui ai court-circuité le cerveau, grogna Talen dans le vacarme de l'hélicoptère.

— Sérieux ? demanda Dage. Tu sais à quel point ces connexions sont rares ?

— Qu'est-ce que ça peut foutre ? Tout ce qui importe, c'est qu'elle est dans les vapes et que je ne peux plus la localiser. (Il se tourna vers la fenêtre et regarda le paysage défiler.) Sans compter qu'elle s'est enfuie de chez moi. Qu'est-ce que je dois en conclure ?

— Elle veut sauver sa sœur, Talen.

Dage pilotait l'hélico, poussant les turbines au-delà du raisonnable. Derrière eux, Jase et Conn parlaient à voix basse.

— C'est mon boulot, putain !

— Non, en fait, c'est le mien. Ne l'oublie jamais, répliqua Dage, tout aussi furieux que son frère.

— Tu crois vraiment qu'Emma est ta compagne ?

— Je le sais, répondit Dage d'une voix pleine de certitudes.

— Bonne chance à toi, alors.

— Merci. Et, entre nous, ce n'est pas vraiment à Cara que tu en veux, c'est à toi.

— Pardon ?

— Tu aurais dû lui parler de ce dossier, Talen. Et comment as-tu pu la laisser accéder à ton ordi et à cette messagerie ? C'était évident qu'ils allaient la contacter.

— J'essayais de lui changer les idées. (En vérité, il n'avait pas réfléchi. Et, s'il regardait les choses en face, il devait bien admettre qu'il faisait n'importe quoi depuis qu'il avait rencontré la petite scientifique.) Et tu te trompes.

— À propos de quoi ?

— Je lui en veux beaucoup et je peux te dire qu'elle ne va s'en mordre les doigts.

Dage secoua la tête d'un air navré.

— Toi, tu n'as jamais rien compris aux femmes.

— J'en ai rien à foutre. L'important, c'est que la mienne me comprenne.

Dage regarda le tableau de bord.

— On sera à Cheyenne dans cinq minutes. Elle a repris connaissance ?

Talen ferma les yeux pour se concentrer, puis les rouvrit.

— Non, pas encore.

Il tourna la tête vers la vitre pour cacher son inquiétude à son frère.

Cara s'éveilla en sursaut. Elle sentait des bras musclés autour d'elle, mais quelque chose n'allait pas. Ils étaient trop longs, trop froids, trop désagréables. Elle leva la tête et se retrouva face à deux yeux violets tourbillonnants qui lui donnèrent aussitôt la nausée.

— Bonjour, Cara. C'est fréquent chez toi, ces évanouissements ?

— Non. Lâche-moi.

Ils se trouvaient dans une sorte de tunnel aux parois rocheuses. Elle était donc de retour sous terre. La peau blanche de Lorcan luisait dans la pénombre et il s'arrêta devant une porte en bois qu'il ouvrit d'un coup de pied avant de la poser à terre et de la pousser à l'intérieur.

— Je reviens tout de suite.

Il referma la porte et la verrouilla. Cara étudia la pièce dans laquelle il venait de l'enfermer et se figea.

— Emma, murmura-t-elle.

Les deux jeunes femmes se précipitèrent l'une vers l'autre et s'étreignirent, puis Emma recula d'un pas. Elle avait l'air épuisée.

— Eh merde ! tu es enceinte.

— Quoi ? s'exclama Cara, qui sentait le sol se dérober sous ses pieds.

— Tu. Es. Enceinte. Tu ne le savais pas ?

— Non. Ça explique bien des choses, remarque. Je prends la pilule, mais ce n'est pas efficace à cent pour cent. Tu en es sûre, Emma ?

Sa sœur l'avait prise dans ses bras, mais Cara connaissait déjà la réponse à sa question avant qu'elle hoche la tête. Les dons d'Emma ne leur avaient jamais fait défaut. D'ailleurs, il était fort possible que les moyens de contraception ne soient d'aucune utilité avec le sperme de vampire. Cara inspira à fond et regarda sa sœur.

— Tu as déjà eu meilleure mine.

Ses cheveux pendaient sur ses épaules frêles. Elle avait les yeux cernés et toute une joue noircie par un hématome.

— Ça vaut toujours mieux que d'être en cloque, répliqua-t-elle. (Elle s'approcha de la porte et tira un tube de rouge à lèvres tordu de sa poche.) Je vais essayer de crocheter la serrure. Les murs sont en briques mais je sais qu'on est sous la terre. J'ai aperçu une carte en arrivant et je pense pouvoir trouver mon chemin.

— Euh… Em, tu comptes vraiment forcer la serrure avec un tube de rouge à lèvres ? demanda Cara, dubitative.

— Mais non, c'est un petit gadget camouflé, andouille. Ça fait deux mois que je suis en cavale, j'ai eu le temps de me préparer. (Elle se mit à genoux et inséra l'outil dans l'ancienne serrure.) Toutes les fois où papa nous enfermait dans le placard… ça nous sert enfin à quelque chose. Tu trouves pas ça drôle ?

— Pas vraiment, non. Quel salopard c'était, quand même.

— Ouais. J'espère qu'il trouve l'enfer à son goût.

— Tu crois qu'il y est ?

— Aucun doute. Quand on se sert de la religion pour terroriser ses enfants, c'est tout ce qu'on mérite.

Cara s'assit à côté d'Emma, à même la terre. L'odeur de poussière et de moisi lui donnait envie d'éternuer. Elle n'avait même pas besoin de vérifier si le couteau qu'elle avait glissé dans son dos était toujours là. On le lui avait subtilisé. Elle se rappela alors celui qu'elle avait glissé dans sa chaussette en partant, mais il avait disparu lui aussi. Lorcan avait dû la fouiller pendant qu'elle était inconsciente.

— Où on est, Em ?

— Quelque part dans le Wyoming. Ils se sont installés là parce qu'il est arrivé quelque chose à leur QG de Portland et qu'ils savaient que tu te trouvais dans un État voisin. La bonne nouvelle, c'est qu'ils sont encore en sous-effectif. (Elle se frotta les mains sur son pantalon et se remit à la tâche.) Ici, c'est une planque temporaire, donc on devrait avoir moins de mal à s'en échapper.

— On a attaqué leur repaire de Portland, mais je crois que tout n'était pas encore en place là-bas non plus.

— Tu as attaqué quelque chose, toi ?

— Ben, ils avaient enlevé une amie à moi et on est allés à sa rescousse.

— Et c'est qui, « on » ?

— Euh… alors, mon mari, Talen, et ses frères.

— Tu es mariée ? s'exclama Emma.

— Oui, je suis sa compagne.

Cara se demandait ce qu'Emma savait exactement sur tout cela. Le visage blanc comme la mort de sa sœur lui donna la réponse.

— Ce n'est pas un Kurjan, j'espère ?

— Non, la rassura-t-elle. Un vampire.

— Pardon ? Tu as épousé un vampire ?

— Oui. Qu'est-ce que tu sais sur eux ?

Elle préféra taire l'intérêt que Dage avait exprimé pour sa sœur.

— Ce sont les ennemis mortels des Kurjans. Ils ressemblent à des humains, à part les yeux, et ils recherchent eux aussi des femmes aux capacités spéciales, dit-elle en passant la main dans ses cheveux rebelles. J'imagine que tes dons font de toi une cible de choix. Où est Janie, au fait ?

— En sécurité.

— Tant mieux. Il t'a forcé ?

— À m'accoupler à lui ?

— Oui.

— Euh… pas vraiment.

— Comment ça, « pas vraiment » ?

— Pas du tout, en fait, soupira Cara, que le regard courroucé de sa sœur mettait mal à l'aise.

— Et où est ton mari ?

— Il arrive.

— Ah bon ?

Emma fronça les sourcils, le regard de plus en plus sombre.

— Ils étaient à trois heures de vol d'ici et je n'avais pas le temps de les attendre, murmura-t-elle, gênée.

— Mais pourquoi tu as fait ça ? Vu que tu n'es pas plus douée que moi pour la bagarre, un coup de main des ennemis jurés du Kurjus n'aurait pas été de refus, tu ne crois pas ?

— Je sais bien, soupira Cara, mais Lorcan m'a dit que, si je ne me dépêchais pas, il te découperait en morceaux.

— Et ?

Décidément, sa sœur la connaissait trop bien.

— Et j'ai aussi trouvé un dossier dans le bureau de Talen, avec une lettre qui lui donnait l'ordre de se marier et de faire des fils.

Pour éviter le regard d'Emma, Cara inspecta la petite pièce des yeux, mais elle était vide. Elle préférait éviter le sujet du marquage pour l'instant.

— D'accord. Tu étais furieuse ? (Cara acquiesça d'un hochement de tête.) Et vexée ? ajouta Emma d'une voix plus douce. (Cara fit un nouveau signe de tête affirmatif, les larmes aux yeux.) Bon, on y réfléchira plus tard. Pour l'instant, le plus important, c'est de mettre les voiles en vitesse. Si Lorcan sait que tu t'es unie à Talen, il voudra t'injecter le virus.

— Tu es au courant ?

— Oui. Le labo où je travaillais a participé à sa mise au point. On pensait qu'il s'agissait d'un vaccin contre les maladies génétiques. On n'avait aucune idée de l'existence des Kurjans. Quand j'ai découvert la vérité, j'ai essayé de détruire le virus, mais c'était trop tard.

— Et c'est là qu'ils s'en sont pris à toi ?

— Oui. Ils savaient qui j'étais depuis le début et ils avaient toujours eu pour intention de « m'acquérir » une fois le virus terminé. Ils ont étudié mon passé et ils ont découvert ton existence et celle de Janie. Si tu es là, c'est ma faute.

— Non, Emma, c'est la leur.

Elle ferma les yeux et essaya de contacter Talen, mais sans résultat. Son évanouissement avait-il eu pour effet de casser leur connexion ? Elle espérait que ce ne serait que temporaire.

— Ils m'ont montré l'effet du virus sur les femmes accouplées, Cara, reprit Emma. On ne savait pas ce qu'on mettait au point.

— Est-ce qu'il existe un moyen d'endiguer l'infection ?

— Non.

— Qu'est-ce qu'on va faire ?

Mais avant qu'Emma ait eu le temps de répondre le verrou céda et la porte s'ouvrit.

— On se tire d'ici, dit sa sœur en l'entraînant dans le couloir.

Chapitre 32

Les deux jeunes femmes s'engagèrent dans le tunnel, désert et mal éclairé.

— Viens, murmura Emma. Il faut qu'on évite la porte principale, les Kurjans sont en train d'y installer leur poste de sécurité, mais je suis sûre d'avoir vu une sortie secondaire.

Cara accéléra pour ne pas se faire distancer. La terre sous ses pieds devenait de plus en plus boueuse. Tous les trois mètres environ, un néon éclairait tant bien que mal l'obscurité du tunnel. Cara se sentait si oppressée qu'elle avait l'impression d'avoir passé toute sa vie sous terre.

Elle ne parvenait toujours pas à joindre Talen et n'avait réussi qu'à récolter un début de migraine. Que lui avait-il donc fait ? Avait-il donc si mal pris le fait qu'elle l'ait fui pour se livrer à son ennemi mortel ? Peut-être, mais ce n'était pas pour autant une raison de lui court-circuiter le cerveau.

Soudain, elles s'arrêtèrent en entendant une voix devant elles.

— Matre au rapport, RAS dans le tunnel sud.

Cara se colla à la paroi, dont l'humidité s'infiltra aussitôt sous son tee-shirt.

— Tu as encore ton outil ?

— Oui, répondit Emma. Il faut qu'on se débarrasse de lui. On n'a pas le temps de retourner dans notre cellule.

— Je sais. Il est probablement armé. Si on arrive à prendre le dessus, je lui piquerai son arme.

— Ton bébé et toi, vous restez en dehors de tout ça, répliqua sèchement sa sœur. Baisse-toi.

Les deux jeunes femmes s'accroupirent. L'écho des pas se rapprochait de plus en plus.

— Frappe-le au cou, murmura Cara à l'oreille d'Emma. Vise la jugulaire et décapite-le.

— Je préfère ne pas savoir comment tu as appris ça.

Les gouttes d'eau dégoulinant du plafond frappaient le sol au rythme des pas du soldat. Les deux sœurs l'attendaient, tapies dans l'ombre comme deux rapaces prêts à bondir, aussi déterminées et tendues l'une que l'autre. Lorsque leur adversaire arriva à leur portée, Cara lui fit un croche-pied et il s'étala dans la boue avec un grognement de surprise. Emma en profita pour lui sauter sur le dos et lui enfoncer la mince lame métallique dans le cou tandis que Cara lui subtilisait son pistolet vert. Le Kurjan repoussa Emma d'un violent revers de la main et se releva d'un bond avant de retirer l'arme ensanglantée de son cou.

Montrant les dents, il s'avança vers Cara, qui leva son arme et appuya sur la détente… sans le moindre résultat. Elle poussa un grognement et se concentra sur le cœur de son ennemi pour tenter de le comprimer mentalement, mobilisant toute la puissance qu'elle avait acquise de Talen. Le soldat se figea, les yeux écarquillés, puis, avec un cri féroce, se libéra de son contrôle et reprit sa marche en avant.

En désespoir de cause, Cara tenta une nouvelle fois sa chance avec le pistolet et le coup partit. L'impact projeta le Kurjan contre le mur et Cara continua à lui tirer dessus, les mains tellement crispées qu'elle ne sentait plus ses doigts. L'homme finit par s'écrouler et Emma revint à la charge. Elle prit le couteau qu'il portait à la ceinture tandis qu'Emma continuait à viser la tête, dont la chair commençait à se fendre en crevasses sanguinolentes.

— Enfonce le couteau dans son cou, ordonna-t-elle.

Avec un sanglot, Emma obéit et détourna la tête lorsque le sang gicla sur son visage. Elle tenta ensuite de retirer l'arme, mais en vain. Cara glissa le pistolet dans sa ceinture et vint à son aide, sans plus de résultats.

— Ça a l'air si facile quand c'est Talen qui le fait, grogna-t-elle en tirant de toutes ses forces.

— Une raison de plus pour laquelle j'aimerais qu'il soit là, répliqua Emma en s'asseyant lourdement. Bon, au moins, il est hors d'état de nuire pour un petit moment. Fichons le camp d'ici.

Elle se releva et Cara, après avoir subtilisé l'oreillette du soldat, la suivit au pas de course. Leur adversaire pouvait se réveiller à tout moment et ôter lui-même la lame plantée dans son cou. Sa connexion avec Talen était toujours aussi morte. Peut-être ne pouvait-il pas la localiser lui non plus.

Emma et elle étaient vraiment seules.

Plus elles avançaient et moins le tunnel était éclairé. La boue, de plus en plus épaisse, étouffait leurs pas et les muscles de ses cuisses commençaient à crier grâce, mais, soudain, le couloir commença à monter pour déboucher sur une grosse porte en pierre. Elles poussèrent de toutes leurs forces et la porte s'ouvrit en grinçant. Aveuglées par la lumière vive, elles sortirent, refermèrent la porte et se retournèrent pour se retrouver face à une immense caverne aux parois lisses. La lumière entrait par un trou dans le plafond, situé à une hauteur vertigineuse.

— Comment veux-tu…, commença Cara avant de se tourner en hâte vers le mur pour vomir le maigre contenu de son estomac. (Emma se précipita pour l'aider et écarter les cheveux de son visage. Cara se redressa et s'essuya la bouche avec le bras.) Ça va, ça va.

— Non, ça ne va pas, répliqua Emma en étudiant la caverne. Regarde, il y a une sorte d'échelle taillée dans la roche.

— Bon sang, Emma, la sortie est au moins à quinze mètres de haut !

— Je sais.

Emma traversa la grotte et posa le pied dans la première entaille pour commencer à grimper. Arrivée à mi-hauteur, elle fit une pause.

— Tout va bien ? demanda Cara.

— Oui, je souffle un petit coup.

Elle repartit presque aussitôt et Cara poussa un soupir de soulagement en la voyant se hisser dans le trou, puis se retourner vers elle.

— Ça débouche en plein milieu d'une forêt. Je ne vois pas de corde pour t'aider. Il faut que tu montes toute seule, d'accord ?

Cara hocha la tête, inspira à fond et inséra le pied dans l'entaille. Elle agrippa la suivante d'une main tremblante et commença à escalader la paroi. Repoussant sa peur et le danger qu'elle ferait courir au bébé en cas de chute, elle se concentra pour progresser calmement, sans s'affoler. Quelques secondes plus tard, Emma l'aidait à émerger dans une petite clairière encerclée de grands sapins. *Merci, mon Dieu. De la verdure et de l'oxygène.* Elle s'allongea sur le dos pour reprendre son souffle, puis remarqua les nuages noirs qui se formaient au-dessus d'eux. Elle se releva aussitôt. Eh merde ! avec un ciel aussi couvert, rien n'empêcherait les Kurjans de sortir. Elles devaient fuir, et vite.

— Par où, tu penses ? demanda Emma.

— Par là, répondit Cara en pointant le doigt dans la direction opposée aux tunnels.

Elles s'enfoncèrent entre les pins et un coup de tonnerre fit trembler le sol. Pendant plusieurs minutes, elles progressèrent dans la végétation, sous les éclairs et la pluie battante. Il faisait très sombre et elles ne cessaient de trébucher, jusqu'à ce que Cara se prenne les pieds dans une racine et s'étale de tout son long. Emma, les cheveux détrempés et collés au visage, revint en arrière pour l'aider à se relever.

— Allez, ne lambine pas ! dit-elle en la traînant jusqu'à une petite ouverture dans la paroi rocheuse.

Cara hésita un instant, puis s'engouffra dans la caverne, glissant le long d'un rocher avant de s'asseoir sur la terre bien sèche. Dehors, la tempête faisait rage. Elle écarta ses cheveux trempés de son visage et frissonna. Emma s'installa à côté d'elle et la prit dans ses bras.

— On va attendre que l'orage s'éloigne.

— Bonne idée. (Cara, les mains et les genoux en sang, était transie de froid, mais aussi très émue. Serrée dans les bras de sa sœur, en fuite devant un monstre qui leur voulait du mal... C'était une situation qu'elles n'avaient que trop vécue dans leur enfance.) Je ne t'ai jamais remerciée.

— Hmm ? marmonna Emma, qui lui massait les épaules pour la réchauffer.

— Je ne t'ai jamais remerciée de tout ce que tu as fait pour me protéger de papa. Pour avoir pris les coups qu'il me destinait.

Les deux jeunes femmes se regardèrent, émues.

— Ça va dans les deux sens, Car. Si tu ne l'avais pas attaqué, cette fameuse nuit, il m'aurait tuée avec son couteau. (Elle posa la tête sur l'épaule de sa sœur.) Si on lui a survécu, on peut survivre à ça.

Cara en était persuadée, mais une autre question la tiraillait : devait-elle lui parler de Dage ?

— Alors, reprit sa sœur en se redressant, parle-moi de ton mari.

— Talen, soupira-t-elle. Il est grand, fort, têtu comme une mule…

Emma éclata de rire.

— Bref, vous êtes faits l'un pour l'autre.

— Humph.

— Ce n'est pas un mot. Il t'aime, tu crois ? (Cara réfléchit un instant. C'était une question à laquelle elle préférait ne pas répondre.) Allez, Cara, tu peux te mentir à toi-même, mais pas à moi.

Face à ce regard bleu inflexible, Cara rendit les armes.

— Oui, je pense.

— Pourquoi tu es partie, alors ?

— Pour voler à ta rescousse, répliqua Cara en se retenant d'éternuer.

— Humph.

— Ce n'est pas un mot.

— Tu t'es enfuie parce que tu l'aimes toi aussi, andouille.

Cela fit rire Cara.

— Il a une énorme personnalité, tu sais. Et pour couronner le tout il a le pouvoir de manipuler ou de contrôler les réactions physiques des gens. Plus jamais je ne serai sans défense, Em.

Emma poussa un gros soupir.

— Non, tu ne peux pas le comparer à papa. Il n'avait pas une énorme personnalité. Il était petit, Cara. C'était un homme minuscule et pitoyable. Ton Talen ne lui ressemble en rien.

Le vent ululait sa morne plainte, balayant la caverne de son souffle glacial. Cara cherchait ses mots pour mieux s'expliquer.

— C'est juste qu'il domine tout. Comme papa, mais d'une manière différente, j'imagine.

— Il est méchant ?

Elle le revit en train de porter une Janie hilare sur le seuil de leur maison.

— Non.

— Bon sang ! Cara, il est dans quel camp, à la fin ?

Cara réfléchit un instant.

— Dans le bon, aucun doute, affirma-t-elle avant de soupirer. Mais il va être furax quand il me retrouvera.

— Ça se comprend.

— Hé ! t'es pas censée être de mon côté ?

— Bien sûr que si. Tu disais que les yeux des vampires sont différents des nôtres. Tu peux développer ?

— Leur couleur. Talen a les yeux dorés.

Elle sentit Emma se crisper.

— Une sorte d'or métallique ?

— Oui, pourquoi ?

— Est-ce que tu en as déjà croisé un qui avait des yeux, disons, argentés ?

Sa voix s'était brisée sur le dernier mot.

Eh merde ! elle est au courant pour Dage.

— Euh… oui, deux de ses frères ont les yeux de cette couleur.

— Et ils mordent comme les vampires dans les films ?

— Oui. J'en déduis que tu as rêvé d'un vampire ? Un grand costaud dominateur qui s'appelle Dage ?

La réalité allait être dure à avaler pour Em. Ou pour Dage. Ou pour les deux.

— Je ne connais pas son nom.

Elle lui devait la vérité, ne serait-ce que pour que sa sœur ait le temps de se préparer.

— Maintenant tu le sais. Il pense que tu es sa moitié.

— Et puis quoi encore ? s'exclama-t-elle, outrée.

— C'est ce que je lui ai dit.

Même s'il n'a pas écouté.

— Merci.

Elles se turent, perdues dans leurs pensées. Dehors, la pluie se calmait peu à peu. Cara ressentait l'envie pressante de retrouver son compagnon. Elle avait commis une grosse erreur. Il lui transmettait sa puissance et, elle était bien forcée de l'admettre, ils auraient été faits l'un pour l'autre même si le destin ne s'en était pas mêlé.

— Il faut qu'on y aille, déclara Emma.

Elles sortirent de la grotte avec précaution, sous une pluie fine et apaisante. Cara se tourna vers sa sœur, mais, soudain, elle sentit un bras musclé la prendre par le cou et la soulever du sol. Elle se débattit de son mieux et vit Emma dans la même position qu'elle, immobilisée par un Kurjan qui lui plaquait un pistolet sur la tempe.

— Coucou, concubine, dit Lorcan d'une voix qui la fit frissonner de peur. Calme-toi ou je donne l'ordre d'abattre ta sœur. (Elle cessa ses coups de pied et porta la main à son dos.) Non, non, non, soupira-t-il en lui confisquant l'arme rangée dans sa ceinture. Tu as tiré sur assez de Kurjans pour aujourd'hui, Cara.

Il se pencha pour murmurer à son oreille :

— Si tu me résistes, je livrerai ta sœur à Matre. C'est le soldat que vous avez croisé dans le tunnel, tu te souviens de lui ? Il a très envie d'une petite revanche.

Cara se figea, fit un signe négatif de la tête à destination de sa sœur, puis ferma les yeux pour tenter de prendre le contrôle du système nerveux de Lorcan, qui ricana.

— Tu n'es pas assez forte pour ça, concubine.

Il contre-attaqua, renvoyant violemment les pensées de Cara dans sa tête. La jeune femme ferma les yeux, submergée par la douleur, et les deux Kurjans partirent en courant dans la forêt en portant leurs prisonnières.

— *Cara, ouvre les yeux. Il faut que je voie où vous allez.*

— *Talen !*

Enfin, leur connexion était revenue ! Ils traversèrent la forêt, puis débouchèrent dans un champ au bout duquel se trouvait une grande ferme blanche. Ils étaient de retour à l'entrée du repaire, bien plus vite qu'elles n'en étaient parties. Lorcan entra, descendit un escalier puis, d'un coup de pied, ouvrit une grosse porte en pierre menant aux tunnels. Quelques secondes plus tard, il déposa Cara dans leur ancienne cellule.

— On a confisqué son petit jouet à ta sœur, lui siffla-t-il à l'oreille. Je vous conseille de vous tenir tranquilles. Profitez-en pour vous dire adieu.

Il claqua la porte derrière lui et Emma se laissa glisser le long du mur, découragée. Cara s'assit à côté d'elle et la prit dans ses bras.

— Ne t'en fais pas. Talen et ses frères seront bientôt là.

— Comment tu le sais ?

— Fais-moi confiance. On communique par la pensée. Et ma hanche commence à me brûler.

— Ta « hanche » ? répéta Emma, qui ne comprenait pas.

Cara rougit.

— Oui… euh… c'est une longue histoire.

— Je crois que tu as le temps de me le raconter, répondit Emma en faisant de son mieux pour sourire. C'est comme l'arthrite de la vieille Mme Tulley ? Quand il pleuvait, elle n'arrivait plus à marcher, tu te rappelles ? Talen t'a refilé son arthrite sur le cul, c'est ça ?

Cara pouffa. Combien de fois sa sœur l'avait-elle fait rire dans ce genre de situation ? C'était un véritable don.

— Je vais te montrer, mais reste calme, d'accord ?

Mieux valait qu'elle soit au courant. Si Dage parvenait à mettre ses grosses pattes sur elle, Emma connaîtrait probablement le même sort. Elle se leva, déboutonna son jean et le baissa.

— C'est quoi ce truc ? demanda Emma en posant le doigt sur la marque. Un tatouage ?

— Euh… plus ou moins.

— Tu peux préciser ? C'est quoi, ce motif ?

— C'est la marque des Kayrs. Il est apparu sur sa main, et ensuite sur mes fesses pendant qu'on… euh…

Emma se rassit, éberluée.

— Tu as laissé ce type te *marquer* ?

Cara remit son pantalon.

— Je ne m'en suis pas rendu compte sur le coup. (Elle leva les yeux au ciel et s'assit à côté de sa sœur.) J'étais… comment dire… distraite par autre chose.

— Eh ben merde !

C'était un excellent résumé de la situation.

— Comme tu dis. Quand on s'accouple à un vampire, il y a toute une réaction biologique qui se met en place. Un échange de fluides, le marquage… mais il m'a aussi transmis son système immunitaire.

— Mon Dieu ! ne me dis pas que tu es devenue un vampire ? s'exclama Emma, les yeux exorbités.

— Bien sûr que non. On naît vampire, on ne le devient pas.

Sa sœur se détendit.

— Tu es immortelle ?

— Je ne sais pas vraiment. Je ne vieillirai pas très vite, en tout cas. (Elle s'éclaircit la gorge.) C'est bien que tu sois au courant, Em. Je suis à peu près sûre que Dage a l'intention de te marquer.

Bonne chance à lui.

— Est-ce qu'il a aussi l'intention que je lui arrache les couilles ?

Le roi allait avoir du pain sur la planche, en effet.

Bien trop vite à leur goût, Lorcan réapparut. Les deux jeunes femmes se serrèrent l'une contre l'autre pour se protéger du monstre qui se dressait face à elles, un pistolet à la main.

— Sauve mon neveu, murmura Emma en parvenant à se placer devant sa sœur.

Cara se figea.

— Emma, suis-moi. (Lorcan se tourna vers Cara.) Je t'avais promis que je libérerais ta sœur. Elle peut partir.

— Je préfère rester, répliqua vertement Emma, qui savait aussi bien que Cara qu'il n'avait aucune intention de la libérer.

— Dommage. Suis-moi ou je vous abats toutes les deux.

— Tu tirerais sur ta future compagne ? demanda Cara.

— Oui. Le pistolet est en mode étourdissement, mais qui sait l'effet qu'une de nos armes peut avoir sur une humaine ?

Ou sur un fœtus.

— On ne peut pas prendre le risque, maugréa Emma. Ne t'en fais pas, Cara. Je suis sûre qu'il sait aussi bien que moi que me tuer serait un énorme gâchis.

— Bien sûr, répondit Lorcan en cessant son petit jeu. Tu vas adorer mon cousin Franco. Vous êtes faits pour vous entendre.

Emma serra Cara dans ses bras.

— À très bientôt.

Les larmes aux yeux, Cara regarda la porte se refermer derrière sa sœur. Elle ferma les yeux dans un sanglot et s'assit contre le mur.

— *Tout va bien, mon cœur. J'arrive.*

Chapitre 33

— J'ai peur, murmura-t-elle dans le silence de la cellule.

L'odeur même du repaire était maléfique, une puanteur mêlée de soufre et de pourriture.

— *Je sais.*

Comment parvenaient-ils communiquer de la sorte ? Elle n'en avait aucune idée et cela n'avait d'ailleurs aucune importance. L'essentiel était qu'ils puissent de nouveau se parler. Ils discuteraient de la cause de son court-circuit temporaire plus tard.

Cara ferma les yeux et s'adossa à la paroi en pierre, puis posa les mains sur son ventre. Comment avait-elle pu ne pas savoir ? C'était pourtant évident. Quel serait l'effet du virus sur son bébé ? Elle cacha ses pensées avant de reprendre la conversation.

— *Tu seras là quand ?*

— *Dans cinq minutes.*

Elle percevait son inquiétude et sa colère. Disposait-elle de ces cinq minutes avant l'injection ? Elle se mordit la lèvre inférieure pour ne pas pleurer et réfléchit au sort d'Emma. Elle la chercha avec ses pensées, avec son cœur, mais en vain. Où pouvait-elle bien être ?

Talen arriverait à temps. Pourquoi ne lui avait-elle pas demandé son aide dès le début ? Ils auraient trouvé une solution ensemble.

Les minutes s'écoulaient dans un silence de plus en plus pesant. Emma ferait perdre le plus de temps possible à Lorcan pour l'empêcher d'injecter le virus à Cara. Elle espérait que sa sœur ne se ferait pas tuer en essayant de la protéger.

Elle se concentra de nouveau sur Talen et vit Dage, Conn et Jase sauter d'un hélicoptère noir et courir en direction d'une petite ferme au milieu des champs. Elle comprit alors qu'elle voyait à travers les yeux de Talen. Il arrivait.

Elle refusait de jouer les demoiselles en détresse et d'attendre les bras croisés qu'il vienne la délivrer. Elle se leva d'un bond, se dirigea vers la porte et essaya de l'ouvrir, mais elle était bien verrouillée. Elle chercha un outil des yeux, mais la cellule était désespérément vide. Elle se rassit en soupirant et ferma les yeux pour retrouver son mari, puis les rouvrit aussitôt en entendant la porte s'actionner. C'était Lorcan, défiguré par trois longues griffures, les yeux d'un noir de mort dans sa pâleur inhumaine.

— On dirait que ma sœur t'a botté le cul, constata Cara sans se lever.

— Ce n'est rien à côté de ce qu'elle a pris, répliqua Lorcan en montrant ses dents jaunes.

— Où est-elle ?

— En route vers son destin. Franco a des fantasmes très particuliers. Crois-moi, il aurait mieux valu pour elle que je la tue.

— Puisqu'on parle de ça, tu sais qu'un de ces jours c'est moi qui te tuerai, n'est-ce pas ?

Le rire de Lorcan lui fit l'effet d'un mille-pattes trottinant sur sa peau.

— Tu peux essayer si ça te chante, concubine, mais, comme je te mettrai très rapidement enceinte, je pense que tu auras d'autres soucis.

Cara se força à ne pas réagir. Que ferait-il lorsqu'il découvrirait qu'elle était déjà enceinte ? Mais pour cela il faudrait déjà que le bébé survive au virus. *Talen, bon sang, où es-tu !?*

Lorcan avança vers elle dans un bruit sourd de bottes et la força à se lever en plantant les griffes dans son bras. Cara voulut résister, mais il l'entraîna jusqu'à une petite pièce qui avait tout d'une infirmerie, avec un lit, des écrans de contrôle et une table sur laquelle trônaient deux seringues remplie d'un liquide ambré. Cara se figea en voyant que le lit était équipé de sangles. Lorcan suivit son regard.

— Pour que tu ne blesses pas pendant l'action du produit.

Terrorisée, elle se débattit.

— Lâche-moi !

— Allons, ne fais pas l'enfant, la gourmanda Lorcan.

Il la tira vers le lit et la souleva avec une douceur inattendue pour l'asseoir sur la table. Cara lui décocha un énorme coup de pied dans les jambes et il répliqua par une gifle violente qui la fit tomber sur le lit. Il attacha sa main gauche avec une sangle en cuir. Cara, la joue en feu, cria lorsqu'il lui pinça la peau du poignet et le griffa à l'endroit où sa sœur lui avait déjà ravagé le visage. Lorcan lui saisit la main droite et l'attacha à son tour. Elle se débattit un instant en vain, puis le fusilla du regard.

— T'es vraiment le roi des cons, cracha-t-elle.

L'odeur d'amidon et d'antiseptique lui retournait l'estomac et elle sentit la bile lui monter à la gorge. Lorcan posa les doigts sur les nouvelles plaies de sa joue et grimaça.

— Et toi tu n'es qu'une petite teigne qui mérite une bonne leçon. (Il tendit l'index et, de sa griffe acérée, déchira le tee-shirt de Cara.) Hmm. Peut-être bien qu'on va faire plus ample connaissance avant que je t'injecte le virus.

Quoique, en matière de dessous, je préfère la dentelle rouge au coton blanc.

Ses yeux violets prirent une teinte rouge et il posa les doigts sur son sein. Terrorisée, elle cria le nom de Talen. À voix haute ou dans sa tête ? Elle n'en savait rien.

— *J'arrive, Cara.*

Il avait une voix froide, déterminée, mortelle, qui redonna du courage à la jeune femme. Au même moment, Lorcan poussa un cri de douleur et ôta sa main comme s'il venait de se brûler. Avec un regard surpris, il recula de quelques pas, puis se prit la tête entre les mains, à l'agonie.

— Ah ! cette sacrée allergie, c'est une vraie plaie, hein, Lorcan ? déclara Cara sur un ton de triomphe en bloquant tant bien que mal la douleur qu'il diffusait dans toute la pièce.

— Je me demandais si c'était vrai, marmonna-t-il en baissant les mains, les yeux désormais entièrement rouges. Dans ce cas, on va devoir attendre que le virus fasse effet, Cara. (D'un signe de tête, il lui désigna les deux seringues.) Notre médecin va arriver pour te faire la première piqûre. Je la ferais bien moi-même, mais je confonds toujours l'ordre des injections. Ce serait dommage que tu te transformes en orang-outang, tu ne crois pas ?

Cette blague douteuse le fit rire.

— Va te faire foutre, rétorqua Cara avec un sourire diabolique. (Lorcan fit un pas vers elle, livide.) Vas-y. Touche-moi pour voir.

Il la regarda de la tête aux pieds mais ne bougea pas.

— Oh ! c'est bien ce que je compte faire, crois-moi.

Une alarme se déclencha dans le tunnel et Lorcan décrocha aussitôt le téléphone mural.

— Combien ils sont ? demanda-t-il, le visage fermé. Non, j'en ai envoyé quatre avec la compagne de Franco.

Occupez-vous d'eux. (Il reposa le combiné et se tourna vers Cara.) On t'a fouillée, tu n'as aucun mouchard sur toi. Comment ils ont pu te retrouver ?

Cara écarquilla les yeux. Il ne savait donc pas que les couples pouvaient se localiser ? Tant pis pour lui. En tout cas, elle n'allait certainement pas le lui apprendre. Lorcan la regarda longuement, puis s'empara d'une seringue et s'approcha d'elle.

— Tu savais que si les produits ne sont pas injectés dans le bon ordre, ou s'ils sont injectés en même temps, le corps humain cessait de fonctionner ? Et je ne te parle même pas de la douleur insoutenable.

Cara fit de son mieux pour cacher sa peur.

— J'ai vu les vidéos, Lorcan.

— Ah ! (Il sourit.) C'était avant qu'on comprenne qu'il fallait espacer les piqûres de vingt-quatre heures. Ça minimise les risques de décès.

— Mieux vaut la mort qu'une existence à ton côté.

Il écarta ses cheveux noirs aux reflets roux de son visage et poussa un soupir à fendre les pierres.

— Tu ne crois pas si bien dire. Tu me supplieras de te tuer avant que j'en aie fini avec toi.

— Sérieux ? s'exclama-t-elle en se forçant à rire. Tu ne peux pas faire mieux que ça ? (Elle prit la voix d'un vieux film d'horreur). La mort te tend les bras, mon enfant…

— Silence !

Le cri de Lorcan résonna dans la petite pièce et il se pencha pour appuyer la seringue contre le cou de Cara. Elle le fusilla du regard dans le vacarme de l'alarme. Lorcan poussa un juron et reprit le téléphone.

— Vous les tenez ? … Quoi ? … Pourquoi ? (Il raccrocha violemment). Tu deviens vraiment pénible, Cara. Heureusement pour toi que les prophètes nous ont promis ta fille, sinon je crois que je céderais à la facilité et que je te tuerais.

— Tu n'auras jamais ma fille, répliqua-t-elle fermement.

— Oh ! à ta place, je ne m'avancerais pas trop. Tu n'as pas encore rencontré celui qui lui est promis, mon fils Kalin. Un garçon très prometteur.

Elle lisait de la fierté dans le regard de Lorcan, mais aussi un soupçon de crainte. Qu'est-ce qui pouvait bien faire peur à un tel monstre ? Cara frissonna de rage. Jamais elle ne laisserait ces abominations poser ne serait-ce qu'un doigt sur sa fille. Soudain, elle sentit une vague de fureur chauffée à blanc envahir la pièce.

La porte explosa et, avant que Lorcan ait eu le temps de se retourner, deux grosses mains le saisirent par le cou pour le propulser à l'autre bout de la pièce. Il s'écrasa sur le mur avec un bruit sourd. Talen la regarda et se figea en voyant son tee-shirt déchiré et les hématomes sur son visage.

— Je vais bien, le rassura-t-elle.

L'envie de tuer qui envahissait le regard de son mari lui faisait peur. Le tunnel résonnait de bruits de bataille et de cris de douleur. Talen trancha ses sangles, puis se tourna vers Lorcan, qui se relevait tant bien que mal.

— Tu ne la sortiras jamais d'ici vivante, dit le Kurjan en essuyant sa bouche ensanglantée.

— On parie ? (La voix de Talen était méconnaissable, animale, gutturale, menaçante. Cara se redressa et Lorcan fit un pas vers la porte.) Laisse tomber.

Lorcan se jeta sur lui et ils renversèrent le plateau avant de s'écraser contre le mur. Talen saisit le fil du téléphone, l'enroula autour du cou du Kurjan et tira de toutes ses forces. Lorcan lui décocha un coup de coude en plein visage, trancha le fil avec ses griffes effilées et se précipita vers la porte.

Talen le rattrapa avant qu'il ait pu la franchir et les deux hommes roulèrent au sol dans un concert de grognements. Lorcan parvint à balancer son adversaire par-dessus sa tête. Le vampire percuta le mur du tunnel, qui s'effrita sous le choc. Il se releva aussitôt et renversa son adversaire avec un cri sauvage. Le Kurjan atterrit au pied de la table de Cara. La jeune femme, figée, les regardait s'envoyer de monstrueux coups de poing. Les os craquaient, la peau se fendait, le sang giclait sur les murs et sur le sol. Lorcan assena un coup violent sur le poignet de Talen, qui lâcha son couteau. Sans réfléchir, Cara sauta de la table pour s'en saisir. Au même moment, dans un craquement macabre, Talen enfonça le nez de Lorcan d'un coup de coude. Le Kurjan poussa un hurlement et Cara s'approcha d'eux, à l'affût de la moindre ouverture.

— N'approche pas, grogna Talen.

Cara se colla au mur, prête à défendre son compagnon. Son instinct de protection était si puissant qu'elle faillit passer outre la voix de la raison, ou plutôt celle de Janie, qui résonnait dans sa conscience, murmurant des paroles inaudibles. Elle se concentra. Que disait sa fille ? Elle remonta le fil de sa mémoire jusqu'à la première journée qu'elles avaient passée dans le QG souterrain. Janie lui avait donné un avertissement émis par la Terre. De quoi s'agissait-il donc ? Tout lui revint alors et elle se retourna au moment où un soldat kurjan apparaissait sur le seuil de la porte, un long couteau à la main. Talen, à genoux sur le dos de Lorcan, était en train d'étrangler à mort son adversaire, mais il tournait le dos à la porte.

— Derrière toi ! hurla-t-elle avant de lancer son couteau de toutes ses forces.

La lame se planta dans la gorge du soldat qui la regarda, les yeux écarquillés, en portant les mains à son cou. Les dix ans de base-ball de Cara avaient porté leurs fruits, mais le

Kurjan arracha l'arme et, malgré le sang qui dégoulinait sur son torse, avança vers elle avec un sourire carnassier.

Talen s'était relevé, le bras serré autour du cou de Lorcan, les yeux rivés sur cette nouvelle menace. Le soldat se figea, une expression horrifiée sur le visage, puis Talen, d'un geste violent, brisa la nuque de Lorcan.

Il le lâcha et enjamba son corps sans vie pour avancer sur le soldat, à qui il décocha un énorme coup de pied dans les côtes. Le malheureux s'écroula et Talen, sans la moindre pitié, lui prit son couteau et s'en servit pour le décapiter. Le sang gicla dans tous les sens mais Cara, comme hypnotisée, ne détourna pas les yeux et vit Talen revenir à Lorcan pour lui faire subir le même sort. Sa tête roula jusqu'au mur et Cara sentit l'étourdissement monter. Elle tenta de se concentrer, mais un voile gris descendit sur ses yeux et elle bascula dans l'inconscience.

Talen décocha un dernier coup de pied à la tête de son ennemi puis se précipita vers sa femme, évanouie sur le lit, la joue de plus en plus bleuie par son hématome. Il poussa un juron et la souleva. Au même moment, Conn arriva, saignant au menton.

— Elle va bien ? demanda-t-il en se baissant pour ramasser les seringues encore pleines, qu'il plaça dans son sac.

— Oui, répondit sèchement Talen.

Jase entra à son tour, couvert de sang.

— Grouillez-vous, ils ont appelé des renforts, dit-il en s'essuyant avec sa manche déjà saturée d'hémoglobine. Ce n'est pas le mien, rassurez-vous.

Ils sortirent dans le silence de mort du couloir. Ils étaient à peu près sûrs d'avoir tué tous les Kurjans présents, à part celui que Dage était en train d'interroger. Un hurlement résonna dans le tunnel avant de s'interrompre brutalement. Dage avait dû obtenir l'information qu'il cherchait.

Chapitre 34

Cara s'éveilla en sursaut, bien en sécurité dans les bras de Talen, lequel courait au soleil dans le pré jouxtant la ferme. C'était le début de l'après-midi et elle poussa un soupir de soulagement en voyant le ciel bleu. Les Kurjans ne pouvaient pas s'aventurer dehors.

Dage les attendait devant un grand hélicoptère noir. Jase et Conn s'installèrent aux commandes.

— Où est Emma ? demanda-t-elle

Dage fronça les sourcils.

— Disparue. Ils l'ont évacuée en hélico avant qu'on arrive pour l'emmener chez Franco, au Nunavut.

Il lança son arme à Talen et desserra son gilet pare-balles pendant que Cara se débattait dans les bras de son mari.

— C'est où, ça ? Il faut qu'on la retrouve.

— Le Nunavut se trouve dans le nord du Canada. C'est un immense désert glacé. Et ne t'en fais pas, Cara, on retrouvera ta sœur, je te le promets. (Il ôta sa protection, la jeta dans la cabine et se tourna vers ses frères.) Talen, tu t'occupes du Colorado, Jase de l'Alaska et Conn du Texas. Je vous recontacte.

Il donna son bracelet à Conn, hocha la tête et disparut. Littéralement.

— Qu'est-ce qui s'est passé ? balbutia Cara, abasourdie.

— Il peut se téléporter. C'est l'un de ses dons, répondit Talen en s'installant à l'arrière. Jase peut le faire aussi.

— Pourquoi il vous a laissé son bracelet ?

— Il ne peut pas dématérialiser le métal. On n'a jamais compris pourquoi, expliqua-t-il en fermant la porte.

— Et toi, tu peux te téléporter ?

— Malheureusement non, mon cœur.

Malgré ce petit mot doux, elle le sentait tendu de la tête aux pieds. Il était livide et elle dut prendre son courage à deux mains pour le regarder dans les yeux. Son visage était dur comme de la pierre. Même sa bouche généreuse semblait taillée dans le granit.

— Euh… j'imagine que tu m'en veux ?

Cette question l'angoissait tant qu'elle en avait du mal à respirer. Les yeux de Talen prirent une teinte topaze et il la serra plus fermement contre lui.

— On en discutera plus tard, compagne, déclara-t-il en glissant son propre bracelet sur le bras de Cara.

Elle ne protesta pas mais ne put s'empêcher de frissonner. Comme des mots aussi simples pouvaient-ils être si lourds de menace ? Dans le vacarme du rotor, elle s'appuya contre lui, épuisée, et s'endormit aussitôt.

Elle se réveilla plusieurs heures plus tard, dans le confort du ranch. Tel un prédateur, il la regarda entrer avec prudence dans le salon. Le soleil couchant jetait une douce lumière rose sur le plancher. Elle portait un jean délavé et un joli débardeur blanc en maille qui mettait en valeur ses seins généreux. Les nœuds celtiques qui décoraient le décolleté étaient d'un charme très féminin. Elle avait les cheveux lâchés et le soleil dansait sur sa peau de porcelaine. Elle était si belle que Talen en avait le souffle coupé, mais ses yeux bleus étaient déterminés, ses épaules bien droites, son menton levé très haut. Bref, elle semblait prête au combat.

Le désir coulait dans les veines de Talen, plus spécialement au niveau de son entrejambe.

Elle voulait se battre ? Dans ce cas, il ferait tout pour la satisfaire.

Le regard de Talen tenait plus du coup de fouet que de la caresse et Cara dut se concentrer pour ne pas trébucher. Elle s'arrêta au bord du canapé. Talen était accoudé au manteau de la cheminée, un verre de liquide doré à la main. Il portait un jean et une chemise en soie couleur bronze qui donnait à ses yeux, sertis dans son visage aux angles acérés, la teinte topaze de ceux d'un prédateur. Un muscle battait sur sa mâchoire et son ombre, projetée par les flammes, témoignait de sa carrure et de sa force. Devant ce spectacle, Cara ressentit un mélange enivrant de peur et de désir.

— Où est Janie ?

En venant au salon, elle s'était arrêtée à la petite chambre rose, qu'elle avait trouvée vide.

— Au QG avec Jase.

Cara devinait la raison de l'absence de sa fille, mais elle posa tout de même la question pour gagner quelques secondes avant l'inévitable confrontation.

— Pourquoi ?

— Parce qu'on avait besoin d'être seuls.

Les yeux froids comme la mort, il continua de faire tourner le liquide dans son verre. Le bruit des glaçons qui s'entrechoquaient la fit frissonner. Elle n'avait aucune réponse à lui donner et ils se regardèrent en silence par-dessus la table basse. La marque sur sa hanche se réveilla.

— L'hélicoptère de Franco n'a pas atteint sa destination, finit-il par dire. Je pense que Dage a récupéré Emma. Conn est parti les récupérer.

Malgré la tension ambiante, Cara ressentit une bouffée de soulagement.

— Dieu merci !

L'or des yeux de Talen se mua en bronze.

— Tu es reposée ?

— Oui, répondit-elle en s'efforçant de rester calme. (Elle le connaissait, non ? Il ne lui ferait aucun mal.) Je n'ai pas envie qu'on se dispute.

Ces mots la prirent par surprise. Elle n'avait pas eu l'intention de les prononcer.

— Ah bon ? répliqua-t-il, tout aussi étonné qu'elle.

— Non. (Elle fronça les sourcils, agacée, avec l'envie de taper du pied.) Bien sûr que non.

Talen avala une gorgée, l'air songeur.

— Je crois que je n'ai pas été assez clair concernant les règles de notre mariage.

— « Les règles » ?

Son agacement se muait en colère. Comment osait-il ?

— Oui.

— Je suis désolée de te dire ça, Talen, mais si tu voulais une épouse soumise et obéissante tu aurais dû te marier au siècle dernier. La libération de la femme, ça te dit quelque chose ?

Cette colère était salutaire. Elle était bien plus facile à gérer que la peur.

Comme l'aurait fait un loup acculé, Talen lui montra les dents. La bête qui était en lui exigeait de se venger, de la dominer. Il avait failli la perdre et pourtant elle le provoquait toujours.

— Ta sécurité passe avant tout le reste, compagne.

Son ton possessif fit naître un désir malvenu entre ses cuisses.

— C'est-à-dire ? murmura-t-elle.

— C'est-à-dire qu'il va bien falloir que tu regardes la vérité en face et que le mieux est que tu le fasses sur-le-champ.

— Je ne comprends pas.

— Vraiment ? demanda-t-il d'une voix douce en avalant une autre gorgée de scotch. Je crois que tu comprends très bien, au contraire. Tu sais que la liberté dont tu as profité, et dont tu as abusé, tu n'as pu l'avoir que parce que je te l'ai accordée.

— Pardon ? s'étouffa-t-elle.

Ce mot la fit voir rouge. Décidément, ce vampire avait bien besoin d'une petite leçon sur l'égalité hommes-femmes !

— Trouve quelqu'un d'autre à dominer, Dracula.

Il posa violemment son verre sur la cheminée et se tourna vers elle. Le visage rouge de Cara, ses poings fermés, le courage qu'il lui avait fallu pour l'appeler par ce nom ridicule, tout cela ne faisait qu'exacerber son désir.

— Vraiment, compagne ? répliqua-t-il d'une voix suave.

Il fit un pas vers elle, les yeux rivés sur les pointes durcies de ses seins qui perçaient à travers le coton. Cara avait envie de croiser les bras sur sa poitrine, qui la trahissait, tout comme son entrecuisse. La situation commençait à lui échapper et elle devait ramener la conversation sur le plan de la raison. Pire encore, elle savait qu'elle avait commis une erreur. Elle devait ravaler sa fierté et admettre la vérité. Elle réglerait la question de son autoritarisme plus tard.

— Désolée d'être partie dans le Wyoming sans toi.

Elle s'attendait qu'il hoche la tête en signe d'acquiescement, voire qu'il accepte ses excuses, mais elle n'obtint qu'un sourire arrogant.

— Tu crois ?

— Je crois quoi ?

— Que tu es vraiment désolée ?

— Je viens de le dire.

— Non.

— Quoi, « non » ? répéta-t-elle, exaspérée.

— Tu n'es pas désolée. Pas encore, tout du moins.

Il avança vers elle avec l'élégance d'un félin. Son parfum épicé vint lui chatouiller les narines. Elle ne voyait que deux options : soit battre en retraite, soit taper du pied pour exprimer son agacement.

— Arrête de me menacer.

La caresse virile du regard de Talen sur ses tétons endoloris la fit frissonner. Il leva la tête pour la regarder fixement droit dans les yeux, avec le même effet. Un désir impérieux lui faisait bouillonner le sang.

— C'était une constatation, pas une menace.

Il fit un pas de plus. Seuls trente minuscules centimètres les séparaient encore.

— C'est toi qui m'as menti, rétorqua-t-elle en se rappelant la cause de sa colère.

Il haussa un sourcil hautain.

— Je ne t'ai pas menti.

— Si. Tu m'as épousée parce que je ne sais quel prophète te l'a ordonné.

Cara sentait son énervement grossir comme une tempête dans ses veines.

— N'importe quoi.

— J'ai vu la lettre, Talen !

— Je le sais, compagne, mais pourquoi ne m'en as-tu pas parlé ? demanda-t-il, tout aussi énervé qu'elle. Non, d'ailleurs, je crois que je comprends. Ce n'est pas moi que tu fuyais, Cara. C'est toi. Tu penses vraiment que je laisserais qui que ce soit *m'ordonner* de me marier ?

— C'est ce que tu as fait, non ? J'ai lu ta réponse.

— Est-ce que tu as vu les dates de ces lettres ? (Cette question la fit hésiter.) C'est bien ce que je pensais. Il s'agit de copies de lettres envoyées il y a plus d'un siècle. Les originaux sont à l'abri dans un coffre du QG.

— Peu importe. Tu étais d'accord, non ? rétorqua-t-elle, décontenancée par cet argument.

— Je t'ai épousée parce que tu es à moi, Cara, et tu le sais parfaitement. (Comme elle gardait un silence obstiné, un éclair inquiétant traversa les yeux de Talen.) Et je t'assure que tu vas l'admettre, ma belle.

Cette menace resta en suspens entre eux pendant plusieurs secondes.

— Je vais partir, murmura-t-elle, sans savoir si c'était à lui ou à elle-même qu'elle s'adressait.

— Ça ne servirait à rien. (Il passa un doigt sur le bout de son sein, puis le pinça. Cara se mordit la lèvre inférieure pour ne pas gémir.) Assez de faux-semblants, compagne.

Il passa la main sur le téton meurtri et Cara frissonna malgré elle. Elle haussa les épaules et fit mine de reculer, mais il la saisit par la hanche pour l'immobiliser et lui caressa la taille et le ventre. Elle retint un gémissement de plaisir, mais il la punit d'une petite tape sur les fesses.

— Hé ! protesta-t-elle.

Elle tenta de le repousser, mais son entrejambe était déjà plus que prêt à l'accueillir.

— J'ai dit plus de faux-semblants, Cara. (Il monta la main jusqu'à sa chevelure et la força à le regarder.) Tes cris, tes gémissements, tes soupirs, tout cela est à moi. Tu vas me les donner, compagne.

— Ils ne sont pas à toi.

Elle ne savait même pas de quoi ils étaient en train de parler, mais elle savait d'instinct qu'elle devait résister, malgré son corps qui, s'il avait pu parler, aurait supplié Talen de se dévêtir.

Il réagit à la vitesse d'un cobra. Il lui inclina le cou et plongea ses canines dans sa chair tendre. Cette fois-ci, elle ne put retenir un cri d'extase. Il buvait à longues gorgées et elle se demanda pourquoi elle n'avait pas mal. Elle ne ressentait qu'une flamme qui avait pris naissance sur la marque de sa hanche avant de coloniser son entrejambe. Elle se colla à lui et grogna en sentant la cuisse musclée de Talen se glisser entre ses jambes. Puis, avec un nouveau cri, elle éclata en mille morceaux.

Lorsqu'elle revint à la réalité, elle leva la tête pour le regarder. Avec un sourire satisfait, il se baissa et l'embrassa sur la bouche.

— Tout est à moi, Cara. Ton corps, ton sang, tes orgasmes et ton âme. Et avant la fin de la nuit tu me supplieras de les accepter. (Il la souleva et prit la direction de leur chambre. Devant la porte, il s'arrêta pour la regarder, le visage un masque de détermination.) Cette nuit, tu vas te soumettre, compagne.

Il entra, referma la porte d'un coup de pied et la reposa.

CHAPITRE 35

Cara laissa son instinct prendre les rênes et recula devant le guerrier déterminé qui se tenait entre elle et la porte. À l'affût des moindres mouvements de la jeune femme, il avança en même temps qu'elle jusqu'à ce qu'elle se retrouve coincée par le lit. Elle chercha une échappatoire du regard, mais sans succès. Avec une douceur inattendue, Talen lui ôta son tee-shirt et son excitation monta encore d'un cran. Bon sang, ce qu'elle pouvait désirer cet homme ! Il s'approcha encore et la débarrassa de son jean et de son string, l'aidant même à lever un pied, puis l'autre, pour s'en libérer, puis la poussa sur le lit.

Il se déshabilla à son tour et lui enleva ses grosses chaussettes, le regard brûlant. Frissonnante dans la lueur de l'aube, elle le regarda s'agenouiller pour embrasser la plante de son pied glacé.

— Tu es ma compagne, Cara, déclara-t-il en remontant le long de sa jambe, puis de son ventre. Il y a trois cents ans, les prophètes nous ont donné l'ordre de trouver des femmes… (l continua sa progression, déposa un baiser sur chacun de ses seins, puis glissa le long de son cou pour arriver à son visage) et je t'ai attendue tout ce temps-là.

Il l'embrassa tendrement sur la bouche et Cara sentit sa force l'envelopper. Elle savait qu'il disait la vérité avant de s'ouvrir aux émotions puissantes qui émanaient de lui, avant qu'il intensifie son baiser jusqu'à lui faire perdre toute faculté de penser. Elle gémit et le lui rendit, glissant les mains dans ses cheveux noirs avant de les faire descendre jusqu'à son cou massif et ses épaules musclées. Sa peau était aussi douce que son corps était dur et elle se cambra contre lui pour l'inciter à continuer.

Il ricana, lui mordilla l'oreille, puis lécha les deux petits trous de son cou, qui se refermaient déjà, avant de revenir à ses seins.

— Qu'est-ce que tu es belle, grogna-t-il.

Elle crispa les mains sur ses hanches étroites, puis les descendit jusqu'à ses fesses en béton.

— Tu as un cul magnifique, répondit-elle en lui mordillant à son tour le lobe de l'oreille.

Talen se colla à elle et prit son téton durci entre ses lèvres. Cara, le souffle coupé, le poussa sur le matelas. Il se laissa faire et elle en profita aussitôt pour le chevaucher et bombarder de baisers son torse de rêve. Talen lui caressa les fesses, mais elle commença à descendre et ses mains glissèrent jusqu'à son dos.

Elle le prit immédiatement en bouche. Son sexe avait un goût épicé qui lui fit pousser un gémissement d'enthousiasme. Elle lui prit les testicules dans une main, embrassa sa verge sur toute sa longueur, puis l'avala de nouveau, le plus possible, se concentrant sur son gland. Sa main était presque trop petite pour faire le tour de son érection. Il la tira par les cheveux pour l'arrêter, mais elle se contenta de rire.

Soudain, elle se retrouva en dessous de lui. Elle ne l'avait même pas vu bouger. Comment avait-il fait pour la retourner et s'enfoncer en elle aussi vite ? Sans lui laisser le temps de respirer, il commença à bouger, vite et fort. Il était trop bien membré et le plaisir qu'elle ressentait était trop intense, presque douloureux. L'orgasme arriva sans crier gare et elle ne put que s'accrocher à ses épaules en se laissant submerger par les vagues exquises du plaisir.

Une fois son extase terminée, il la redressa et recommença ses mouvements en la tenant fermement par la tête et par les hanches.

Bon sang, ce que je l'aime!

Les sensations se bousculaient dans son bas-ventre, dans son cœur. Elle posa les mains sur ses fesses fermes et le colla encore plus à elle. Talen ralentit un peu et lui mordilla sans douceur la lèvre supérieure avant de la regarder dans les yeux.

— À moi.

— Talen, gémit-elle en faisant de son mieux pour qu'il la pénètre encore plus profondément, ne t'arrête pas.

— Dis-le, Cara, ordonna-t-il d'une voix gutturale en lui tirant les cheveux.

Elle hésitait encore et Talen sentit une force primitive rugir en lui. Comme les boucliers de Cara n'avaient aucun effet face à lui, elle comprit aussitôt ce qu'elle avait fait.

— Mais…

Ce fut tout ce qu'elle parvint à dire avant qu'il la soulève pour la jeter à plat ventre sur le matelas. Il la releva sans ménagement pour la mettre à quatre pattes et la pénétra d'un coup sec. Il lui avait dit qu'il la soumettrait avant la fin de la nuit. Il commença à bouger. À la pilonner.

Cara se sentait submergée. Il lui écartait les jambes avec ses hanches et la maintenait fermement en place. Il était énorme, implacable, indomptable derrière elle. Incapable de bouger, elle n'avait aucun contrôle sur la situation. Peut-être n'en avait-il pas plus qu'elle, d'ailleurs. Ses violents coups de reins la précipitaient vers un orgasme encore plus dévastateur que le précédent, si c'était possible. Elle se concentrait dessus de tout son être. Jamais elle n'avait rien désiré de la sorte.

Puis, soudain, enfoui en elle jusqu'à la garde, il s'arrêta.

Cara gémit et tenta de se coller à lui pour le faire bouger, mais il l'immobilisa et la prit par les cheveux pour la forcer à tourner la tête vers lui.

— À qui appartiens-tu ? demanda-t-il d'une voix si rauque qu'elle en était méconnaissable.

Elle se débattit, frustrée de sentir son orgasme aussi proche.

— Cara, l'admonesta-t-il.

Il serra ses cheveux plus fort pour la faire revenir à la réalité.

— Quoi ?

— Dis-le.

— Mais…

— Tout de suite.

Pour l'encourager, il se retira et revint en elle. Même dans son état second, Cara savait ce qu'il exigeait. Elle se figea et regarda la chambre d'un œil nouveau. Tout semblait différent. Enfin, avec un petit soupir de soulagement, elle reporta son attention sur ses yeux.

— À toi. C'est à toi que j'appartiens.

Il lui lâcha les cheveux et Cara se laissa tomber sur le matelas, les bras croisés. C'était un acte de soumission et elle le savait aussi bien que lui. Elle sentit alors que Talen perdait tout contrôle. Les mains crispées sur ses hanches, il recommença ses coups de reins, s'abandonnant à sa passion animale.

Il la mordit à l'épaule et elle jouit en poussant un hurlement. Pendant quelques secondes, elle ne vit plus rien. Il l'imita dans un cri puissant, l'emplissant complètement. Il la maintint en place, noyé en elle, profitant des dernières secousses de son orgasme pour améliorer encore le sien.

Enfin, après un dernier baiser sur la morsure qu'il lui avait faite à l'épaule, il se retira.

Cara, déjà endormie, ne l'entendit pas entrer dans la salle de bains et en ressortir avec une serviette humide, dont il se servit pour la nettoyer. Il la prit dans ses bras et elle se retourna pour se coller à lui.

— À moi, murmura-t-il avant de s'abandonner à son tour au sommeil.

Chapitre 36

Cara se réveilla seule dans le lit et s'étira en soupirant. Ses muscles étaient endoloris. Une nouvelle fois. Mieux valait qu'elle s'y habitue. Elle adorait ce vampire têtu, macho et autoritaire. Elle aperçut les fleurs qui ornaient la commode et repensa au moment où il lui avait apporté l'arbre en pot, tout gêné, dans l'espoir de lui faire plaisir.

Comme quoi il pouvait faire preuve de gentillesse lorsqu'il le voulait.

Elle s'emmitoufla dans une couverture bleu foncé et partit à la recherche de son époux. De son compagnon. Elle avait une chose à lui dire. Plusieurs, même.

Il était installé dans un fauteuil en bois sur la véranda, absorbé par le spectacle du soleil matinal sur le lac. Il la regarda approcher avec tendresse et tendit les mains pour l'inviter à s'asseoir sur ses genoux.

— Bonjour, Cara, murmura-t-il en l'embrassant sur le front.

— Bonjour.

Elle se colla à son corps chaud et ne put se retenir d'embrasser la veine palpitante de son cou. Elle sentit le cœur de son mari s'accélérer lorsqu'elle posa les lèvres sur sa peau. Il la serra contre lui et reporta son attention sur le vert profond du lac, puis attendit plusieurs secondes avant de reprendre la parole, comme s'il cherchait comment exprimer sa pensée, et lui prit la main.

— Je t'aime, Cara. Je sais que je devrais t'accorder la liberté, te dire que ta vie t'appartient et te promettre de te laisser partir si tu le souhaites, déclara-t-il d'une voix résolue où perçait une pointe de regret.

— J'en déduis que ce n'est pas ton intention ?

Collés l'un à l'autre, ils baignaient dans la chaleur de leur amour. Le lac, à l'image de leur avenir, scintillait de pureté devant eux dans un parfum de conifères et de tulipes.

— Non.

Il glissa un énorme diamant à son annulaire.

— Talen, elle est magnifique.

La bague de platine était simple et élégante. Parfaite, en d'autres termes.

— Elle m'a tout de suite fait penser à toi, dit-il en lui embrassant la paume. Tu es ma compagne et je te garde, mais je peux te donner le temps de m'accepter. De *nous* accepter.

— C'est vrai ? demanda-t-elle en s'étirant comme une chatte repue dans ses bras. Combien de temps, Talen ?

Il l'embrassa sur le front.

— Aussi longtemps qu'il te faudra.

— Donc on commencerait par des petits rendez-vous ?

Elle l'imagina le premier soir à sa porte, endimanché, se tortillant d'un pied sur l'autre en se demandant si elle l'autoriserait à l'embrasser pour lui dire bonsoir… C'était cocasse. Elle sentit le cœur de Talen se réchauffer. Visiblement, cette idée lui plaisait.

— Oui. J'essaierais de te séduire.

— Ah ! Et j'habiterais où pendant cette opération séduction ? continua-t-elle avec un grand sourire.

— Avec moi, répondit-il d'une voix sans appel.

— Je peux savoir dans quelle chambre ?

Elle faisait de son mieux pour ne pas pouffer. Il faisait vraiment un effort pour être gentil.

— Dans la nôtre.

— Mais comment on fera pour dormir dans la même chambre sans faire l'amour ?

Elle lui retourna la main et traça du bout du doigt les contours de la marque qu'il portait sur la paume.

— Le sexe sera au programme, femme, dit-il, tous les muscles de son corps tendus.

— Oh que non !

Elle céda à l'éclat de rire qu'elle retenait depuis le début. Haut dans le ciel, un oiseau chanta comme pour lui répondre. Talen se tordit le cou pour la regarder.

— Te moquerais-tu de moi, compagne ?

— Je n'ai pas besoin de temps, Talen, le rassura-t-elle en l'embrassant sur la bouche. Je t'aime. Je suis heureuse qu'on soit mariés.

Une douce émotion le submergea et Cara se sentit emplie de lumière. D'amour. Il l'embrassa, tendrement tout d'abord, puis de plus en plus vigoureusement. Lorsqu'il releva la tête, ils étaient tous deux à bout de souffle et la jeune femme n'avait plus envie de rire.

— Sans compter que nous aurons bien besoin d'être deux pour empêcher ton fils de devenir un gros macho arrogant comme son père.

Elle n'avait pas besoin d'Emma pour savoir que son bébé était un garçon. Elle acceptait enfin les dons qu'elle niait depuis toujours ; sans eux, jamais elle n'aurait rencontré Talen.

— Mon « fils » ? répéta-t-il, abasourdi. Un bébé ?

Elle leva la tête, surprise. Jamais elle n'avait envisagé qu'il puisse ne pas vouloir devenir père, mais le sourire qu'il lui adressa dissipa ses doutes.

— Un bébé ? répéta-t-il, les yeux virant au vert.

Elle hocha la tête, pas encore totalement rassurée.

— Tu es content ?

Il l'embrassa sur le nez.

— Je suis aux anges. (Il se tourna vers le lac, le cœur débordant de joie.) Allons chercher Janie. Je veux avoir toute ma famille autour de moi.

Aucune parole n'aurait pu rendre Cara plus heureuse.

— D'accord. Le temps qu'on arrive au QG, elle devrait être réveillée. Je t'aime, Talen.

Il la serra contre lui.

— Pour toujours, Cara.

Chapitre 37

— Janie, tu es là ?

Zane, qui arpentait le monde onirique, poussa un soupir agacé ; c'était l'univers de la petite fille et il y était son seul invité. Où se cachait-elle donc ?

— Salut, Zane, dit-elle en sortant de derrière un arbre qui se balançait dans le vent, l'inondant d'une pluie de feuilles roses.

— Très joli, la complimenta-t-il en sentant l'odeur de brownie qui émanait des branches.

— Merci.

Son sourire, plus forcé que d'habitude, était empreint de tristesse.

— Tout va bien, Janie Belle. (Il s'approcha d'elle et, en grand frère, passa le bras autour de ses minuscules épaules.) Le roi est le plus puissant des guerriers. Il retrouvera ta tante Emma. Et, en plus, on est prêts à l'aider si nécessaire. Les Kurjans n'ont pas une chance.

— Je sais bien, répondit Janie en lui rendant son étreinte, son petit visage de fée déformé par l'inquiétude, mais je ne vois rien. Je n'arrive pas à sentir la présence de tata Emma.

— Tu n'es peut-être pas censée tout voir, Belle.

— Mouais.

Elle se redressa avec une assurance féminine comique chez une petite fille de quatre ans.

— Comment va ta maman ? demanda-t-il pour changer de sujet.

Cette fois-ci, le sourire de Janie fut sincère.

— Très bien. Elle est prête à retrouver tata Emma.

Janie voyait déjà son petit frère dans sa tête. Son pouvoir incommensurable n'aurait d'égal que la générosité de son cœur. Si seulement il voulait se dépêcher de naître !

— Tant mieux, Belle. Dis-lui de bien se reposer. Le combat ne fait que commencer.

Janie hocha la tête. Elle ne le corrigea pas, mais en vérité il n'avait pas encore débuté. Le jour où tout se déclencherait, leur existence en serait bouleversée à jamais et, même avec ses pouvoirs, elle ne pouvait en deviner l'issue. Quel monde émergerait des ruines ? Déterminée et confiante, elle regarda le jeune guerrier qui se tenait à son côté. Ensemble, ils régleraient tous les problèmes.

Elle l'espérait, tout du moins.

Remerciements

Ce livre n'aurait pas vu le jour sans l'aide de nombreuses personnes à qui je dis merci du fond du cœur ! Les voici : Caitlin Blasdell, mon agent, aussi talentueuse qu'inspirée ; Megan Records, ma formidable éditrice, pour ses encouragements et ses conseils ; l'infatigable Jennifer Dorough, pour ses talents critiques et son humour ; mes bêta lectrices et amies Jessica Namson, Brandi Hall et Tina Jacobson ; le FF&P Critique Group et les KOD's Lethal Ladies pour leurs conseils avisés. Et enfin un énorme merci à Kathy et Herb Zanetti, mes beaux-parents de choc, qui se sont occupés de Tony et des enfants pour que je puisse m'immerger dans mon monde imaginaire.

Achevé d'imprimer en mai 2022
Par CPI Bussière à Saint-Amand-Montrond
N° d'impression : 2064993
Dépôt légal : janvier 2021
Imprimé en France
81122119-3